KB046029

레나

폴린
메비스

God bless me?
저, 능력은 평균치로 해달라고 말했잖아요!
3

【브란델 왕국】

왕국의 제3왕녀.
아델에게 흥미를 느낀다.

아델의 친구.
귀족이며 마법을 잘 쓴다.

아델의 친구.
평민의 딸.

아델의 친구.
상인의 둘째 딸.

【티루스 왕국】

C등급 파티 '붉은 맹세'

이세계에서 '평균적'인
능력을 부여받은 소녀.

신인 헌터.
공격마법이 특기.

신인 헌터.
연약한 소녀지만…….

검사. 신입 파티
'붉은 맹세'의 리더.

지난 줄거리

아스컴 자작가의 장녀, 아델 폰 아스컴은 열 살이 되던 어느 날, 강렬한 두통과 함께 모든 것을 기억해냈다.

자신이 예전에 열여덟 살의 일본인 쿠리하라 미사토였다는 것과 어린 소녀를 구하려다가 대신 목숨을 잃었다는 것, 그리고 신을 만났다는 사실을…….

너무 잘나서 주변의 기대가 커, 자기 생각대로 살 수 없었던 미사토는 소원을 묻는 신에게 이런 부탁을 했다.

"다음 인생에서 능력은 평균치로 부탁드립니다!"

그런데 뭐야, 어쩐지 이야기가 좀 다르잖아!

나노머신과 대화를 나눌 수 있고, 인간과 고룡(古龍)의 평균이어서 마력이 마법사의 6800배?!

처음 다닌 학원에서 친구도 사귀고 소녀와 왕녀님을 구하기도 하고.

마일이라는 이름으로 입학한 헌터 양성 학교에서는 A급 헌터와 호각을 다투기도 하고.

학원의 동급생과 함께 만든 소녀 4인조 파티 '붉은 맹세'는 바위도마뱀과 록 골렘, 적국의 잠입부대와 싸워 격파한다.

이런저런 일이 너무 많이 있었지만 마일은 동료들과 함께 신인 헌터로 평범하게 살아간다!

그야, 나는 지극히 평범한 보통 여자아이이니까!

God bless me?

CONTENTS

제20장 왕도로의 귀환

왕도로의 귀환길에 오른 지 이틀째 되는 밤.

"오늘 밤의 '일본 전래 허풍동화'! 계모에게서 도망쳐 숲에서 난쟁이들과 살던 소녀에게 한 수상한 노파가 사과를 팔러 와서는 이렇게 말했습니다.

'사과를 베어 물 때 잇몸에서 피가 나진 않나요?'

그렇게 해서 노파에게 산 칫솔을 쓴 소녀는 죽고 말았습니다……."

마일은 모국에서도 이 나라에서도 눈을 본 적이 없었기 때문에 여주인공의 이름을 상황에 맞는 다른 동화 여주인공의 이름에 끼워 맞추었다.

그래서 이 이야기의 여주인공은 이런 이름이었다.

'신(死)데렐라(일본어로'죽었다'라는 뜻 '死んだ, 신다'를 인용한 패러디).'

"그리고 죽은 여자에게 입맞춤하는 습관이 있는, 네크로필리아(시체성애자) 변태였던 왕자님은……."

"아니, 드워프 아저씨가 일곱 명이나 있는데 미소녀한테 손을 안 댈 리 없잖아!"

"그 마법 거울의 적 탐색 기능을 군사적으로 이용하면 전쟁에서 압도적 우위에……."

"왕자의 생명력을 빨아들여 다시 살아났다니, 생명력이 얼마나 강한 여자인 거야! 마족 아니야?!"

'염랑' 멤버들이 제멋대로 끼어들자 레나가 발끈했다.

"시끄러워! 이 이야기는 그런 식으로 접근하는 게 아니라 비현실성을 즐기는 거라고!"

레나는 '이야기'를 즐기는 방법을 아는 듯했다.

……랄까, 상당히 길들여진 것이다. 마일 때문에.

그것은 다른 두 사람도 마찬가지였다.

*　*

3일째 되던 밤.

"숲속 할머니 집으로 심부름에 나선 소녀는 빨간 두건을 머리부터 덮어 볼을 감싸듯이 턱밑에서 묶었습니다. 그렇습니다, 이가 아팠던 것입니다."

'하가즈킨(일본어로 '이가 아프다'라는 뜻으로, 세계명작동화 《빨간 모자》의 일본 제목 '아카즈킨'의 패러디)'

"인간을 통째로 삼키다니, 입이 얼마나 큰 거야! 게다가 입뿐만 아니라 목구멍이라든가 위장 같은 건 도대체 어떻게 생겨먹은 거지?!"

"늑대의 위장에 숨어 적진에 침입하는 전술을 짜면 전쟁에서 압도적 우위에……."

"늑대 수인에 관한 헛소문 때문에 생기는 엄청난 피해……."
"시끄러웟!"

* *

그리고 4일째.

드디어 왕도에 도착하였다. 8박 9일간의 임무가 끝난 것이다.

호위 임무치고는 단기간인 편이지만, '붉은 맹세'로서는 처음으로 다른 파티와 한 합동 임무였으며 최초의 '모의전(模擬戰)'이 아닌 대인전(對人戰)'이었기에, 얻은 것이 많았다.

하지만 네 사람은 겉으로는 여유 있어 보여도 사실 몹시 지쳐 있었다. 정신적으로도 그렇지만, 마차를 타고 하는 장기간 여행은 신체적 피로도 상당한 법이다.

네 곳의 상회를 순서대로 돌면서 마차가 한 대, 또 한 대 줄어들고 상인과 헤어졌다. 그리고 그때마다 마일은 수납에서 짐을 꺼내 건네주고 수수료를 챙겼다.

마지막 상회에서 짐을 내리고 수납으로 짐을 옮겨준 수수료와 의뢰 완료 증명서, 그리고 '드래곤 블레스'는 동행하지 않았지만 의뢰를 완수했다는 취지의 보고서를 받고 나서야 의뢰 임무가 종료되었다. 그리고 상인과는 완전히 헤어지게 되었다.

"여러분, 정말 감사했습니다. 여러분이 없었더라면 상단은 전멸하고 저희도 아마 살아 돌아오지 못했겠지요. 이 은혜는 절대 잊지 않겠습니다. 또 기회가 된다면 꼭 제 의뢰를 받아주십시오."

모두에게 고개를 숙여 인사한 상인은 다시 말을 이었다.

"그리고 마일 씨, 혹시 괜찮으시면 제 양녀로……."

"기각!"

"기각!"

"기각!"

마일이 대답하기도 전에 레나, 폴린, 메비스의 목소리가 연이어 들렸다.

어깨를 축 늘어뜨리는 상인.

"웃기지 말라그래!"

"그러게 말이에요! 무슨 잠꼬대 같은 소리인지!"

길드로 향하면서, 상인이 마일에게 한 양녀 제안 건을 두고 레나와 폴린이 계속 투덜거렸다.

그리고 길드에 도착하자 늘 보는 예의 접수원이 마일 일행을 발견하고 크게 소리쳤다.

"전부 다 들었어요! 큰 공을 세우셨군요!"

그 목소리에 길드 안의 모든 시선이 쏠렸다.

'좀 어지간히 해라…….'

마일은 으허억, 하는 표정을 지었지만, 다른 멤버는 의기양양한 얼굴이었다. 물론 '염랑'의 세 사람도.

"그건 다 '드래곤 블레스'의 다섯 분 그리고 여기 있는 '염랑' 분들 덕분이에요."

마일의 말에 설정을 떠올린 레나, 폴린, 메비스가 고개를 끄덕였다.

하지만 '염랑'을 오래 봐온 길드 직원과 다른 헌터들은 그들의 실력을 잘 알고 있었다.

그리고 '드래곤 블레스'는 물론 B등급에 가까운 정예 멤버가 모여 있긴 하지만, 40명이 넘는 병사를 상대로 전혀 다치지 않고 이길 만큼 어마어마한 실력의 파티는 아니었다.

그렇다면 당연히, 불확정 요소인 '붉은 맹세'를 의심할 수밖에 없다.

다만 헌터 동료에 대해 지나치게 파고드는 것은 금기사항이었기 때문에, 사적인 자리라면 모를까 많은 사람이 모인 길드에서 추궁하는 자는 없었다.

그때 들려온 큰 목소리.

"브렛! 대활약을 펼친 모양이던데, 축하해! 같은 파티 동료로서 정말 어깨가 으쓱 올라간다니까! 보상금도 많이 받았지? 앞으로 파티의 방침을 상의하면서 오늘 밤은 축하 파티라도 하자!"

마일 일행이 천천히 뒤돌아보자, 그곳에 두 소녀가 서 있었다. 보아하니 줄곧 이곳에서 '염랑'이 돌아오기만을 기다렸던 모양이다.

"파티 동료끼리 축하 파티라……. 그것도 괜찮겠군. 이번에 돈도 많이 벌었고, 파티도 명성을 얻게 됐고. 앞으로 다가올 밝은 미래를 축하하면서 귀여운 여자애들과 함께 한바탕 놀아볼까!"

"오, 좋아!"

"찬성!"

리더 브렛의 제안에 찬성하는 처크와 다릴.

두 소녀의 입이 귀에 걸렸다.

“가게는 통 크게 ‘윙 칩’으로 정하는 게 어떨까?”

“뭐라고?”

소녀의 제안에 이상하다는 표정을 짓는 브렛.

“왜 너희가 가게를 정하지?”

마찬가지로 이해할 수 없다는 표정인 처크와 다릴.

“응? 그야 파티 동료끼리 축하 파티를 하자고……. 그러니까 다섯이서…….”

소녀의 말에 브렛은 어이없다는 목소리로 말했다.

“다섯이 파티 동료라니? ‘염랑’은 3인 파티인데, 몇 개월 전부터. 너희 파티 동료는 그 미남 4인조잖아? 우리는 시골 촌놈에 못생겼다고 버림받은 ‘옛 동료’에 지나지 않을 텐데. 이제 우리는 아무 관계도 아니야. 축하 파티를 할 멤버라면 이번에 함께 싸운 동료인 이 아이들이 있으니까 충분해. 그리고 술은 배 속의 아기한테 나쁘지 않나?”

그렇게 말하며 싸늘한 눈빛으로 소녀들을 쳐다보는 브렛, 처크, 다릴.

((((에구구~…….))))

마일 일행뿐 아니라 길드에 있던 모든 사람이 애처로운 눈으로 두 소녀를 바라보았다.

소녀들은 잠시 굳어 있다가, 자신들을 향해 쏟아지는 무수한 연민과 모멸적인 시선을 알아차리고는 허둥지둥 길드를 뛰쳐나갔다.

"이제 다시는 안 오려나?"

"글쎄……. 뭐, 만약 온다고 해도 상대해줄 생각 없으니까 상관없지."

"응, 그렇지."

딱히 배신당했다고 생각하는 것은 아니다.

모두 자신에게 가장 좋은 선택지를 고른다. 단지 그뿐이다.

그 두 소녀는 미남 4인조를 '자신에게 가장 좋은 선택지'라고 판단했다.

그리고 '염랑' 멤버들 역시 그런 선택지를 골랐고, 다른 남자의 아기를 가진 여자를 돌봐주는 것을 '가장 좋은 선택지'라고 판단하지 않았다.

헌터는 파티 동료에게 자신의 등을 부탁하고 목숨을 맡긴다. 그래서 진심으로 신뢰할 수 있는 자만 파티 멤버가 될 수 있다. 게다가 어차피 그 두 사람은 얼마 안 가 헌터 일을 못 하게 되겠지. 배가 불러올 테니까.

A평가인 의뢰 완료 증명서, 상인에게 부탁받은 '드래곤 블레스'에 관한 보고서를 접수원에게 제출하고, '너무 큰 목소리로 말해서 시선을 끌지 말아 달라'고 신신당부한 마일 일행은 보수를 받았다. 네 명분에 해당하는 소금화 96닢이었다.

접수원은 넷이 나누기 쉬우라고 그랬는지, 금화 8닢과 소금화 16닢으로 지급해주었다. 이런 부분에는 배려심이 깊다.

다른 것도 좀 더 배려해달란 말이야, 하고 속으로 푸념하는 마일이었다.

병사와 도적에 관한 보수는 암로스에서 이미 받았기 때문에 여기서는 상인이 의뢰한 원래 받을 몫뿐이다. 이렇게 해서 드디어 이번 의뢰의 모든 것이 종료되었다.

"아, 편지가 있어요."

접수원의 말에 쓴웃음 짓는 메비스와 어깨를 늘어뜨리는 폴린.

접수원이 건넨 편지는 각각 두 통씩이었는데, 두 사람은 이 자리에서 읽지 않고 주머니에 쑤셔 넣었다.

그리고 마일 일행이 숙소로 돌아가려고 하는데…….

"저, 저기, 임무 완료를 기념해서 한잔하러 가지 않을래?"

브렛 일행이 제안하자.

"사양할게."

"이 도시에 있을 때는 숙소에서 식사하지 않으면 레니한테 혼나거든……."

"저는 술을 못 마셔서요……."

"돈을 헤아려야 하기 때문에……."

""""그럼 이만!""""

그렇게 말하며 사라지는 네 사람을, 멍한 눈으로 배웅하는 '염랑'의 세 사람이었다.

"우리 돌아왔어~."

"어서 오세요~!"

여느 때와 다름없이 카운터 너머에서 맞이하는 레니.

……그런데 생각해보면, 레니 말고 다른 사람이 카운터에 앉아 있는 모습을 본 적이 없다. 설마, 도와주는 게 아니라 본업인가?

마일은 의아해하면서도 아이템 박스에서 건어물을 꺼냈다.

"이거, 선물."

"우와아, 생선인가요! 바다 쪽에 다녀오신 건가요! 우와, 그런 줄 알았으면 훈제 상품을 부탁드렸을 텐데……."

원통해하는 레니가 불쌍해진 마일은 아이템 박스에서 추가로 훈제를 꺼냈다.

"오, 오오……."

아무래도 여인숙의 식사로 내고 싶었던 게 아니라 자기가 먹고 싶었던 것 같다.

평소와 다름없이 레니가 큰 목소리로 부르자 밖으로 나온 여인숙 주인 부부는 감사 인사를 건넨 후 식재료를 가지고 안으로 들어갔다.

저녁 식사 시간이 끝나 식사만 하러 온 손님은 집으로, 숙박객은 각자 방으로 돌아가고 난 뒤 여인숙 1층에서 난장판이 벌어졌다.

"정말! 지금까지 우리가 베푼 은혜도 잊고, 너무 심한 처사 아닌가요?!"

"아니죠, 그건 정당한 거래였죠. 서로의 이익이 일치한 합의였을 텐데요."

레니의 비통한 목소리에 무덤덤하게 대답하는 폴린.

그렇다. 이 여인숙에서 머문 지도 한 달이 되어, '호객 행위에 공헌하는 대신 값을 싸게 해준다'는 조건을 달고 선불로 방을 빌린 기간이 슬슬 만료하는 것이었다.

레니는 전과 같은 조건으로 계약 갱신을 바랐지만, 앞날이 불안해 조금이라도 더 절약하려고 생각했던 마음 약한 마일 일행은 지금 이곳에 없었다. 이제 '붉은 맹세'의 주머니가 두둑했기 때문이다.

"어쨌든 더는 다른 손님을 접대하는 것도 지쳤어요. 돈에 여유도 생겼으니까, 목욕탕이 딸린 숙소로 옮겨볼까 하고……."

"그, 그런……."

폴린의 말에 레니뿐 아니라 여인숙 주인 부부도 망연자실했다.

어쨌든 '붉은 맹세'가 여인숙에 묵기 시작한 후로 수입이 착실히 늘어났던 것이다.

숙박객은 물론이고 식사만 하러 오는 손님도 많아졌다. '붉은 맹세'가 숙소를 비웠던 9일 동안은 '그 아이들은 어디 있냐'는 질문이 쇄도했고 매상도 눈에 띄게 떨어졌다.

그러다 겨우 돌아와서 다시 기대해보려는 찰나, 돌연 숙소를 옮기겠다고 선언한 것이다. 이는 '이 숙소에 불만이 있어서 다른 숙소로 옮겼다'고 광고하는 셈이나 마찬가지였으니 어안이 벙벙해지는 것도 당연했다.

"도대체 뭐가 불만이라는 거예요!"

"아니, 아까부터 몇 번이나 말했잖아. 접대하기 싫어졌다, 목욕탕이 없다."

"……그럼 접대는 안 하는 걸로 하고 원래 방값으로……."

"그럼 목욕탕도 없는 여기에 우리가 계속 머무를 이유가 있나요? 통상 가격이면 차라리 좀 더 비싸더라도 목욕탕이 있는 숙소로 옮기는 편이 낫지 않을까요?"

레나와 폴린의 말에 입을 꾹 다무는 레니.

"……그럼 요금은 지금 그대로 하고, 접대 정도를 조금만 낮추면……."

"아니, 이제 돈에 여유가 있으니까 접대는 안 하고 싶다고 말했잖아!"

"그리고 지금처럼 방을 빌리는 건 솔직히 비싼 편이죠. 결과만 놓고 봤을 때, 이번 한 달의 3분의 1은 여기에서 안 잤잖아요. 다른 헌터들과 달리, 저희는 부재 시 방에 짐을 두고 가지 않으니까 방을 장기간 빌리는 건 낭비라고 판단했기 때문에……."

"우……, 으윽……."

알아차렸네. 그렇게 생각한 레니는 입술을 깨물었다.

저번에 '붉은 맹세'가 바위도마뱀을 잡으러 떠난 후, 청소하러 방에 들어간 레니는 그녀들의 짐이 하나도 없는 것을 본 순간 깨달았던 것이다. '어라? 이 사람들, 방을 쭉 빌릴 필요 없는 거 아니야?' 하고 말이다…….

그러므로 언뜻 보기에는 파격적으로 가격을 깎아준 것처럼 보여도 실제 숙박 일수와 호객 등을 따져보면 사실 그렇게 큰 할인이 아니었다.

게다가 이따금 마을이 주는 선물, 그것도 절대 무시할 수 없었다.

예컨대 지난번에 받은 바위도마뱀 꼬리도. 도매가격이면 모를까 최종적인 소매가격은 상당히 비싸다. 그런데 한 마리 분의 꼬리를 통째로 받지 않았던가.

손님의 식사용으로 쓰고도 남아 육포, 훈제 등 오래 보존할 수 있게 가공하고, 그래도 남은 것은 동업자에게 팔아넘겨 상당한 이익을 취했다.

그전에 받았던 오크 고기도, 이번에 받은 생선 역시 그렇다.

지금은 그녀들의 숙박비로 이익을 얻는 것을 포기하고 다른 부가 가치를 노릴 수밖에 없나…….

그렇게 생각한 레니는 승부수를 띄웠다. 참고로 레니의 부모님은 공기나 다름없는 상태였다.

"4, 4인실, 식사는 별도로, 1박에 은화 6닢! 요금은 실제로 머문 날짜만 계산하고, 다른 손님에게는 똑같은 숙박객으로서 평범하게 대하는 걸로……."

바득바득 이를 갈며, 피를 토하듯 조건을 제시하는 레니.

하지만 그것은 단순한 할인에 지나지 않았다. 다른 조건은 어느 여인숙에 묵더라도 똑같은 지극히 평범한 사항이었다. 물론 할인율은 상당히 높지만…….

그녀가 내건 조건을 들은 레나와 폴린의 싸늘한 반응에 레니는 절망적인 표정을 지었다.

부가 가치를 중시한다면 숙박비를 무료로 하는 방법도 있다. 그러나 레니는 그 방법을 선택할 수 없었다.

이곳은 여인숙으로 손님에게 방을 내어주고 돈을 받는다. 그러니 돈을 받지 않고 손님을 머물게 한다면 그것은 더 이상 여인숙이 아니다.

사정에 따라서는 할인을 해주고, 손님이 따뜻한 마음으로 베푸는 보답은 감사히 받는다. 그러나 여인숙의 기본 이념에 반하는 일은 할 수 없다.

'붉은 맹세'에게 무료로 방을 내어줘도 그 이상의 이익을 얻을 수 있다. 그 사실은 잘 알지만 그 방법은 도저히 선택할 수 없다. 그것은 여인숙의 딸로서 양보할 수 없는 자존심이었다. 아무리 '그런 것은 아무래도 좋으니 무료로 머물게 해주자' 하는 기운을 마구 발산하는 아버지가 옆에 서 있다고 해도 말이다.

"저기……."

곤경에 빠진 레니에게, 그때까지 메비스와 함께 공기 상태나 마찬가지였던 마일이 말을 걸었다.

"그 조건에 두 가지만 더 우리 쪽 요청을 받아준다면 여기에 계속 묵어도 될 것 같은데……."

레나와 폴린의 '도대체 무슨 소리를 하려고?' 하는 시선을 받으며 마일은 말을 계속 이었다.

"먼저 첫 번째는 '왕도에 있을 때는 여기서 식사하기'라는 조건을 없애주세요. 아니, 절대로 맛이 없어서 그러는 게 아니에요! 하지만 여러 가게에서 좀 더 다양한 음식을 맛보고 싶단 말예요. 또, 친구랑 약속 같은 게 생길 수도 있고……."

우리 집 요리가 맛이 없나, 하고 충격받은 표정인 주인을 감싸면서 마일은 이야기를 계속했다.

"그리고 두 번째는 안뜰의 일부를 빌려줬으면 한다는 거예요."

""""""엥?""""""

여인숙 부부와 레니뿐 아니라 레나와 다른 세 멤버도 어리둥절한 표정이었다.

"도대체 뭘 하려고……."

레나는 수상쩍은 눈빛으로 마일을 쳐다보았지만, 그래 봐야 마일이니까 하는 생각에 어깨를 으쓱할 뿐이었다.

여인숙에는 대체로 뒤뜰이나 안뜰이 넓게 펼쳐져 있다. 여인숙에 머무는 사람 중에는 헌터나 병사, 그 밖에 약간의 호신술을 익힌 여행자, 상인이 많은데 그들이 아침저녁으로 훈련하기 때문이다.

또, 한낮에 대량의 세탁물을 말리는 공간도 있다. 그래서 이 여인숙에도 충분한 넓이의 안뜰이 있어서 구석을 조금 점유해도 크게 문제 될 일은 없어 보였다.

'붉은 맹세'는 임무 하나를 끝마친 후여서 며칠간 휴식을 취하기로 했다. 각자 자유행동에 들어간 것이다.

마일은 그사이에 혼자 여기저기 돌아다녔다. 대장간, 목재소, 쓰레기장까지…….

그리고 어느 날, 여인숙 숙박객들이 알아차렸을 때는 이미 안뜰 한쪽 구석에 정체불명의 물체가 완성되어 있었다.

"어머, 다 만들었어?"

상황을 살피러 온 레나에게 마일이 씩씩하게 대답했다.

"네, 오늘 밤에 첫선을 보일 거예요!"

그리고 그날 밤 저녁 식사 후.

안뜰에 놓인 3평 크기의 오두막 앞에 선 레니, 여주인, '붉은 맹세' 멤버들, 그리고 흥미로운 얼굴로 구경 온 여성 숙박객들.

그들의 눈앞에 있는 것은 목조로 된 오두막과 그 옆에 세워진 급탕대였다.

높이 2미터 정도 되는 대 위에 크기가 전부 다른 탱크 4개가 놓여 있었다. 그야말로 닥치는 대로 끌어모았다고 생각될 만큼 제각각이었다.

탱크는 목제로 된 커다란 통이 두 개, 나머지 두 개는 군대 취사장에서나 씀 직한 거대한 가마솥이었다. 그리고 각각의 탱크 바닥 구멍에 연결된 대나무 통이 오두막 안까지 이어져 있었다.

마일은 급탕대 계단을 올라가 위에서 모두를 내려다보며 설명했다.

"이건 급수 시설이에요. 나무통에는 그냥 물, 쇠로 된 가마솥에는 뜨거운 물이 담겨요. 한쪽의 물을 다 쓰면 또 다른 쪽을 쓰는 동안 물이 채워지죠. 급탕은 마법으로 만드는 것이라서 자체적으로 물을 뜨겁게 하는 기능은 없어요."

그렇게 말한 마일은 마법으로 각각의 탱크에 그냥 물과 뜨거운 물을 가득 채웠다.

"이렇게 마법으로 직접 물을 끓이던지, 아니면 물을 담은 다음 파이어 볼 같은 걸 써서 뜨거운 물을 준비하면 돼요. 아, 너무 심하게 해서 탱크를 부수지 않도록 주의하세요."

급탕대에서 뛰어 내려와 이번에는 오두막의 문을 여는 마일.

"들어가자마자 바로 보이는 곳은 탈의실이에요. 여기서 옷을 갈아입고."

그리고 다음 문을 옆으로 스르륵 밀었다.

"여기가 욕실이에요. 욕조, 씻는 곳, 그리고 샤워 시설. 뜨거운 물의 온도는 이 부분을 통해 시원한 물과 뜨거운 물을 적절히 섞어서 조절하면 돼요. 화상을 입지 않도록 조심해서 사용해주세요!"

""""""""우와아아아아!""""""""

그렇다. 목욕탕을 완성한 것이다. 단, 여성 한정이지만.

……남자? 우물가에서 물이라도 끼얹든지?

아무튼 이렇게 해서 '붉은 맹세'가 숙소를 바꿀 이유는 사라졌다.

"어, 언니, 고마워요!"

레니가 감격에 겨운 나머지 눈물을 글썽거렸다.

"이제 손님이 늘어나고, 목욕비도 따로 받을 수 있겠어요~."

"목욕탕 사용료와 급수, 급탕 요금을 받을 건데요?"

"윽……."

폴린이 환하게 웃으며 그렇게 말하자 레니의 낯빛이 살짝 흐려졌다.

"아, 우리가 없을 때는 손님 중에 마술사가 있으면 그 사람에게 부탁하거나, 이 근처에 마법을 부릴 수 있는 사람이 몇 명 사는지 미리 파악해두었다가 돈을 주고 맡기거나, 헌터 마술사에 의뢰하면 돼요. 에일(맥주의 일종)과 안주 값 정도면 될 거예요."

그렇게 말하며 이번에는 바로 물을 끓일 수 없는 자에게 부탁했을 경우의 본보기로, 욕조에 물을 넣은 다음 파이어 볼을 만들어 욕조에 살짝 담그는 마일.

푸시익, 하는 소리가 나면서 욕조 안의 물이 조금씩 따뜻해졌다. 그것을 몇 번 반복하자 욕조에서 하얀 김이 올라오기 시작했다.

이 목욕탕은 높은 곳에 있는 채광창 이외에는 창이 없고, 뜨거운 열기가 천장 옆으로 빠져나가도록 설계되어 있었다. 그리고 외견은 평범한 목조 오두막이지만, 실제로는 나무판 사이에 스테인리스 강판이 끼워져 있었다.

또 욕실 안에는 비상용 손잡이가 있는데, 그것을 잡고 밀면 문 쪽 위에서 스테인리스 강판이 내려와 외부와 완전히 차단되고 욕실 벽의 일부를 옆으로 밀면 간단히 입을 수 있는 옷과 무기, 방어구가 나오게 되어 있다.

무방비 상태일 때 습격하려는 자가 있을지도 모르므로, 만일에 대비해 마일이 장치해둔 것이다. 또, 일단은 천장과 바닥에 탈출구도 만들었다. 물론 추격자의 발을 묶기 위한 덫도 설치되어 있었다.

마일은 도대체 무엇과 싸우려고 하는 것일까…….

만약 마일이 마음만 먹는다면 소재를 사 모으거나 줍지 않아도 흙마법 연금술로 전부 만들 수 있을 것이다.

하지만 그렇게 하면 너무 튀어 사람들의 의심을 사게 된다. 그래서 일단은 '재료를 사 모아 수작업으로 만든 엉성한 목욕탕이에요'라는 체재를 취한 것이다. 일반적이고 평범한 C등급 헌터라면 그러하듯 말이다.

하지만 마일은 몰랐다.

지극히 일반적이고 평범한 C등급 헌터 여자아이는 불과 2~3일 만에 혼자서 목욕탕을 뚝딱 만들어내지 못한다는 사실을…….

"자, 레니, 기념비적인 입욕자 제1호로서 모두에게 본보기를!"

그렇게 말하며 레니의 옷을 다짜고짜 벗기기 시작하는 마일. 그렇게 하지 않으면 왠지 그 역할이 자신에게 돌아올 것만 같아 선수를 친 것이다.

"어, 언니, 왜 이래요! 안 돼요, 그, 그만……."

능숙한 솜씨로, 부끄러워하는 레니의 겉옷을 벗기고 셔츠를 벗기……다가…….

돌연 움직임을 멈추고 그대로 얼어붙은 마일과 그 모습을 보고 아연해하는 레나.

레니는 열 살치고 발육이 상당히 좋았다.

그렇다, 마일보다도. 그리고 레나보다도…….

그 후에는 결국 다른 여자 손님들까지 모두 함께 목욕탕에 들어갔다.

레니는 모두에게 놀림당했고, 폴린은 예전에 마일에게 들었던 '목욕탕 예절'이라든가 '목욕은 숙녀의 소양'이라는 등의 이야기를 모두에게 들려주었다. 한편 마일과 레나는 욕조 한구석에서 귀까지 뜨거운 물에 담근 채 얌전히 있었다. 그리고 다들, 그 두 사람을 건들지 않고 가만히 내버려두었다…….

"일본, 전래 허풍동화……."
마일은 기운이 없었다.
뭔가 상당히 충격받은 일이 있는 듯했다.
"'은혜 갚은 와이번'……."
그리고 이야기가 시작되었다.
"와이번은 자신의 깃털을 하나씩 뽑아……."
"와이번 날개에 무슨 깃털이 있어?!"
"아……."

"'미운 고블린 새끼'……."
"고블린 새끼는 원래 다 밉게 생겼는데?!"
"""""…………."""""

컨디션이 영 아니었다. 평소의 마일 같으면 '은혜 갚은 드래곤'이라고 짓고, 자신의 비늘을 하나씩 뽑아 방어구를 만들었다는 식으로 이야기를 전개했으리라.
"……이만 잘래요."
"……나도."
"그럼 나도 자러 갈까나……."
마일과 레나에 이어 메비스도 침대로 파고들었다.
유일하게 한 사람, 폴린만 매일 하는 돈 계산에 여념이 없었다.

"조, 조, 좋은 아침이에요……."

다음 날 아침, 조식을 먹으러 가자 레니가 살짝 어색한 표정으로 인사를 건넸다.

그런가, 항상 펑퍼짐한 옷을 입고 있다고 느꼈었는데 그게 다 자신들을 위한 배려였다는 사실을 그때 처음으로 알아차린 마일과 레나였다.

하지만 그 배려가 오히려 굴욕적이었다…….

""조, 좋은 아침, 레니 씨…….""

"왜 갑자기 씨를 붙여요?"

무심결에 패자의 비굴함이 말에 묻어나버린 마일과 레나였다…….

* *

그로부터 며칠 후.

당일치기인 토벌 겸 소재 채취(오크 고기 등도 소재로 취급)를 완수하고 정산을 끝낸 마일 일행에게 접수원이 살짝 귀띔했다.

"……길드 마스터 방으로 와주세요."

마일 일행은 아무 말 없이 고개를 끄덕이고, 남들 눈을 피해 길드 2층으로 올라갔다.

"어서 오게나. 실은 최근 들어서 자네들에 관해 캐고 다니는 자가 있다고 하네. 이곳에서 처음 보는 사람 같은데, 목적은 모르겠어. 짚이는 부분은……, 별별 일이 다 있었으니 아무래도 감이 안 잡히겠지."

길드 마스터의 방에 들어가자마자 그런 이야기를 들은 네 사람. 가혹한 말이었지만 사실이니 어쩔 수 없다.

졸업 검정 일로 찍혔나, 그 소문을 들은 어딘가의 귀족이려나. 아니면 마일의 수납마법에 눈독을 들인 자인가, 그 상인의 심복인가, 아니면 지난번 제국 병사와 관계된 자인가.

혹은 맞선 상대의 신상 조사일 가능성도…….

아마도 마지막 부분은 아니겠지~, 하고 생각하면서도 길드 마스터가 말한 대로 짚이는 부분이 너무 많아 감도 오지 않고 웃음으로 얼버무릴 수밖에 없는 '붉은 맹세' 멤버들이었다.

"우리도 유심히 살펴보겠지만, 조심하도록 해. 내 용건은 이게 전부다."

"도대체 누구일까? 우리에 대해 캐묻고 다닌다니……."

마일이 그렇게 말하며 숙소로 가는 마지막 길모퉁이를 돌았을 때, 여인숙 앞에 한 남자가 서 있었다. 나이는 대략 20세 전후이고, 용맹한 이미지의 상당한 미남이었다.

그는 마일 일행을 보더니 전력을 다해 달려왔다. 반사적으로 방위 태세에 들어가는 마일 일행이었는데…….

""""아앗?""""

금발에 장신, 정한하고 야무진 얼굴, 반짝거리는 눈동자…….

처음 만나는데도 왠지 잘 아는 인물 같은 느낌이 드는 레나, 폴린, 마일.

그리고 메비스가 소리쳤다.

"막내오빠!"

""""역시……."""

막내오빠에 관해서는 익히 들어 알고 있었다. 아마도 메비스의 가족을 제외하면 이 세계에서 제일 많이 알 것이다.

양성 학교에서 지내던 반년 동안 몇십 번을 들었는지 모른다…….

그 막내오빠가 메비스 앞에서 급정지했다.

"헉? 메, 메비스……, 그, 그 머리는……."

"네? 아아, 귀찮아서 잘라버렸는데요?"

"으아아아아악~!"

마일 일행은 착란 상태에 빠진 막내오빠를 겨우 달래서 여인숙으로 데리고 들어갔다.

아무래 그래도 여자 네 명이 쓰는 방에 남자를 들이기는 꺼려져서, 식당 한쪽 구석에서 이야기를 나누기로 했다.

잠시 후 막내오빠가 드디어 진정된 듯하여 메비스가 입을 뗐다.

"막내오빠, 그런데 여기는 어쩐 일로?"

"그거야 뻔하잖아! 메비스, 너 데려가려고 왔지. 아버지가 몇 번이나 편지를 보냈는데 돌아오지도 않고, 답장조차 안 하니까. 자, 얼른 집에 가자. 준비해!"

"아니요, 지금의 저는 오스틴가(家)의 장녀 메비스 폰 오스틴이 아니라 신입 C등급 헌터 '붉은 맹세'의 리더이자 전위이며, 언젠가는 기사가 목표인 검사 메비스입니다!"

"무슨 소리야! 메비스, 너는 우리 오스틴가 유일의……."
그 말을 폴린이 뚝 잘랐다.
"잠깐만요, 막내오빠 님."
"……유안이라고 해. 그쪽한테도 '오빠'라고 불릴 입장은 아닌 것 같군."
"아, 네……."
폴린은 순순히 그렇게 대답했다.
오빠들 이야기를 할 때, 늘 메비스가 '큰오빠, 작은오빠, 막내오빠'라고 했기 때문에 그게 익숙했고 이름을 몰라서 그렇게 불렀을 뿐이지, 딱히 폴린이 오빠라고 부르고 싶어서 불렀던 것은 아니다.
"유안 씨. 메비스는 기사가 되고 싶은 자신의 꿈을 가족들이 부정하고 반대해서 집을 뛰쳐나온 거잖아요? 지금 집으로 돌아가면 그 부분은 어떻게 되는 건가요?"
"그런 걸 허락할 리가 없잖아! 메비스는, 귀여운 우리 메비스는, 앞으로도 쭉 우리 곁에 있어야지, 당연히! 메비스는 누군가를 지키는 기사가 아니라 우리에게 보호받는 아가씨라고! 우리 형제가 무엇 때문에 모두 다 기사가 되었다고 생각하는 거야!"
""""우와아…….""""
확 깨는 세 사람, 그리고 지긋지긋해 보이는 메비스.
옆에서 귀를 쫑긋 세우고 듣고 있던 레니는 눈에 흰자만 보였고, 다른 손님들도 질린다는 표정이었다.
'이, 이거, 그러고 보니 '켈로그'인가 뭔가 하는 그거 아닌가?'

아깝도다, 마일! 시리얼(일본 닛신식품에서 나오는 '시스콤'이라는 시리얼의 패러디)이라는 공통점은 있지만, 그것과는 조금 다르다.

"그 부분에서 왜 놀라는 거야! 좋았어, 이걸 보여주지!"

"그, 그만둬요! 막내오빠, 제발 꺼내지 마요!"

필사적으로 막는 메비스를 뿌리치고, 품에서 작은 꾸러미를 꺼내는 유안.

"어때, 이걸 보란 말이야!"

그렇게 말하며 내민 것은 손바닥 크기의, 열 살 남짓한 귀여운 소녀의 초상화였다.

허리까지 늘어뜨린 금발, 동글동글한 눈, 귀여움이 묻어나는 미소. 그야말로 동화 속 공주님 같은 느낌이었다.

""""……누구?""""

"……나야."

메비스가 콧등을 긁적이면서 수줍게 말했다.

""""""뭐어어어어~?!""""""

목소리가 한 사람 더 많다고 생각했더니, 카운터에 있어야 할 레니가 어느새 합류해서 초상화를 들여다보고 있었다.

"……그, 그러고 보니 메비스 언니가 머리카락이 길고, 드레스를 입고, 눈을 동그랗게 뜨고, 활짝 웃으면 이런 느낌이……."

"그렇지! 잘 아는구나!"

레니가 중얼거리자 자기 뜻대로 되었다는 듯 덥석 무는 유안.

"아, 네, 유안 씨가 하시는 말씀도 알 것 같……."

"오빠라고 불러도 좋아."

"엥……."

어리둥절해하는 레니.

"그리고, 너도 그렇게 불러도 돼."

그렇게 말하며 손가락으로 마일을 가리키는 유안.

"네?"

마일이 마찬가지로 어리둥절해 있을 때.

빠지직!

모두의 귀에 환청이 들려왔다.

느릿느릿 모두가 '왠지 소리가 들린 듯한 쪽'으로 뒤돌아보자, 이마에 새파란 핏줄을 세운 폴린과 레나가 그곳에 있었다.

(((((우와아아앗~!)))))

삐걱.

삐걱삐걱.

식사 중이던 손님들이 테이블과 의자를 옮겼다. '붉은 맹세' 일행의 테이블과 먼 쪽으로.

'폴린과 레나를 적으로 돌리는 것'이 무엇을 의미하는지 모르는 자는 없었다. 여인숙 관계자도, 손님들도 말이다.

제21장 습격

"……그래서, 그렇게 된 거야."

마구 방망이질치는 심장을 진정시키며 살짝 타서 오그라든, 그 자랑하는 금발을 더듬으면서 설명을 마친 유안.

역시 졸업 검정에서 메비스를 알아본 몇몇 귀족이 영지 저택에 있는 아버지에게 연락한 모양이었다.

겨우 메비스의 소식을 알게 되어 헌터 길드를 통해 몇 번이나 편지를 보냈건만, 아무런 반응도 없어서 초조해진 오스틴가는 결국 누군가를 보내기로 결정했다. 그리고 선택된 사람이, 소속 부대가 멀리 떠났다가 갓 돌아온 터라 휴식을 취하고 싶었던 셋째 유안이었다.

"반드시 메비스를 데리고 돌아가야 해. 그렇지 않으면……."

"그렇지 않으면?"

"아버지와 형들 손에 죽을 거야!"

""""아~…….""""

"어쨌든 절대로 안 돌아가요!"

"안 돼! 무슨 수를 써서라도 데리고 돌아갈 거다! 애초에 헌터 나부랭이는……, 아니, 아무 말도 안 했습니다……."

레나가 날카롭게 째려보자 말끝을 흐리는 유안. 기사로서 조금 한심하다.

상대가 오빠여서 그런지, 메비스의 말투가 평소처럼 남자 같지 않고 여성스러운 느낌이 묻어나서 마일 일행은 살짝 위화감……이랄까, 묘한 느낌에 사로잡혔다.

"그러다 행여 다쳐서 상처라도 남으면 어떻게 할 거야!"

"폴린이 치료해주니 괜찮아요."

"도적의 습격을 받으면……."

"얼마 전에 40명 넘게 쓰러뜨렸는걸요. 사실은 도적이 아니라 모두 다른 나라 병사들이었지만……."

"뭐라고……?"

유안이 그대로 굳어버렸다.

다른 파티도 있었다는 말은 안 했지만, 딱히 거짓말은 아니다.

"서, 설마, 요즘 장안의 화제인 그, 소수파 헌터가 제국 병사를 붙잡았다는……."

"어머, 알고 계셨어요?"

유안은 생각에 잠겼다.

자신의 군대가 원정 훈련을 마치고 돌아왔을 때 들었던 '암로스 방면 비정규 전투' 이야기. 그리고 그중에서도 돋보였던 네 명의 소녀들의 활약상을.

방어 마법을 관통하는 강력한 불꽃 마법을 연발하는 '염탄', 치유마법을 구사하는 '치유 소녀', 그리고 인정사정없는 마법을 쓰는 '소악마'가 설마…….

그렇게 생각하고 다시 둘러보자…….

붉은 머리칼에 남을 불태우는 것을 상당히 즐기는 듯한……, 아니 실제로 조금 전 자신을 태웠던 소녀.

어딘지 어리바리한 느낌이 나는, 그냥 보기만 해도 힐링이 되는 은발의 천사.

그리고 음험해 보이는 가슴 큰 여자.

오스틴가에는 '가슴 큰 여자를 조심하라'는 가훈이 있다.

여하튼 그, 그렇다면 '신속검'은 메비스를 가리키는 건가? 메비스였나~!

그렇다, '붉은 맹세'가 활약했다는 정보가 왕궁과 군부로 새어 들어갔다. 그녀들이 입막음하지 않은 포로들의 입으로부터.

난감하다.

유안은 속이 탔다.

그 소문에 진실이 4분의 1 이상 포함되어 있다면 이 네 사람을 동시에 상대해서는 이길 수 없다.

형들과 달리 유안이 동시에 상대 가능한 것은 병사 4~5명까지다. 자신들의 몇 배에 달하는 병사들을 상대로 상처 하나 없이 승리한 소녀가 네 명. 그런 그들에게 이길 수 있을 리 없었다. 유안은 성별이나 나이로 상대방을 만만하게 보지 않고, 객관적으로 그렇게 판단했다.

어차피 메비스와 그녀의 동료들을 다치게 할 생각도 없지만, 그래도 적당히 힘을 조절한 실력 행사라는 선택지가 없는 것도 아니었다. 하지만 그 선택지는 이제 사라지고 말았다.

"메, 메비스, 그냥 얼굴만 보여주면 돼! 한 번만, 아버지와 형들에게 얼굴을 보여주고 안심시켜주기만 해도!"

"그리고 그대로 집 밖으로 내보내지 않을 거잖아요?"

끼어드는 폴린을 노려보는 유안.

'악마 같으니! 이래서 가슴 큰 여자는…….'

유안은 속으로 혀를 찼다.

그 후로도 대화는 이어졌지만 평행선을 달릴 뿐이었다. 그리고 마일 일행이 목욕탕의 급탕을 부탁받으면서 오늘의 이야기는 끝을 맺게 되었다.

유안은 이 여인숙의 2인실을 잡아 메비스와 같이 묵겠다고 주장했지만, 물론 거절당했다.

그 후 목욕탕으로 향하는 메비스를 유안이 따라가려고 해서 모두 다 함께 막는 해프닝도 벌어졌다.

목욕탕에는 천장보다 약간 아래에 달린 채광창 말고는 창문이 없었고, 목욕탕 자체도 안뜰 구석에 외따로 놓여 있어서 누가 가까이 가는지 그대로 노출되어 훔쳐보기가 원천적으로 불가능했지만, 자객이나 적도 아닌데 당당히 입구로 들어가려는 자의 존재는 예상 밖이었다.

그리고 메비스와 함께 목욕탕으로 들어가려는 유안의 행동에 다들 어이없어했다.

하지만 집에서는, 하고 유안이 변명하자 그건 13살 때까지였죠, 하고 메비스가 당황하며 부정하였는데.

""""13살까지?!""""

“응, 뭐가 이상해?”

“““““…………."""""

다음 날 아침, 마일 일행이 식사하러 갔을 때 유안의 모습은 보이지 않았다.

이미 다 먹었는지 아니면 나중에 먹을 예정인지, 다들 특별히 신경 쓰지는 않았다.

하지만 길드로 나설 때까지도 유안이 모습을 드러내지 않자 조금 이상하게 생각하고 있는데, 그때 레니가 알려주었다.

“아, 오빠라면 아침 일찍 나갔어요.”

““““““오잉…….””””””

어제 기세로 봐서는 일하는 곳까지 따라붙을 분위기였는데, 잘못 짚은 것이다.

그렇다면 숙소로 돌아오기 전에, 하며 얼른 나가기로 한 네 사람이었다.

“마땅한 게 없네…….”

길드의 의뢰 보드에는 그다지 구미가 당기는 의뢰가 없었다.

건수는 그럭저럭 있었지만, 조건이 좀처럼 맞지 않았다. D등급 이하이거나 B등급 이상이거나, 보수가 비교적 적거나 멀리 떠나야 하는 임무이거나…….

유안이 있는 지금은 아무래도 외박해야 하는 원정 의뢰를 받기가 마음에 걸렸다. 그렇다고 D등급인 일을 받자니 미안했다.

"별수 없지. 상시 의뢰랑 소재 채취로 할까……."

그렇게 해서 찾아온 C등급 헌터들의 납품용 사냥터.

오크나 오거 따위도 나오기 때문에 E등급 이하 헌터는 찾아오지 않는다. 이따금 D등급 헌터도 오긴 하지만 보통은 C등급이나 갓 B등급이 된 자들이 오는 숲이다.

마일은 숲에 도착하자마자 탐지마법을 발동했다. 도시 한복판에서 탐지마법을 발동하면 탐지 목표가 너무 많아 성가시고, 사람을 대상에서 제외할 수는 있지만 길거리에서 사람이 아닌 다른 대상을 탐지해봐야 아무런 의미도 없어 평소에는 쓰지 않았다.

한편 사냥터에서 사냥감을 탐지해도 마일은 다른 파티 멤버들에게 일일이 알려주지는 않았다.

하나부터 열까지 전부 마일에게 의지해버리면 파티가 해산되거나 마일이 개별 행동에 들어갔을 때 등에 아무 일도 못 하게 되리라. 그래서는 곤란하므로 마일은 자기만 할 수 있는 일만 하고, 물자 수납과 정말로 위험할 때에만 파티에 힘을 보태자고 스스로 정해두었던 것이다.

"……어라?"

"왜 그래?"

"아, 아니, 아무것도 아니에요……."

마일의 수상쩍은 반응에 레나가 물었지만, 마일은 그냥 넘겼다.

'근처에 사람의 반응이 있어……. 그런데 목소리도 아무런 소리도 안 들린다?'

조금 의문스러웠지만 이곳은 사냥터다. 다른 헌터가 있어도 전혀 이상하지 않다. 조용하긴 해도 쉬고 있거나 아니면 사냥감이 오기만을 숨죽여 기다리고 있을지도 모른다.

아니, 오히려 한창 사냥 중에 소리를 내는 쪽이 더 이상하다.

그렇게 생각하고 다른 사람과 마찬가지로 사방을 살펴 사냥감을 찾는 마일. 탐지마법은 그대로 켜둔 채였지만, 그것은 어디까지나 안전을 위해서지 탐지마법으로 편하게 사냥할 마음은 없었다. 사냥이 심하게 안 될 때만 제외하고 말이다.

'따라오네…….'

마일은 아까부터 그 사람의 반응이 일정 거리를 유지하며 자신들을 따라온다는 사실을 깨달았다.

한 사람이 조금 더 가깝고, 그 뒤로 네 사람이 따라오고 있었다. 이는 어떻게 생각해도 '상대방이 눈치채지 못하게 뒤를 밟는' 패턴이었다. 역시 그냥 넘길 수 없다. 마일은 모두에게 손짓으로 가까이 모이라는 신호를 넣었다.

"왜 그래?"

"누가 우리 뒤를 밟고 있어요……."

마일은 계속 걸으면서, 가까이 다가온 레나의 물음에 소곤소곤 알렸다.

"조금 전부터 다섯 명이 우릴 따라오고 있어요. 일정한 간격으로, 딱 달라붙어서."

"흐음? 그럼, 적당한 장소를 찾아볼까?"

메비스와 폴린도 아무 말 없이 고개를 끄덕였다.

그리고 십여 분이 지난 후.

장정 몇 명이 손을 잡아야 겨우 감싸 안을 수 있을 듯한 커다란 나무를 등진 마일 일행 앞에 남자 다섯이 모습을 드러냈다. 나무 쪽에 레나와 폴린, 그 앞에 마일과 메비스가 섰다.

남자들은 뒤에 나무가 가로막고 서 있어 달아나기 힘든 곳에서 마일이 쉬고 있을 때 절호의 기회라는 듯 등장했지만, 마일 일행이 나무를 등진 것은 물론 포위당해 후방 공격을 받지 않도록 하기 위함이었다.

"어머? 누구예요, 당신들은? 우리한테 무슨 볼일이라도?"

조소를 띠며 접근하는 남자들에게 폴린이 살짝 겁에 질린 듯 당황함이 배어 나오는 목소리로 물었다. ……연기파다.

"헤헤헤, 잠깐 우리 좀 보자고……."

기분 나쁜 웃음소리와 함께 그렇게 말하는, 리더로 보이는 남자.

"원망은 하지 마라. 우리는 그저 받은 의뢰를 이행할 뿐이니까 말이야. 그냥 일이라고. 헤헤, 일도 열심히 하고, 참 성실하지, 우리?"

"……의뢰?"

조소에서 히죽거리는 미소로 바뀐 남자의 말에 레나가 수상하다는 표정을 지었다.

"그래. 너희 가족분이 의뢰해주셨단다, '동료 여자애들을 죽사발로 만들어서 헌터 일을 못하게 해달라'고. 그렇게 하면 헌터 일을 그만두고 가족의 품으로 돌아갈 거라는 생각이겠지. 참 좋은 가족을 뒀지 뭐야? 푸하하하!"

""""엥……."""

그 말에 황당해하는 마일 일행.

"자, 시작해볼까? 얘들아, 제일 큰 여자한테는 손대지 마라. 상처 하나 없이 둬야 한다. 다른 여자는 마음대로 해도 좋아!"

"헉……."

남자 리더의 말에 그대로 얼어붙은 메비스.

"그, 그런……, 그럴 리가……."

메비스의 얼굴에서 핏기가 사라졌다.

자긍심 높은 귀족인 자신의 가족이.

기사의 긍지를 무엇보다도 소중히 여겼던 아버지가. 오빠들이.

믿을 수 없다. 아니, 믿고 싶지 않다…….

순간 휘청거리는 메비스를 마일이 당황하며 부축했다.

마일 일행도 믿을 수 없기는 마찬가지였다.

귀에 못이 박힐 정도로 들어왔던 메비스의 가족 이야기. 그 이야기 속에 등장하는 메비스의 가족은 모두 비정상이라는 생각이 들 정도로 메비스에게 애정을 쏟았지만, 그것만 빼면 귀족으로서 드물 만큼 자긍심 높고 성실하고 노블레스 오블리주를 행하려 노력하는 사람들이었다. 그런데, 설마…….

하지만 '메비스에 관한 일에는 이상하리만치 집착한다'는 것 자체가, 지금 이 사태를 설명해주는 것이 아닐까?

사랑하고 믿었던 가족이 자신의 동료들을 공격하려고 한다. 자신 때문에…….

메비스는 그대로 무너져 땅에 양 무릎을 꿇었다.

"메비스……."

레나가 걱정스러운 듯 불렀지만, 메비스의 눈에 절망의 빛이 어려 있었다.

마일과 폴린은 뭐라고 해줄 말도 없었다.

그때 남자의 말이 이어졌다.

“자, 머리카락이 갈색인 제일 큰 여자만 두고, 마음에 드는 대로 골라!”

그 말을 들은 ‘붉은 맹세’의 네 사람은 크게 소리쳤다.

“““제일 크다는 게, 가슴이었냐~~~!”””

“네, 네놈들…….”

화가 나 있었다.

메비스는 몹시 화가 나 있었다.

마일을 비롯한 다른 멤버들은 처음 보는 메비스의 분노로 가득 찬 표정을 넋을 놓고 바라보았다.

아니, 뭔가, 멋있어서…….

“잘도 놀라게 했겠다……. 그리고 이 몸이 가족을 의심하게 하다니……. 용서할 수 없어. 모두 단칼에 베어주마!”

“안 돼, 메비스!”

검을 뽑는 메비스를 막아서는 레나.

“네 몫은 두 사람까지로 해! 우리는 한 놈씩 맡는 선에서 참아줄 테니까!”

“……알았어.”

한순간이라고는 해도 가족을 의심해버린 자신을 향한 분노를 남자들에게 돌리려는 메비스.

레나, 마일, 그리고 놈들의 목표물인 폴린도 살기를 마구 내뿜었다.

"헷, 이제 막 양성 학교를 졸업한 애송이 계집애들이 허세 부리기는. 우리로 말할 것 같으면 C등급 헌터로서 20……."

쟁그렁!

"앗……."

장황한 말을 뚝 자르는 메비스의 검 공격에, 손에 쥐었던 검을 떨어뜨리고 아연해하는 리더.

"주워."

"뭐?"

"기다려줄 테니, 빨리 검을 주워."

"윽!"

굴욕감에 얼굴이 일그러지면서도 재빨리 검을 줍고 몇 걸음 후퇴하는 리더.

"날 무시했다 이거지! 모처럼 생긴 기회를 날려버린 걸 후회하는 게 좋을 거야! 얘들아, 해치워버리자!"

동료를 부추긴 리더가 다시 메비스와 대치했다. 한 사람 더 메비스를 향해 검을 겨누었다. 나머지 셋은 각각 마일, 레나, 폴린을 맡았다.

마일은 검을 가지고 있어 검사로 판단한 모양이었는데 그래 봐야 11~12살 어린애에 지나지 않는다. 나머지 둘은 마술사여서 마법을 쓰면 위험해도, 거리상 영창을 시작했을 때 바로 덤벼들면 마법이 발동되기 전에 손쉽게 제압할 수 있다.

메비스는 강하지만 그래도 경험이 적은 풋내기이므로 베테랑 두 사람이 상대하면 버틸 수 없으리라. 남자들은 그렇게 여겼다.

휘웅!

메비스를 향해 두 참격이 동시에 날아들었지만, 마일과 베일의 동시 공격을 통해 복수의 적과 싸우는 훈련을 쌓아온 메비스는 그 근소한 시간차를 파악하기가 식은 죽 먹기였다.

메비스는 살짝 더 빠른 리더의 검을 튕겨내고 연속 동작으로 또 다른 검을 막아 날렸다. 자세가 완전히 무너진 두 사람을 추격할 수도 있었지만 메비스는 그대로 움직이지 않았다.

""뭐야…….""

필살 동시 공격이 가볍게 막힌 두 사람은 경악했지만, 이상할 것은 하나도 없었다.

조금 전 리더가 말하다가 끊긴 'C등급 헌터로 20여 년을 살아왔다'는 대사.

그것은 다시 말해, 20년이 넘도록 B등급으로 올라가지 못했을 뿐 아니라 아직도 길드를 통하지 않은 불법 의뢰가 아니면 먹고 살 수 없으며, 그렇게까지 했는데도 초라한 옷차림과 장비밖에 마련하지 못했다는 뜻이다.

C등급 헌터 중에도 제일 밑바닥이라는 사실을 자기 입으로 퍼뜨리려고 한 셈이니, 자랑할 거리가 못 된다.

반면 헌터 양성 학교 졸업생들은 뛰어난 재능이 기대되어 헌터 양성 학교에 입학했고, 반년간의 혹독한 훈련을 받은 사람들이다. D등급에서 겨우 승격한 일반적인 신인 C등급 헌터와는 차원이 다르다. 그리고 '붉은 맹세' 멤버들은 그중에서도 조금, 아니, 상당히 달랐다.

메비스가 차가운 목소리로 말했다.

"……와라."

나머지 세 남자는 당황했다.

마술사들이 영창을 시작하려고 하면 그 즉시 눈앞의 어린 검사를 발로 뻥 차버리고 그대로 덮쳐서 검의 옆면으로 때려 쓰러트린다. 그들이 겁에 질려 아무것도 못하게 되면 리더와 또 다른 자가 검사를 쓰러트리고 난 후에 느긋하게 취할 것을 취하면 끝이다. 아주 간단한 작업이다.

그렇게 생각했건만, 설마 두 사람이 2대1 상황에서 고전하다니.

후방 공격을 받지 않도록 어린 검사와 마술사들을 일단 무력화시킨 후에 리더를 도우러 가야겠다고 판단했을 때, 사냥감으로 여겼던 소녀들이 이렇게 말했다.

"자, 우리도 슬슬 시작해볼까……."

"다른 도시에서 온 퇴물 헌터인가 봐요. 우리에 대해 잘 모르는 것 같아요."

"각자 한 사람씩 맡는 건 재미가 없죠. 모두 3분의 1씩 맡는 건 어때요?"

"어머, 그거 좋은 생각이네."

폴린의 제안에 찬성하는 레나.

""""자, 그럼 그렇게 하기로 하고!""""

휘이익!

마일이 검을 가볍게 휘두르자, 쿵 하는 소리와 함께 세 남자의 방어구가 땅에 떨어졌다.

""""헉…….""""

무슨 일이 일어났는지 이해하지 못해 아연실색하는 세 남자.

방어구만 베어 떨어트린 것은 레나의 불마법이 더 잘 통하게 하기 위해서였는데, 무기마저 없는 자에게 레나와 폴린이 공격하기는 어려우리라고 판단한 마일의 배려였다. ……사실 두 사람에게는 그러한 배려가 하나도 필요하지 않았지만 말이다.

적들이 당황하는 사이, 레나와 폴린의 영창이 진행되었다.

"……점화!"

레나는 초보 중의 초보가 쓰는, 생활 편리 마법인 '점화'를 사용했다. 살짝 강하게, 3발 연속으로.

""""으아아악!""""

그리고 마치 횃불처럼 불타오르는 세 남자의 머리통.

횃불이 활활 타는 모습을 무표정으로 몇 초간 바라본 후 폴린이 마법을 발동했다.

"……워터 볼 울트라 핫!"

주문을 왼 폴린의 머리 위로 나타난 3개의 수구. 그것은 붉은색 물로 된 물덩어리였다.

"슛!"

기세 좋게 날아간 붉은 수구는 남자들의 머리에 명중하여 활활

타오르는 불을 껐다.

폴린이 웬일로 친절하네, 하고 마일이 생각하고 있는데 세 사람이 갑자기 불이 붙었을 때보다 더 심한 비명을 내질렀다.

“““우아아아악!”””

그 비명을 들으며 마일은 떠올렸다.

그러고 보니 폴린과 물마법 공격 이야기를 나누었을 때 나왔었지, 붉은 공격 ‘울트라 핫’이라는 아이디어가, 하고 말이다.

핫이라고 했지만 그리 뜨겁지는 않다.

그렇다, ‘맵다’는 의미의 ‘핫’도 있지 않은가. 그것도 울트라다.

눈, 코, 입, 그리고 화상 입은 자리에. 목구멍이 화끈거리고 눈도 뜨지 못하는 생지옥.

그들의 전투력이 완전히 소멸했다.

생각해보면 마일이 방어구를 베어 떨어뜨린 의미가 전혀 없었다.

필사적으로 메비스의 검을 받아내는 리더와 또 다른 남자.

지옥에서 들려오는 듯한 동료의 절규에 상황은 대충 파악했지만, 어떻게 손 쓸 방법이 없었다.

쟁그렁, 쟁그렁.

그리고 두 사람이 동시에 검을 떨어트린 것이 이걸로 몇 번째던가.

“……주워.”

무표정으로 말하는 메비스.

두 사람은 한계에 도달했다.

언제든 죽일 수 있으면서, 끝도 없이 검을 떨어트린 다음 다시 줍게 한다.

이미 마음은 완전히 꺾였지만, 그래도 아직은 희망이 있었다.

동료가 마술사들을 무력화하고 가세하겠지, 붙잡은 마술사들을 인질로 삼겠지. 그렇게 하면 역전할 수 있다. 그때까지 견디면서 시간을 벌어야 한다고 말이다.

하지만 그 가능성은 산산조각 나고 말았다.

생각해보면 알 수 있는 일이었다. 마술사들이 인질이 될 가능성이 있었다면 이 검사가 느긋하게 자신들을 괴롭히며 가지고 놀 리가 없다.

동료들은 반드시 안전하다는 확고한 자신감이 있기 때문에 검사가 마음 놓고 자신들을 괴롭힐 수 있는 것이다. 마치 고양이가 쥐를 가지고 놀듯.

그리고 그것도 슬슬 질려서 최후의 일격을 가하려는 때가 왔는가…….

이제, 설령 검사에게 일격을 가하는 데 성공하여 역전했다고 하더라도 세 동료를 즉사시킬 수 있는 마술사들이 충분한 거리를 벌린 상태에서 대기하고 있다. 어차피 이렇게 실력 차이가 나는 이상 일격에 성공하리라는 생각도 들지 않지만.

절망. 이보다 지금 상황을 더 잘 설명해주는 단어도 없으리라.

"그만 봐주라……."

두 사람은 결국 검을 주워들 기력마저 잃고 그 자리에 털썩 주저앉았다.

"그런 말은 없었는데, 이렇게 강하다고는……. 이제 갓 C등급이 된, 10대 중반 소녀로만 구성된 파티니까 쉽게 이길 줄 알았는데……. 속은 거야, 우리가!"

리더가 울음 섞인 목소리로 말했는데, 그 정보는 딱히 잘못되지 않았다. 그저, 중요한 정보가 몇 개 빠졌을 뿐이다.

"어머, 자기들만 안 다치고 끝내려는 건 너무 얌체 같지 않아?"

뒤에서 들려온 목소리에 어리둥절한 표정을 짓는 리더와 남자.

"그래도 동료들과 똑같이 당하지 않으면 불공평하잖아?"

레나가 눈으로 가리킨 곳에는 더 이상 비명조차 내지를 수 없어 히익, 히익 하고 갈라진 목소리를 흘리는, 머리카락을 잃고 두피에 화상을 입은 세 동료가 있었다.

""허억…….""

얼굴에서 경련이 일어나는 두 사람.

"마, 말할게! 뭐든 다 털어놓을 테니까!"

"하지만 아까 이미 다 말했잖아요? 제 가족이라고 말한 자, 그러니까 베케트 상회 상회장으로부터 의뢰를 받아 저를 집으로 돌려보내기 위해 덮친 거라고. 그것 말고 우리한테 필요한 정보를 더 가지고 있다는 건가요?"

"아……."

폴린의 질문에 할 말을 잃은 리더.

바보 같았다.

폴린만 빼고 실컷 희롱한 다음 죽일 작정이었는지, 아니면 헌터 일을 계속할 수 없게 만들고 놔주어도 자신들은 왕도에 살지 않고 이름도 알려지지 않았으므로 이대로 폴린만 데리고 왕도를 떠나면 정체가 들킬 염려가 없다며 안심했던 것일까…….

어느 쪽이든 간에 고용주와 자신들의 목적을 술술 다 털어놓은 것은 삼류 이하나 하는 행동이었다. 20년 넘게 C등급 밑바닥 생활을 전전한 것도 납득이 간다.

"폴린, 길드로 돌아가서 사정을 설명하고 호송용 마차를 요청해줘. C등급 헌터들이 공격받았다고 하면 경비는 길드 쪽에서 부담할 거야. 공격받은 당사자가 직접 가는 편이 설명하기 쉽잖아?"

"네. 알았어요."

폴린이 현장을 떠나고 적들을 결박한 다음, 레나가 메비스와 마일에게 말했다.

"그럼 회의를 시작해볼까. 폴린의 집으로 쳐들어가기 위한……."

"역시. 폴린을 연락책으로 왕도에 보내는 걸 보고 그럴 줄 알았지. 안 그래? 마일."

"……네?"

"응?"

"네?"

아무래도 마일은 전혀 눈치채지 못한 듯하다.

제22장 역습

“폴린은 아마도 ‘제 개인적인 일이니까요’ 같은 말을 하겠지만, 이제 이렇게 된 이상 우리 모두의 문제야. 그리고 설령 이 습격이 일어나지 않았다고 해도.”

“우리는 영혼으로 이어진 동료…….”

“그래요, ‘붉은 맹세’니까요!”

레나의 말을 메비스와 마일이 마저 이었다.

이렇게 해서 폴린이 없는 사이에 한 회의를 통해 폴린의 집안 문제에 개입할 것, 이는 ‘붉은 맹세’로서의 결정이라는 것, 그리고 폴린이 반대해도 ‘다수결에 따른 결정’으로 강행할 것 등이 정해졌다.

그리고 적들을 향해 시작된 심문.

횃불 상태가 되었던 세 사람도 마일이 치유마법을 걸어 겨우 말할 수 있을 만큼은 회복했다. 심문 상대가 많으면 많을수록 패거리가 분열될 확률이 올라가기 때문이다.

“……네놈들은 현역 헌터? 아니면 제명된 전 헌터?”

질문하는 레나의 옆에서 마일이 두 손바닥 위에 화구와 붉은 수구를 만들어 가지고 놀고 있었다. 폴린과 함께 개발한 마법이어서 마일 역시 ‘울트라 핫’을 구사할 수 있었다.

마일의 두 손을 보고 전율하며 남자들은 생각했다.

무기와 방어구를 빼앗긴 상태로 단단히 결박당했고, 몇 시간 후면 호송 지원이 도착한다. 그때까지 결박된 몸이 풀리지는 않겠지.

그리고 설령 그전에 몸이 자유로워진다고 해도 동료 중 셋이 전투 불능 상태다. 만전의 태세로도 상대가 안 되었는데 이 상태로 이길 리가 없다.

남자들은 더는 반격이 불가능하다는 사실을 인정하고 어떻게든 처벌을 덜 받길 노리는 수밖에 없다고 여겼다.

이대로라면 교수형은 면하더라도 최악의 경우 범죄 노예가 되어 평생 광산에서 중노동에 시달려야 한다.

뭐, 열악한 환경 그리고 중노동이 매일같이 이어지면 평생이라고 해봐야 그리 길지는 않겠지만…….

하지만 잘만 하면 광산보다 편한 일에 배당되거나 몇 년 만에 자유의 몸이 되는 '연한(年限) 징벌' 선에서 그칠지도 모른다. 만약 운이 좋으면 헌터 자격 박탈만으로 끝날 가능성도 전혀 없지는 않다.

어떻게든 죄를 전부 의뢰주에게 돌리고 자신들은 그저 의뢰를 받았을 뿐이어서 사정을 잘 모르고 자신들도 속았다고 주장하면…….

잘 생각해보면 도저히 통할 수 없는 주장이지만, 남자들에게는 그것 말고는 다른 길이 없었으므로 선택의 여지가 없었다. 실낱 같은 희망에 기대 조금이라도 호감도를 높일 수밖에…….

자신들을 공격한 적에게 소녀들이호감을 느끼게 만들기.

그것은 너무도 무모한 시도였다.

그렇게 해서 남자들의 진술이 시작되었다.

"우, 우리는 제대로 된 헌터 자격증을 가지고 있어! 모두 C등급이야……."

그리고 호송 마차가 올 때까지 진행된 심문 결과, 남자들은 전부 현역 C등급 헌터이며 사십 줄에 들어선 지금까지 모아둔 돈도 거의 없고, 체력 감퇴로 인한 은퇴가 서서히 다가오자 어떻게든 목돈을 모아야 한다는 생각에 길드를 통하지 않고 불법적인 의뢰에 손을 댔다는 사실을 파악하였다.

길드를 통하지 않은 것 자체는 불법이 아니다. 단지 어떤 문제가 발생해도 길드의 도움을 받을 수 없을 뿐이다.

불법은 그 내용에 있었다.

살인, 유괴, 결혼을 파탄 내기 위해 여성을 덮치는 등 다양한 위법 의뢰.

이번 '길드를 통하지 않은 의뢰'는 딸을 집에 돌아오게 하고 싶다는 내용으로, 의뢰 사항 자체는 불법이 아니었다. 하지만 의뢰주에게 지시받은 그 '방식'이, 완전한 위법 행위였다.

딸의 동료들을 공격하고, 다치게 하고, 헌터 일을 계속하지 못하게 만들어줄 것.

그리고 딸의 의사를 무시하고 붙잡아 강제로 데리고 돌아올 것.

심지어 상대는 왕도의 주민이니, 국왕의 직할지(直轄地) 주민에 대한 가해 행위였다.

남자들은 목적만 달성하면 의뢰주도 세세한 일을 따지지 않으리라는 생각에, 동료 소녀들을 겁만 주거나 살짝 때리는 선에서 매운맛만 보여주려고 했지 심하게 다루려던 것은 아니라고 했다. 진짜인지는 의심스러운 부분이지만…….

"정말이야! 그러니까 아무것도 감추지 않고 전부 다 술술 말했지! 의뢰주가 동료의 아버지라는 사실을 알면 길드나 위병에게 일러바칠 일도 없을 테고, 두 번 다시는 저 역병을 일으키는 신 같은 아이와 안 엮이려고 할 것 같아서……. 일단은 괜찮으리라는 생각에 배려했다고! 만약 우리가 이 일을 맡지 않았다면 진짜 범죄자가 이 일을 의뢰받아 정말 큰 사달이 나지 않았을까……?"

남자들은 필사적으로 그렇게 주장했다.

하긴, 조리에 맞는 말이기는 했다.

하지만 조금 전에 보였던 꺼림칙하고 천박한 미소. 만약 그것이 정말 연기였다면 이 사람들은 연기자로 충분히 먹고살 수 있으리라.

그리고 다시 확인한 것은 왕도에서 마차로 4일 걸리는 거리에 있는 보드만 자작령의 영도에 거점을 둔 중간 규모의 베케트 상회 상회장, 즉 폴린의 아버지가 한 의뢰라는 사실과 상회장은 그밖에도 온갖 불법 의뢰를 어둠의 루트로 발주했다는 사실 등이었으며, 상당히 화려하게 행동하는데도 불구하고 한 번도 잡히지 않고 돈벌이를 하고 있다는 사실이었다.

“부탁이야, 제발 길드와 위병에 말 좀 잘 해줘! 진짜, 몇 번 때리는 선에서 끝낼 생각이었다니까! 실제로도 너희한테 손가락 하나 대지 않았고, 우리가 받은 의뢰도 딸이 집으로 돌아오게 해달라는 아버지의 의뢰지. 이상한 것도 아니잖아? 같은 헌터 동료 아니냐, 좀 도와주라! 너희도 나이 먹어서, 아무 저축도 없이 앞날이 불안해지면 길드를 통하지 않는 일이라도 받을 수밖에 없다니까! 응? 진짜, 좀 살려줘…….”

하지만 세 사람의 대답은 차가웠다.

“손가락 하나도 대지 않은 게 아니라, 댈 수 없었다 아닌가?”

“그리고 나에 대한 첫 동시 공격. 그건 명백히 치사성이 있는 공격이었는데?”

“우리는 진상을 모르니 변호해줄 수 없어요. 우리는 일어난 사실만 그대로 전할 테니, 변호는 길드 쪽과 위병에게 본인들이 직접 하세요. 죄목과 처벌을 결정하는 것은 우리가 아니니까요.”

“그, 그런…….”

레나, 메비스, 그리고 마일의 담담한 대답에 절망적인 표정을 짓는 남자들.

“여러분이 하는 말이 진짜라면 그리고 그걸 증명할 수 있다면 죄가 가벼워질지도 모르겠네요. 잘됐어요. 가벼운 처벌로 끝날 것 같으니…….”

그렇게 말하며 생긋 웃는 마일.

물론 기분 나쁘라고 한 말이었다. 흔치 않게 진심으로 화난 모습이었다.

"응응, 나도 두 사람이 나한테 동시에 휘두른 검의 검선과 속도, 세기에 대해 정확하게 증언할 테니 안심해."

메비스도 화났다, 화났어…….

"그럼 폴린이 마차를 불러올 때까지 차라도 한잔할까?"

레나의 말에 마일과 메비스가 고개를 끄덕였다.

폴린이 마차와 몇몇 기마와 함께 돌아온 것은 점심시간이 되기 전이었다.

이동 시간, 설명에 필요한 시간, 그리고 마차와 인원 준비에 드는 시간 등을 생각하면 빨리 온 편이다.

"메비스, 무사해?!"

도착한 마차에서 제일 먼저 뛰어내린 사람은 유안이었다.

"막내오빠……."

유안이 뛰어와 와락 껴안자, 곤란한 듯 쓴웃음을 짓는 메비스.

그 모습을 본 마일 일행은 생각했다.

(((거부하진 않네…….)))

"네놈들이냐, 메비스에게 위해를 끼치려던 게!"

귀족처럼 보이는 청년이 추궁하자 남자들은 허둥지둥 변명했다.

"아, 아니, 저희는, 그냥 살짝 겁만 주려고 했을 뿐……."

"뭐?! 메비스를 겁주려고 했다고? ……교수형이군."

""""""""네에에에에엣?!""""""""

(((아, 역시…….)))

예상대로다.

너무도 당연하다는 듯한 유안의 말에 고개를 끄덕이는 마일 일행이었다.

마일 일행은 유안에 이어 폴린과 함께 마차에서 뛰어내린 여러 헌터들과 길드 직원에게 인사한 후 그들이 적을 마차에 태우는 모습을 바라보았다.

"그나저나 막내오빠는 왜 아침부터 숙소에 없었어요?"

"어젯밤에 아버지께 쓴 편지를 부치려고 아침에 제일 먼저 의뢰를 내려고 갔지. 숙소에 돌아왔더니 메비스가 안 보여서 당황한 마음에 길드에 갔는데……. 뾰족한 수도 없고 길드에서 메비스가 돌아오기만 기다리고 있으니까, 거기 있는 악마…… 그래도 메비스를 돋보이게 해주는 여자가 길드 사람한테 '메비스가 공격받았다'고 말하는 거야……."

도중에 왠지 당황해서 말을 얼버무리려고 했지만, 그래도 무례하게 말한 것은 도로 담을 수 없었다.

그리고 '메비스 일행이'가 아니라 '메비스가'라고 했다. 다른 사람은 어떻게 되어도 상관없었나 보다.

"그, 그랬군요……."

왜 그러는지 살짝 고개 숙여 머뭇거리는 메비스.

사실은 한순간이나마 오빠를 의심했다는 부끄러움과 미안함 때문에 그랬던 것인데, 사정을 전혀 모르는 유안은 '나와 만나 너무 기뻐서 수줍어하고 있어! 귀여워!' 하고 생각했다.

"메비, 으헥!"

유안은 다시 한 번 메비스를 껴안으려고 했지만, 도저히 참을 수 없었던 세 사람이 옷을 붙잡아 막는 바람에 옷에 목이 졸려 캑캑거렸다.

천천히 움직이는 호송 마차를 따라 걸음을 옮기면서, '붉은 맹세' 네 멤버는 앞으로의 계획을 의논했다.

"가기로 했어. 폴린의 집에."

"네……?"

"뭘 그리 놀라? 당연하잖아."

"하, 하지만, 이건 제 개인적인 일이라서……."

"""역시……."""

레나에게 한 폴린의 대답이 예상에서 전혀 빗나가지 않았기에, 마일과 메비스는 무심코 목소리를 흘렸다.

"엥……."

그러자 어리둥절해하는 폴린.

"애초에 폴린의 아버지가 그자들을 고용해서……."

"네? 상회장은 제 아버지가 아닌데요?"

""""뭐?""""

"저, 처음 만났을 때 말씀드렸잖아요, '베케트 상회라는 중간 규모 상가의 상회장의, 정부의 딸입니다'라고요. 어머니가 정부일 뿐이지 상회장이 제 아버지라고는 말 안 했는데요?"

""""뭐, 뭐라고~?!""""

경악할 만한 사실이 밝혀졌다.
그리고 펼쳐진 폴린의 집안 이야기.

폴린의 부모님은 상점을 경영하였다.
가족은 다정한 부모님과 폴린 그리고 4살 어린 남동생까지 총 네 식구였다.
상점은 고만고만한 규모로, 지배인 이하 몇 명의 중심 종업원을 비롯하여 많은 견습생과 마부, 인부를 쓰고 있었다.
아내와 자식들에게 한없이 다정했던 아버지는 상점을 착실하게 경영하는 상인이었다. 탐욕적인 장사와는 거리가 멀었던 그는 인품 때문인지 아니면 착실한 경영으로 생긴 신용 때문인지 순조로운 장사를 이어갔다. 그날이 오기 전까지는 말이다…….
어느 날 밤, 상점에 도둑이 침입했다.
도둑은 폴린의 가족과 야근하던 직원들을 결박하고 금고에 든 돈을 몽땅 빼앗은 다음 폴린의 아버지만 죽이고 떠났다.
슬픔에 젖은 폴린의 어머니에게 지배인이 한 장의 종이를 들이밀었다.
'상점 양도서.'
그것은 상점의 모든 권한을 지배인에게 양도한다는 내용에 아버지의 이름이 적힌 양도서였다.
말도 안 된다. 모두가 그렇게 생각했다.
하지만 관리는 문서가 유효하다고 인정했고 모든 것은 지배인의 소유가 되었다.

불복을 주장하던 고참 직원은 해고되었고 그 빈자리는 지배인의 영향력이 미치는 자들로 채워졌다.

그리고 지배인은 폴린의 어머니에게 말했다.

아이들을 길에서 방황하게 만들고 싶지 않다면 자신의 애인이 되라고.

어머니는 그것을 받아들였다.

제안을 수락한 어머니를 격렬하게 비난하는 폴린에게 어머니는 말했다.

"네 아버지의 아내 역할은 끝났다. 이제 남은 것은 어미로서, 네 아버지가 남기고 간 너희를 훌륭하게 키우는 것이 나의 일이란다. 그리고 너희 둘이 어른이 되면 그때는……."

어머니는 처절한 미소를 지으며 말을 이었다.

"그때는 다시 그이의 아내로서 마지막 역할을 다할 생각이야……."

남동생은 아직 8살. 모든 재산을 빼앗기고 무일푼이 된 여자가 두 아이를 훌륭하게 키워내기란 쉽지 않다. 게다가 제안을 거절하면 지배인이 어린 자식들에게 손을 뻗칠 위험도 있었다.

그래서 어머니는 수라(修羅)의 길을 선택했다.

폴린은 충분히 이해했다.

그리고 훈련과 공부에 전념했다.

아마도 지배인, 아니 지금은 베케트 상회의 상회장이 된 남자는 폴린이 성인이 되면 귀족이나 어느 대상인에게 조공으로 바칠 것이 틀림없다.

그전에 달아나서 역습을 위한 자금과 힘을 축적하든가. 아니면 최대한 권력이 있는 곳으로 팔려가 남편의 비위를 살살 맞춰가며 꼬드겨 베케트 상회를 되찾든가.

그러기 위해서는 자신의 상품 가치를 올릴 필요가 있었다.

다행히 자신에게는 마술사의 재능이 있다. 이 재능을 키워야 한다. 장사 관련 지식도 필요했다. 그리고 비정한 마음도.

이렇게 해서 가족의 사랑을 듬뿍 받으며 느긋하게, 행복하게 살았던 연약하고 마음씨 착한 소녀는 겉모습만 남기고 사라졌고 대신 한 마리의 늑대가 탄생하였다. '양의 탈을 쓴 늑대'가…….

그것은 폴린이 열두 살 되던 때였다.

"""""…………."""""

아무 말도 하지 못 하는 세 사람.

그때 이야기를 듣고 있던 유안이 불쑥 한마디 내뱉었다.

"사람의 악의가 수라를 낳는 것인가……."

그것은 폴린을 두고 하는 말일까, 아니면 폴린의 어머니를 말하는 것일까…….

"……역습 개시야."

레나의 말에 마일과 메비스는 묵묵히 고개를 끄덕였다.

*　*

왕도에 다다른 호송 마차는 곧장 헌터 길드로 향했다.

도착한 길드 앞에는 길드 마스터를 비롯한 길드 직원, 많은 헌터들, 그리고 왕도의 경비병들이 대기하고 있었다. 아마도 가문(街門)을 통과한 시점에서 전령이 먼저 달려가 알렸으리라.

"수고 많았다. 다들, 다친 곳은 없나?"

'붉은 맹세'를 격려한 길드 마스터는 마차에서 끌려 내려온, 마일 일행을 공격한 남자들에게 물었다.

"너희는 현역 C등급 헌터라던데, 사실인가?"

숲속 현장에서 간단한 사정 확인을 마친 후 전령 기마가 선행했기 때문에 길드 마스터는 어느 정도 정보를 얻은 상태였다.

그 사실을 긍정하는 남자들에게 길드 마스터가 싸늘한 목소리로 고했다.

"이번 일은 길드를 통하지 않고 한 범죄 행위이므로 헌터인 너희에게 길드 차원의 지원과 원조는 일절 없다. 그리고 길드 소속 헌터에 대한 습격, 다시 말해 길드에 대한 명백한 적대 행위이므로 길드는 너희를 영구 제명하고 살인미수범으로 왕도 경비병에게 인도할 것이다. 이의 있나?"

"자, 잠깐! 물론 위법 의뢰를 받은 것은 틀림없고, 제명도 어쩔 수 없다고 생각해. 하지만 죽일 생각은 전혀 없었어! 그냥 단순한 겁박이었다고. 어이, 너희도 그렇게 증언해줘!"

그렇게 말하며 마일 일행을 필사적으로 재촉했지만, 그녀들은 어깨를 으쓱해 보일 뿐이었다.

"그건 경비병한테 말해. 신병을 인도한 후부터 길드는 아무 상관없으니까. 귀족령의 자가 왕도, 즉 국왕 폐하 직할인 왕령에서 폐하의 직접 신민인 소녀들에게 손을 댄 것이다. 상당히 엄격한 취조와 처분이 기다리고 있을 것이야. 자, 죄인들을 인도하겠습니다. 데리고 가십시오."

경비병들은 길드 마스터의 말에 고개를 끄덕이더니 애원하는 남자들을 강제로 연행했다.

마일 일행의 증언도 요청되겠지만, 그것은 일단 취조가 끝난 후 그들의 변명이 진짜인지 검증이 필요할 때로 아마 다음 날이나 그다음 날 정도가 되리라.

"자, 너희는 내 방으로 같이 갈까?"

그리고 마일 일행은 상황을 꿰뚫고 있는 길드 마스터의 방으로 또다시 향하게 되었다.

길드 마스터의 방에 들어가자 응접용 의자에 앉으라는 지시를 받았고 곧 홍차도 나왔다.

"대략적인 내용은 그 아가씨한테 들었다. 그래서 말인데 혹시 너희, 이상한 생각을 하는 건 아니겠지?"

"이상한? 무슨 그런 말씀을. 그런 생각 안 했어요!"

다른 세 사람은 시선을 회피했지만, 마일은 길드 마스터의 얼굴을 똑바로 쳐다보며 그렇게 말했다.

"단순히 **역습**과 **복수**와 **유린**과 **섬멸**. 그것뿐이라고요. 이상한 짓을 하려는 생각은 추호도 안 했어요!"

"…………."

길드 마스터가 어깨를 축 늘어뜨렸다.

"……이번 일은 길드도 행동에 나설 것이다. 지방 상인 따위가 헌터 길드 왕도 지부에 싸움을 걸었으니 가만히 있을 수 없지. 길드를 얕봤다간 어떻게 되는지 뼈저리게 느끼게 해주지 않으면 선례를 남길 수 없으니까."

그렇다. 길드 소속 헌터에게 건 싸움은 곧 길드에 건 싸움이나 마찬가지다. 얕보이게 되면 똑같은 피해가 늘어나리라. 길드로서 이는 도저히 묵과할 수 없는 사건이었다.

붙잡힌 자들을 직접 경비병이 있는 곳까지 데려가지 않고 길드 앞에서 인도한 것 역시 다른 헌터들에 본보기가 되기 위해서였다. 불법 의뢰를 받으면 이렇게 된다는 것. 그리고 의뢰는 길드를 통해서 받는 편이 안전하다고 어필하기 위하여.

그렇지 않으면 길드가 돈을 벌 수 없기 때문이다.

"……이렇게 말해도 소용없겠지……."

끄덕끄덕.

"하아……."

길드 마스터는 단념했다.

"어쩔 수 없군……. 대신 갈 때 우리 쪽 사람을 한 명 데려가도록 해. 나중에 증인도 되고, 그쪽 길드에 협력을 구할 수도 있으니. 그리고 파티 인원을 바꾸는 편이 속이기 쉬우니까 그런 면에도 이점이 있을 거야."

마일이 대답하기 곤란해하자 레나가 대신 대답했다.

"어쩔 수 없죠……."

이리하여 '붉은 맹세' 플러스 1명은 폴린의 집이 있는 도시, 보드만 자작령의 영도인 타르에스로 떠나는 것이 결정되었다.
"출발은 타르에스 방면의 정기 마차가 떠나는 3일 후가 좋겠어. 그때까지 잘 준비해서 작전을 세우자."
길드를 나와 숙소로 돌아가는 길에 레나가 모두에게 알렸다.
과연 더 깊은 이야기는 길거리에서 말하기가 조금 곤란하리라. 그래서 나머지는 여인숙 방에서 논의하기로 했다.

"레니, 3일 후부터 잠시 방을 비울 거야. 목욕탕 급탕을 부탁할 마술사는 찾았어?"
"네에엣? 아직인데요. 어서 찾아야겠네요! 어머니~!"
마일이 여인숙에 돌아오자마자 카운터에 있는 레니에게 며칠 후에 방을 비운다는 사실을 알렸더니 레니가 크게 당황했다.

* *

그리고 3일 후.
중앙 광장의 승합 마차 발착장에는 '붉은 맹세' 멤버 네 명 그리고 열다섯 살 전후로 보이는 소녀가 서 있었다.
하늘거리는 치마를 입고 재킷에 팔만 끼우고 앞 단추는 채우지 않은, 지극히 평범한 마을 아가씨로만 보이는 그 소녀가 마일 일행에게 인사를 건넸다.
"길드 직원인 티리자라고 해요. 이번에 여러분과 동행하게 되었습니다. 잘 부탁드려요."

"아아, 우리야말로 잘 부탁해. 파티 멤버로 가는 거니까 일단은 특기 같은 걸 알려주지 않을래?"

파티 리더 메비스가 대표로 필수 사항을 질문했다.

"아, 네, 저는 C등급 후위(後衛)이고 나이프를 써요."

""""엥?""""

고개를 갸우뚱거리는 '붉은 맹세'의 세 사람.

C등급 헌터라는 점은 문제없다. 열 살에 F등급부터 시작했다고 가정하면 재능도 있고 성실하게 활동했다고 할 때 열다섯 살에 C등급 헌터가 된 것도 이상하지 않다. 사실 레나 일행도 비슷한 나이에 C등급이다. 어쩌면 티리자도 양성 학교 출신일지도 모른다.

문제는 '후위이고 나이프를 쓴다'는 부분이었다.

어째서 사정거리가 짧은 나이프를 쓰고, 게다가 후위라니?

원래 나이프는 예비무기 혹은 사냥감 해체용으로 쓴다. 사정거리가 짧아서 던지고 나면 손에 쥔 무기가 없어지는 나이프를 주무기로 쓰는 헌터는 들어본 적이 없었다.

"나이프라니…… 아얏!"

소박한 질문을 하려던 마일의 다리를 레나가 세게 걷어차는 바람에 마일의 말이 뚝 끊겼다.

"뭐, 뭐예요. 레나 씨! 아프잖…… 히익!"

부츠 끝으로 자신의 정강이를 찬 레나에게 불평하려던 마일은 레나의 무시무시한 표정을 보고 작게 비명을 질렀다.

"……아, 아무것도 아니에요……."

정말로 아파서가 아니라 깜짝 놀라서 반사적으로 소리를 질렀을 뿐이었던 마일은 당황하며 질문을 도로 넣었다.

"저는 어디까지나 길드에서 지켜보는 역할로 보낸 사람이며 타르에스의 길드 상층부와의 연락책이기도 합니다. 파티 일원인 것처럼 하겠지만 싸움에는 나서지 않고, 여러분이 하는 행동의 책임은 지지 않습니다. 그 대신 여러분의 행동을 막거나 간섭하지도 않을 테니 자유롭게 행동해주시면 됩니다."

티리자의 설명에 수긍하는 네 사람.

그것은 정당한 주장이었으며, 행동에 제약을 걸지 않겠다는 언질을 줘서 고마웠다.

그 후 출발하기 전에 미리 화장실에 다녀오겠다며 티리자가 자리를 비웠을 때, 마일이 레나에게 물었다.

"레나 씨, 아까는 왜 그랬어요!"

살짝 기분 나빠 하는 마일에게 레나는 소곤소곤 대답했다.

"저 아이의 직종을 묻는 건 그만둬. 나이프가 주 무기인 일이라고 하면 뻔한 거 아냐?"

"네?"

"잘 생각해보면 알 거 아냐? 나이프가 주 무기인 여자애가 활약할 법한 장면을."

레나의 말에 마일은 온갖 상상의 나래를 펼쳤다.

"으음, 평범한 여자인 척하면서 잠입하거나 몰래 호위하거나, 암살하거나, 암살하거나, 암살하거나……, 아……."

조금 전 티리자의 주 무기가 나이프라고 했을 때, 레나만 유일하게 고개를 갸우뚱거리지 않았던 이유는 거기까지 생각이 미쳤기 때문이었다.

"알았어? 쓸데없이 파고들지 마. 그게 헌터로서의 규칙이고 장수하는 비결이야."

마일, 메비스, 폴린 세 사람은 살짝 어두워진 낯빛으로 고개를 끄덕였다.

얼마 후 돌아온 티리자와 함께 네 사람이 마차에 오른 다음, 뒤이어 한 남자가 따라 탔다.

"막내오빠……."

아무도 놀라지 않았다.

당연히 따라오겠지.

다들 그렇게 생각하고 있었으므로.

한편 남자를 달고 다니는 여성 파티라고 하면 주목받기 쉽고 그만큼 시비에 잘 휘말리므로 어쩔 수 없이 '남자 한 명, 여자 다섯 명으로 구성된 6인 파티'로 다시 설정했다. 임시 편성된 일시적인 파티였다. 유안은 티리자와 달리 전투에 뛰어들 것이고, 작전에도 간섭하겠지만.

살짝 귀찮지만 그래도 유안은 정식 기사다. 실력이 확실히 보장되었고, 기사의 판단력과 싸우는 방법을 가까이에서 볼 수 있는 것은 자신들의 성장에 도움이 될지도 모른다. 그렇게 생각하면 썩 나쁜 일만도 아니라고 여기는 네 사람이었다.

출발한 마차 안에서 '붉은 맹세' 멤버들과 티리자는 이런저런 이야기를 나누었다. 역시 젊은 여자들끼리 나누는 대화에 끼어드는 것은 꺼려졌는지 유안은 은근히 귀를 기울이고 있을 뿐이었다.

다만 다른 승객들도 있는 곳에서 앞으로의 계획 등을 논의할 수는 없어서 그들이 나누는 대화는 단순한 여자 토크, 세상 사는 이야기에 불과했다.

"티리자 씨도 헌터 양성 학교 출신인가요?"

"아니요, 제가 C등급이 됐을 무렵에는 아직 양성 학교가 없었거든요."

"네?"

"평범하게, F등급부터 단계를 밟아 승격했어요."

""네에엣?""

이상하다.

열 살에 정규 길드원인 F등급 헌터가 되었고 순조롭게 승급했다고 가정해도 C등급까지는 최소 4년은 걸릴 터이다. 그런데 C등급 헌터가 된 시점에 아직 양성 학교가 없었다? 창립한 지 6년이 되는 헌터 양성 학교가?

……계산이 안 맞다.

"아이가 태어난 것을 계기로 헌터는 은퇴하고 길드 직원이 되었답니다."

""""네에에엣?""""

"남편이 마침 갓 설립된 헌터 양성 학교의 학교장이 되었죠."

""""""네에에에에엣?!""""""

설마 했던, 엘버트의 부인이었던 것이다.

"자, 자, 잠시만요! 그럼, 티리자 씨, 도대체 몇 살……."
"헌터의 프라이빗을 캐는 것은 규칙 위반이죠!"
"하, 하하하, 하지만……."
허둥대는 마일의 뒤에서 얼굴이 창백해진 유안이 악마를 쫓듯 성호를 긋고 있었다. 필사적인 형상으로.

*　*

승합 마차 여행의 첫날 밤.
마일을 비롯한 네 사람은 어느 정도 논의를 끝마친 상태였지만, 티리자와 유안이 합류했기 때문에 다시 한 번 의견 조정을 위한 확인을 진행했다.
장소는 여느 때와 다름없이 마일이 지참한 간이 텐트 안이었다. 혹시 몰라 마일이 몰래 방음 마법을 걸어두었다.
"……그래서 우선은 죄상을 확실히 해야 해요. 그 남자들이 진실을 말했는지 확인하고, 설령 거짓말이 아니라고 해도 상회 사람이라고 사칭한 자로부터 의뢰를 받은 건지도 모르니까 그 부분도 진상을 밝히지 않으면……."
마일이 다시 한 설명에 레나는 나쁜 놈이라는 걸 알았으니 됐지 뭘, 하고 투덜거렸지만 속으로는 납득하고 있었다. 지난번 회의 때도 같은 이야기를 했지만 결국은 찬성했던 것이다.
그리고 의뢰 사실을 확인하는 데에 큰 수고가 든다고도 생각하지 않았다.

옛날 강도 사건이라면 몰라도, 그 C등급 헌터들을 고용했는지에 대해서는 조금만 탐문해도 금방 밝혀낼 수 있으리라.

왕도 백성을 대상으로 유괴, 살인 교살을 한 것만으로도 포박되어 처벌당하기에 충분한 범죄 행위이므로 그것만 확인하면 단죄해도 아무런 문제가 없다.

물론 그 김에 고문해서 옛날 일까지 토해내도록 관헌에 부탁해두는 것도 말이다.

티리자는 원래 마일 일행의 행동에 간섭할 생각이 없었고 어디까지나 만약을 위해 자신도 계획을 들어두자는 자세였으며, 유안 또한 신중한 사전 조사는 필요하다고 여겼기 때문에 두 사람 모두 반대하지는 않았다.

그리고 왕도를 출발한 지 4일째 되는 저녁, 마차는 폴린이 나고 자란 마을, 보드만 자작령의 영도 타르에스에 도착했다.

말이 영도지, 자작령 중 가장 큰 마을일 뿐이고 주요 도로가 지나가 규모는 그럭저럭 되지만 '도시'라고 부를 정도는 아니었다.

"자, 일단 숙소부터 잡자."

늘 그렇듯 레나의 주도 아래 일동은 잠시 다른 곳에 들렀다가 바로 숙소로 향했다.

숙소는 폴린이 추천한, '숙박객층이 썩 좋지 않아 수상쩍은 자가 있어도 딱히 튀지 않는 여인숙'이었다. 그곳에 4인실 하나와 1인실 두 개를 잡을 예정이었다.

유안이 다른 방인 것은 당연하고, 티리자 역시 "제가 있으면 대화를 나누기 어려울 듯해서요" 하며 다른 방을 잡았다. 아마 경비는 길드 쪽에서 나오리라.

"4인실 하나랑 1인실 둘. 빈방 있나요?"

레나가 카운터에 있는 남자에게 묻자, 남자가 놀랐는지 눈을 크게 떴다.

이 여인숙은 젊은 여성이 별로 묵고 싶어 하지 않는 곳이었다.

하지만 싸다는 점, 조금 수상한 손님이라도 특별히 주목받지 않고 평범하게 묵을 수 있다는 점 때문에 이따금 여성 손님도 찾아왔다. 남자가 놀란 것은 손님이 젊은 여성 파티여서가 아니라, 레나의 뒤에 서 있는 소녀의 용모 때문이었다.

뒤집어쓴 후드 밖으로 나온 약간 짧은 흑발. 그리고 얼굴 전체를 칭칭 감은 붕대 틈새로 보이는 두 눈동자.

수상한 손님에 익숙한 카운터 남자로서도 드물게 느껴지는 수상함이었다. 아마도 이달의 수상한 사람 순위 제1위로 꼽히리라. 그것도 단독으로.

하지만 남자 역시 카운터의 프로였다. 놀라기는 했지만 금세 태연하게 대답했다.

"방 있습니다. 며칠이나 묵을 예정이신지?"

"그건 미정이에요. 떠나기 전날에 알려드리죠."

레나는 그렇게 말한 후 숙박료와 식사 등을 확인하고 열쇠를 건네받았다.

수상쩍은 분위기를 마구 풍기는 흑발 소녀는 물론 폴린이었다.

머리카락은 마차를 타기 전에 염색약으로 물들였고 붕대는 승합 마차를 탄 뒤에 구석에서 감았다. 마차를 타기 전부터 감으면 이동 중에 다른 승객들의 시선을 한 몸에 받게 되어 폴린이 수치심을 견디지 못했을 테니까.

머리카락 색은 마법으로 바꾸면 지속성 문제가 있어서 무난하게 컴뱃 프루프(실전증명)라고 할까, 많은 선인이 그 실용성을 이미 입증한 '염색약'이라는 편리한 것을 쓰기로 했다.

염색약을 쓰면 머리카락이 손상되지만, 폴린이라면 스스로 복구, 그러니까 치유가 가능하다. 머리카락 색깔을 밝게 해도 청정 마법으로 염색약 성분을 분해해 없애면 그만이다.

마일을 비롯한 네 사람은 얼른 방으로 들어가 저녁 식사 시간까지 푹 쉬었다.

마차를 탄 것 말고 한 일이 없었지만 격렬한 진동, 아픈 엉덩이, 그리고 몸에 힘이 잔뜩 들어가는 바람에 피곤이 밀려왔던 것이다. 유안 역시 자신의 방에서 쉬는 듯했다.

티리자는 짐을 방으로 옮긴 후 길드에 인사하고 오겠다며 나갔다.

다음 날 아침, 조식 후 다 함께 숙소 밖으로 나왔다.

여섯 명이나 되는 인원이 모여서 이동하면 눈에 띄므로 3개 조로 나누었다. 오늘은 정보 수집만 할 계획이었기에 분산해서 움직이는 편이 남들 눈에 띄지 않고 정보도 많이 모을 수 있을 테니까.

먼저 1조는 메비스와 유안이었다. 유안이 다른 사람과 같은 조가 되는 것을 승낙할 리 없었다.

2조는 레나와 티리자. 그리고 마일과 폴린이 마지막 조였다.

아직 아무 행동도 일으키지 않은 지금, 폴린 이외의 자가 위험에 빠질 가능성은 낮았다. 그래서 폴린에게는 나머지 세 사람 중 가장 실력자인 마일을 붙이기로 한 것이다.

또, 파티 멤버로 최소한의 역할은 하지만 적극적으로 싸움에 관여할 생각은 없는 티리자가 제일 싸움에 말려들기 쉬운 폴린과 같은 조가 되는 것은 문제가 있었으므로 티리자와 레나, 마일과 폴린이라는 조 말고는 달리 생각할 수 없었다.

길드에서 연배가 있는 사람을 파견하면 그 사람이 리더인 척 행동하지 않으면 사람들이 의문스럽게 여길 것이므로 '붉은 맹세' 멤버들과 비슷한 또래로 보이는 티리자가 적임자로 선택된 것이다. 눈에 띄지 않고, 주도권을 가지지 않으면서 철저히 조력자 역할을 할 수 있도록 말이다. 그런데 주역과 콤비를 이룬다면 무슨 의미가 있겠는가.

사실 티리자는 마일과 같은 조가 되길 바라는 듯했지만, 자신의 입장을 알기에 말로 표출하지는 않았다.

이렇게 해서 세 조는 뿔뿔이 흩어져 저마다 조사 목적에 해당하는 장소로 향했다.

레나 조는 길드 방면으로. 메비스 조는 상점이 밀집한 구역으로. 그리고 마일은 후드를 뒤집어쓰고 고개를 푹 숙인, 붕대를 칭칭 감아 되도록 얼굴이 보이지 않게 한 폴린과 함께 주거 구역으로 갔다.

그리고 저녁 무렵.

각자 조사를 끝마치고 숙소로 돌아온 사람들은 저녁 식사를 마친 후 4인실 방에 모였다.

"자, 다들 알아낸 정보를 모아보자."

평소와 같이 주도하는 레나.

"우선 우리가 갔던 길드 쪽 정보부터 말할게. 베케트 상회 쪽에서 이따금 고용하던 C등급 헌터 5인조의 모습이 근 10일 정도 보이지 않는다고 해. 길드를 통하지 않고 비합법적인 일을 할 때 자주 고용되었다던데. 이름이나 인상착의를 봤을 때 그놈들이 틀림없어. 그리고 그것과는 별개로, 헌터 자격이 없는 자를 호위로 고용했다는 것 같아. 이쪽은 다른 일을 시키는 게 아니고 호위 전문이라더라고."

"상점가 쪽은 폴린한테 들었던 이전 상황과 거의 같았어. 여전히 베케트 상회가 강제적인 장사나 거의 범죄나 다름없는, 아니 아무리 봐도 범죄로 보이는 짓을 일삼는데 어떻게 된 영문인지 관헌의 처벌을 받는 쪽은 항상 피해자 쪽이라더라. 베케트 상회 때문에 피해 입은 상점, 반감을 가진 사람이 많아 보였어. 막내오빠가 여자 점원들한테 많이 물어봐줬지."

메비스의 보고에 의기양양한 표정을 짓는 유안. 그리고 캐물은 상대가 여성 한정이라는 사실에 또 한 번 확 깨는, 메비스만 제외한 네 여자들.

마일과 폴린은 아무도 모르게 폴린의 어머니와 남동생의 상태를 살짝 살피러 갔을 뿐이어서 특별히 보고할 내용은 없었다.

"왕도에서 붙잡은 놈들의 증언도 진짜인 것 같아요. 만약 이야기가 달랐다면, 늦지 않게 바로 길드 마스터의 연락이 왔을 겁니다. 경비병에게 인도된 지 벌써 7일. 발 빠른 말이면 왕도까지는 하루 반나절이 걸리니까, 적어도 5일 하고 반나절 동안은 증언이 뒤집히지 않았다는 이야기죠. 경비병의 취조, 게다가 아마도 왕궁에서 파견되었을 고문관이 직접 하는 취조를 잘 견뎌낼 자는 없다고 봐요."

티리자의 결정적인 설명을 보아 상회장이 누명을 뒤집어썼을 가능성은 거의 없었다.

당초 마일 일행은 고용된 남자들이 돌아오지 않는 것에 불안감을 느낀 상회장의 환심을 사서 고용되는 계획을 세웠었는데, 비합법적인 일을 맡아 먹고사는 헌터인 척하자면서 서로의 얼굴을 본 순간, '아무래도 안 되겠다~……' 하고 생각을 고쳐먹었다.

명백한 미스 캐스팅이었던 것이다.

어차피 현대 지구의 사법 제도와는 다르므로 상황 증거만으로도 충분하다. 마일은 그렇게 생각했다.

그리고 마일은 초능력으로 적을 끼워 죽이는 소녀 살인 청부업자의 이야기 '멸살 협인(滅殺挟人. Toheart의 히메카와 코토네, 초능력자 케릭터로 격투게임 퀸오브하트에서 등에 멸살을 쓰고 상대방을 벽끝까지 밀고 해치우는 필살기를 사용)'과 같은 방식으로, 공포심을 일으키면서 아슬아슬하게 죽이지 않는 식으로 잡자고 제안했지만 모두에게 거절당했다.

가게를 망가뜨리지 않으면서 폴린과 어머니, 남동생이 제대로 가게를 되찾게 하려면 나쁜 악당들을 암살 같은 방법으로 물리치는 것만으로는 부족하다면서 말이다.
옳은 이야기였다. 까딱 잘못했다가는 이쪽이 범죄자가 되리라.
단순히 상회장 일당을 쓰러뜨리는 것이 아니라 폴린 일가의 복권을 이루어야만 한다.
'붉은 맹세' 멤버들은 지혜를 짜 모았다.

*　*

다음 날, 마을에 아침2(오전 9시)의 종이 울렸을 때.
이제 막 가게 문을 연 베케트 상회 앞에 네 그림자가 있었다.
그들은 네 명의 소녀들이었다. 그중에서 가장 작은, 11~12살 무렵으로 보이는 소녀가 어디서 꺼냈는지 알 수 없지만 심벌즈 같은 물건을 꺼냈다.

지잉~!

돌연 울려 퍼진 귀에 익숙하지 않은 굉음에 사람들이 하던 일을 멈추고 소녀들을 쳐다보았다.

징징, 지잉~!

계속해서 심벌즈를 울린 후 소녀가 크게 소리쳤다.
"복수이옵니다! 복수이옵니다! 아버지가 살해당하고, 어머니와 남동생 그리고 아버지가 남기고 간 상회까지 빼앗긴 소녀의 복수이옵니다! 여러분, 방해 되지 않도록, 그리고 쏟아지는 마법에 맞아 다치지 않도록 부디 조심하시기를!"

습격이었다.

눈발이 날리지도 않았고, 아침 댓바람부터였지만(1704년 12월 14일 눈 내리던 밤에 일어난 사무라이 47인의 복수 '추신구라'를 의미함).

사람들은 눈을 반짝였다.

이곳은 오락이 적은 세계다. 이렇게 흥미진진한, 그것도 평생에 걸쳐 누군가에게 수없이 들려줄 만한 이야기는 그리 많지 않은 법이다.

게다가 주인공은 귀여운 소녀들이고 적은 평소 평판이 나빴던 악덕 상인이다. 그러니 어느 쪽이 정의이고 어느 쪽이 악당인지 따위는 굳이 확인할 필요도 없었다.

사람들이 하나둘 모여들기 시작했고, 상회 사람이 무슨 일인가 싶어 밖으로 나왔을 때는 베케트 상회 주위에 대군중이 몰려 있었다.

그리고 레나가 불쑥 한마디를 내뱉었다.

"'이옵니다'라니, 도대체 뭔 소리야?"

"무슨 일이오!"

점원이 상회 앞 상황을 알렸는지 베케트 상회의 상회장, 즉 폴린의 원수인 남자가 호위로 보이는 자들을 대동하고 등장했다. 그의 눈에 비친 것은 상회를 둘러싼 군중과 그 앞에 서 있는 네 명의 소녀들이었다.

"포, 폴린!"

그렇다, 그곳에는 마법으로 염색약 성분을 분해, 제거하여 원래의 갈색 머리칼로 돌아왔고 붕대도 푼, 맨 얼굴의 폴린이 있었다.

"스스로 돌아왔구나! 그런데 이게 다 무슨 일이야?"

상회장은 군중을 둘러보며 폴린에게 물었다.

"관객 여러분이에요. 당신이 붙잡히고 처벌받는 광경을 구경하러 온……."

"뭐, 뭐라고?!"

상회장은 순종적이었던 폴린으로부터 생각지도 못한 말이 튀어나오자 당황해서 목소리를 높였다.

"2년 반 전에 당신은 도적을 고용해 내 아버지를 죽이고, 문서를 위조해 상회를 빼앗았죠. 기억이 안 난다고는 말하지 마세요! 게다가 이번에는 국왕 폐하의 직할지인 왕도의 백성을 죽이려고 한 죄, 명백해요. 이건 폐하의 재산을 해하는 행위이자 반역 행위입니다!"

규탄된 내용이 너무도 악독해서 군중들 사이에 흥분한 목소리가 일기 시작했다.

"모, 모르는 일이야! 도대체 무슨 증거로……."

대중 앞에서 엄청난 이야기를 듣고 당황하는 상회장.

하지만 폴린은 태연하게 말을 이었다.

"증거? 이상하다는 생각 안 드나요? 당신이 내 동료들을 공격하라고 명령했던 그자들은 안 보이고, 내가 동료들과 함께 여기 나타난 점에 대해서요. 그래요, 그자들은 전부 체포되어 왕궁의 고문관에게 심문당하고 있어요. 아니, '당했다'는 표현이 맞겠네요. 이미 모든 것을 실토했고 지금쯤이면 아마도 왕도의 경비병들이 이쪽으로……."

"뭐라……."

그 반응을 본 군중들은 이해했다. 아아, 규탄한 내용이 전부 진실이었구나, 하고 말이다.

폴린이 일부러 옛날 사건과 지금 사건을 연이어 말해서 이번 사건에 증인이 있다는 것만 알리면서, 마치 옛 사건도 증명되었다는 식으로 착각하게 만들었다는 사실은 알아차리지 못하고.

상회장이 '말문이 막힌 것은 인정한 것이나 마찬가지'라고 알아차렸을 때는 이미 늦었다. 규탄된 내용이 진실이라고, 군중들이 인식하기 시작했기 때문이다.

이렇게 된 이상 힘으로 제압할 수밖에 없었다. 그러기 위해 연줄이 있고, 그러기 위해 뇌물이 있다.

"악질 유언비어를 퍼트리는 이자들을 당장 잡아들여라!"

상회장은 호위들에게 그렇게 명령하면서 손으로 신호를 보내고 자신은 뒤로 물러섰다. 그것은 지금까지 몇 번이나 쓴 적 있는 '죽여라'라는 신호였다.

다섯 명의 호위들은 고개를 살짝 끄덕이더니 앞으로 나왔다. 그중 넷이 검을 뽑아 들었고 나머지 하나는 약간 뒤에 서서 지팡이를 들어올렸다.

"아앗, 우리의 입을 막기 위해 죽일 작정이로군요! 이건 뭐, 죄를 인정한 셈이네요! 검을 뽑아 우리를 죽이려고 하니, 우리도 몸을 지키기 위해 어쩔 수 없이 싸워야겠죠! 이건 어디까지나 정당방위라고요!"

마일이 큰 목소리로 장황한 대사를 읊은 후 검을 뽑아들었다. 그에 맞춰 나머지 세 멤버도, 검 혹은 스태프를 쥐고 자세를 취했다. 레나와 폴린은 이미 영창을 시작한 상태였다.

호위들은 "죽어버렷!"이라든가 "각오해랏!" 같은 쓸데없는 대사는 일절 내뱉지 않고 조용히 공격을 개시했다.

물론 주저리주저리 늘어놓는 것은 삼류 이하나 하는 행동으로, 그들은 보아 하니 이류 정도의 실력을 갖춘 듯했다. 레나 일행이 듣기로 헌터 자격이 없다고 했는데, 아무래도 그것은 실력 부족 탓이 아니라 어떤 다른 이유 때문인 것 같았다.

레나와 폴린은 상대 마술사에게 의식을 집중했다. 상대편의 실력을 모르는 이상, 안전책을 취하는 것이 가장 이상적이었다.

또한 이것은 상대의 전위 넷을 마일과 메비스가 완전히 막아주리라는 절대적인 신뢰가 있기에 비로소 가능한 일이었다. 다른 상대에게 의식을 집중할 때 적의 전위가 공격해 오면 죽을 것이 뻔하기 때문이다.

레나와 폴린은 이미 주문을 다 외우고 발동의 방아쇠가 될 단어만을 남긴 채 잠시 멈춘 상태였다. 그런 그녀들을 향해 검을 휘두르는 적의 전위.

마일, 메비스, 레나, 폴린에게 저마다 한 명씩 동시 공격에 들어간 것이다. 이렇게 해서 마일 일행을 한꺼번에 무력화하고, 마술사의 마법은 혹시 모를 사태에 대비할 작정이리라. 아무래도 어린 여자아이들이라고 얕잡아보고, 검술과 마법의 위력과 영창 속도도 과소평가한 듯했다.

하지만 마일과 메비스가 후방으로 향하는 공격자까지 포함해서 각각 두 사람씩 상대했다.

자신에게 날아오는 참격을 튕겨 올리고, 후위의 두 사람을 향하는 놈의 검을 위에서부터 내려쳐 막아 세운 것이다. 반년이 넘도록 함께 훈련을 쌓아왔으니 그 정도의 합은 너무도 간단했다.

그 모습을 본 상대편 마술사가 당황하며 보류해두었던 마법을 발동시켜 메비스에게 쏘았다. 아이시클 재블린이었다.

근접 전투이므로 목표물 이외의 자에게는 영향이 미치지 않는 마법을 선택할 필요가 있었는데, 그럴 때 이 마법이 적합했다. 게다가 실체가 있는 운동 에너지를 가진 고드름 창이어서 마법 방어에도 돌파력이 뛰어나다.

하지만 그것은 악수였다.

상대편의 두 마술사를 견제하고 있었는데 마술사들이 아니라 전위를 향해 마법을 쏴버리면, 상대 마술사들이 완전히 자유로워지고 만다.

만약 상대가 평범한 신출내기 헌터였다면 문제가 없었을지도 모른다. 대인 전투가 많은 호위 임무를 청부받을 만큼 실력에 자신 있는 마술사이니, 신출내기가 쏜 공격마법을 마법이 발동된 다음에 뒤늦게 방어하는 것은 그리 어려운 일이 아니다.

하지만 레나와 폴린은 물론 '신출내기'이긴 했지만 그 앞에 '지극히 상식에서 벗어난'이라는 문구가 붙어 있었다.

"어스 실드!"

"아이시클 재블린!"

두 사람의 마법이 발동되자 메비스를 향해 날아가던 고드름 창은 갑자기 땅에서 솟아난 흙벽에 가로막혔고, 그와 동시에 끝이 뾰족하지 않고 둥그스름한 고드름 창이 상대 마술사를 향해 날아갔다.

고드름 창……이라고 했지만, 복부에 고드름 기둥이 박혀 마술사가 쓰러졌을 때에는 네 전위들도 전원 땅을 뒹굴고 있었다. 환호성을 높이며 잔뜩 신난 군중과 얼굴이 새파랗게 질린 상회장.

폴린이 다시 추궁하려던 그때, 뒤에서 누군가의 목소리가 들려왔다.

"어이어이, 도대체 이게 무슨 소동이냐."

마일 일행이 뒤돌아보자, 30대 정도의 헌터로 보이는 사람이 그곳에 서 있었다. 허리에 찬 검으로 봐서 전위직인 검사 같았다.

소싯적에는 뭇 여성들에게 상당히 인기가 있었을 듯한 정갈한 풍모가, 나이와 함께 은근한 멋이 더해지면서 무척 근사한 느낌으로 성숙해져 있었다. 몇 가락만 남긴 턱수염이 또한 멋스러웠다.

온갖 풍파를 겪으며 올라온 뛰어난 실력의 베테랑 헌터. 그렇게밖에 보이지 않았다.

그리고 그 남자를 본 상회장의, 살았다는 듯 안도하는 눈빛을 보며 마일은 모든 것을 깨달았다.

'아~, 이거 '선생, 부탁드리오!' 하는 그건데…….'

"선생, 부탁드리오!"

'아, 역시…….'

"그래, 너희는 헌터 같아 보이는데, 이게 무슨 상황인가?"

선생이라고 불린 남자는 무작정 고용주가 하라는 대로 하지 않고, 상황을 확인하기 위해 마일 일행에게 질문했다.

고용주에게 물을 생각은 없어 보였다. 신뢰하지 않는 것일까, 아니면 싸울 상대에게 직접 묻는 편이 빠르다고 여겼을 뿐일까…….

"범죄자 포박이야."

"범죄자라고?"

"그래. 강도를 이끌어 이 아이, 폴린의 아버지를 죽이게 하고 위조문서를 만들어 재산을 빼앗고, 비합법적으로 헌터를 고용해서 왕도 백성인 우리를 죽이려고 했지. 중죄야."

"……사실인가?"

레나의 말을 들은 남자는 고개를 돌려 상회장에게 물었다.

"거, 거짓말이다! 다 엉터리야!"

"그거야 며칠 안에 왕도에서 호송 마차가 올 거니까 금방 확인되겠지. 그래서 어쩔 셈이야?"

필사적으로 부정하는 상회장을 가볍게 응대하고 남자에게 묻는 레나.

"나는 거기 널브러진 녀석들과는 달리 길드를 통해 정식으로 의뢰받은 호위다. 그러니 너희가 관리나 병사, 혹은 나라나 영주의 의뢰를 받은 자들이라면 아무 행동도 하지 않겠다. 하지만 그게 아니라면 계약에 따라 저 녀석을 지켜야 한다. 헌터라면 잘 알겠지?"

"……그럼 어쩔 수 없네. 하지만 4대1이니 항복이라는 선택지도 있잖아?"

"그럴 수는 없다. 난 B등급이다. 신출내기 넷에게 항복했다는 오명을 받아들일 수는 없지. 그리고 어차피 질 것 같지도 않고."

"하아……. 그럼, 해볼까……."

레나가 그렇게 말하며 스태프를 쥐려고 했을 때, 마일이 옆에서 끼어들었다.

"레나 씨, 이럴 때는 역시 일대일 승부죠!"

""""뭐?""""

마일이 또 이상한 소리를 한다며 어이없어 하는 세 사람.

"전대물(戦隊物) 이야기가 아니니까 아무리 정의를 위해서라고 해도 여럿이 약자 한 명을 괴롭히는 것은 감동적이지 못해요. 게다가 그렇게 하면 관객들도 재미를 못 느끼잖아요!"

세 사람은 아무 말 없이 고개를 끄덕이는 군중들을 바라보며 과연 일리 있는 말이라고 납득했다.

"……알았어. 그러면……."

"잠깐! 잠깐잠깐잠까안! 뭐야, 그 '정의를 위해서라고 해도'라든가 '약자 한 명을 괴롭히는 것' 같은 대사는! 그럼 내가 '악역'이야? 내가 '약자'인 거야?!"

"네? 아닌가요?"

진심으로 놀란 듯 되묻는 마일에게 남자가 소리쳤다.

"아니지! 아까 말했지 않나! 나는 정정당당하게 길드를 통해 호위 의뢰를 받았다고! 너희가 공적인 입장에 있다면 순순히 저 녀석을 넘길 거야. 하지만 너희는 개인적인 원한으로 움직이고 있을 뿐인, 단순한 습격자가 아니더냐? 그렇다면 나는 의뢰받은 임무에 준하여 호위해야만 해! 그리고 지금은 다른 동료가 볼일 때문에 이 마을을 떠난 상태라서 시간이나 때울 겸 나 혼자 이 일을 맡아서 그렇지, 원래 난 B등급 파티의 리더거든? 개인 등급은 이제 A등급이 머지않았다, 라는 소릴 듣고 있거든? 나 좀 강하거든? 거짓말이 아니거든?!"

"아니, 그렇게 필사적으로 말하니까 오히려 의심스……."

"거짓말이 아니라니까!"

마일의 수상하다는 말투에 얼굴을 붉히며 필사적으로 소리치는 호위 B등급 헌터.

"그럼 슬슬 분위기도 후끈 달아오른 것 같으니……."

"일부러 도발했다는 거야?!"

"당신의 상대는 이, 평범한 미소녀 마법 검사 마일이……."

"……어디 있는데?"

"네?"

호위 헌터의 말을 한 귀로 흘리고 말을 이으려던 마일은 생각지도 못했던 그의 말에 당황했다.

"그러니까, 날 상대한다는 그 '미소녀'가 어디 있냐고."

일부러 보란 듯이 주위를 둘러보며 후훗, 하고 옅은 미소를 띠는 호위 헌터.

'이, 이놈이…….'

아니, 알고는 있다. 조금 우쭐해져서 '미소녀'라는 말을 내뱉어 버린 자신이 나빴다는 것쯤은.

하지만 이 세상에는 많이 있지 않은가? '미소녀 전사'라든가 '천재 미소녀 마술사'라고 자칭하는 무리들 말이다. '목 없는 미녀 살인 사건'이라든가, 목이 없는데 어떻게 미녀라는 걸 아는 거야? 하고 따지고 싶어지는 제목도 있다.

그것들은 전부, 그냥 앞에 붙이는 일종의 '수식어'라고! 약속이라고! 그걸 물고 늘어지면 곤란하다고!

슬쩍 놀려서 복수하려는 의도군!

그렇게 생각하고 속으로 이를 가는 마일.

그 분노를 담아서, 시작…….

"제가 할게요."

""""엥?""""

"이건 제가 치러야 할 싸움이에요."

그렇게 말하며 폴린이 한 걸음 앞으로 나왔다.

"……폴린?"

"괜찮아요. 이래 봬도, 저 역시 붉은……."

""""콜록콜록콜록!""""

마일, 레나, 그리고 메비스가 일부러 크게 기침해서 폴린의 말을 막았다.

그렇다, 이번에는 '붉은 맹세'의 이름을 내세운 일이 아니라 단순히 '폴린과 유쾌한 동료들'의 작업으로 하자고 정했기 때문이다. '붉은 맹세'가 그레이존의 사건에 연루되었다는 사실은 그다지 널리 알리고 싶지 않았고, 이번에는 멤버의 개인적인 일이지 헌터 임무가 아니었기 때문이다.

퍼뜩 그 사실을 떠올린 폴린은 당황하며 말을 수정해 얼버무렸다.

"……저, 저 역시, 피에 굶주린 우리 '붉은 피가 좋아!'의 일원이니까……."

너무 억지스럽게 둘러댄 바람에 마일 일행은 할 말을 잃었다.

군중들은 확 깬다는 반응이었다.

"너, 너희, 도대체 무슨 파티인 거냐……."

호위 헌터도 어이없어했다.

"이번 일은 파티와는 상관없어요. 이 자리에 있는 건 파티 멤버로서가 아니라 제 개인적인 싸움에 아무런 대가없이 따라와 준, 그냥 친구……, 아니, 제일 친한 친구들이에요!"

마일 일행은 알아차렸다. 폴린의 말투가 평소보다 살짝 단조롭다는 사실을.

처음 대면하는 사람은 모르겠지만, 오래 알고 지낸 마일 일행은 잘 알았다. 그리고 그것이 무엇을 의미하는지도.

"내 이름은 폴린, 아버지의 원수를 갚기 위해 모든 것을 건 자. 그리고 나의 복수에 기꺼이 함께하고, 목숨과 미래를 맡겨준 벗에게 감사를……."

상대와 나누는 대화가 아니라, 미리 생각해둔 대사를 일방적으로 늘어놓는 폴린. 그런 식으로 말하면서도 두뇌의 리소스는 다른 부분에 할당되었다.

"자, 갑니다!"

폴린이 스태프를 높이 들어 올리자, 헌터도 검을 뽑기 위해 자루를 쥐었다.

"아야야얏!"

순간 비명을 지르며 자루에서 손을 떼는 헌터. 그의 손바닥이 피로 붉게 물들었다.

헌터가 얼른 옆구리에 찬 검을 쳐다보니, 자루에 뾰족한 가시가 마구 나 있었다.

"뭐, 뭐야……."

순간 동요했지만, 이 정도로 당황해서는 B등급이라고 말하고 다닐 수 없다.

"젠장, 음영창인가! 아무 말이나 하면서 속으로 영창하는, 무영창의 고등 기술!"

그렇게 말하며 서둘러 예비 무기인 단검을 보자 그쪽에는 아무것도 나 있지 않았다. 헌터는 재빨리 단검의 자루를 쥐어 뽑아들었다.

"으앗뜨뜨뜨뜨!"

그리고 뽑은 자세 그대로 단검을 앞으로 내던졌다.

"비기(秘技), '히트 소드'!"

의기양양한 표정으로 기술명(마법명)을 외치는 폴린.

그렇다, 헌터가 설명했듯 다른 이야기를 해서 마법 행사를 하

지 않는 척하면서 속으로 몰래 영창하는 고등 기술, '음영창'. 과연 상대방과 평범하게 대화를 나누면서 하기에는 어려웠기 때문에 지금의 폴린은 미리 준비해둔 대사를 기계적으로 읊으며 구사하지만, 그래도 그게 어디인가.

그리고 '히트 소드'는 마일이 밤마다 들려주는 이야기에 나온 거대 골렘이 쓰는 무기를 참고로 만든 마법으로, 칼날과 자루의'뜨거워지는 부분'이 반대였다.

마일은 폴린이 외친 기술명을 듣고 생각했다.

'그럼 히트 소드가 아니라 히트 그립이어야 하는 거 아닌가?'

"제, 젠장! 하지만 이 정도 거리라면 맨손으로도……."

그렇게 말하며 주먹을 쥐고 폴린에게 달려들려고 한 헌터가 털썩 땅에 무릎을 꿇었다.

"아……, 어라? 뭐야, 어째……서……."

그대로 땅에 엎어졌다.

"……딱히, 온도를 올린 게 단검 손잡이만인 건 아니에요. 아주 살짝 체온을 올렸을 뿐인데도 상당히 빨리 무너졌네요……."

"꺄아악! 물! 누가, 빨리 저 사람의 머리에 물을 뿌려주세요! 그냥 두면 죽어요!"

마일의 필사적인 외침에 근처에 있던 구경꾼 몇몇이 허둥지둥 가게 앞의 방화용 물통에서 물을 퍼와 헌터의 머리에 뿌려주었다.

생각해보면 마일이 마법을 쓰면 됐을 텐데, 마일이 너무 동요한 나머지 거기까지 생각이 미치지 못했던 것이다.

잠시 후, 겨우 그 사실을 깨달은 마일은 당황하며 냉각마법과 치유마법을 걸었다.

뇌의 이상(異常)과 날아가버린 기억이 치유마법으로 다시 돌아올지 미지수였기 때문에 상당히 필사적이었다. 이 헌터는 그저 평범하게 호위 의뢰를 수행했을 뿐이지 딱히 나쁜 사람은 아니었으니까.

아니, 이 경우에 법적으로 악인은 오히려 자신들이다.

"뭐, 뭐야……."

마지막 동아줄도 끊어지고 그 자리에 주저앉은 상회장.

하지만 다시금 그에게 행운이 찾아왔다.

"길을 열어라!"

여러 필의 기마와 함께 마차 한 대가 도착했고, 뒤이어 수십 명에 달하는 보병이 등장했다.

"음하하! 바보 같은 것들, 내 시간 벌이에 딱 걸려들다니! 영주님과 병사들이 도착한 이상 이제 너희는 다 끝났어, 각오하는 게 좋을 거다!"

레나, 메비스, 그리고 폴린은 아연실색했다.

(((엥? 진짜? 진짜로 일이 이렇게 커져도 되나? 정말 괜찮은 거야?)))

반면 마일은 의기양양한 표정이었다.

'계획대로야…….'

"어떻게 된 일인가, 사정을 설명해보라!"
"……당신은?"
마차에서 내려 다가온 인물에게 마일이 물었다.
"무례하구나! 이분은 영주님이신 보드만 자작 각하시니라!"
말에서 내린 병사가 대신 대답했고, 뒤이어 상회장이 말을 이었다.
"영주님, 이놈들은 이상한 트집을 잡아 저를 공격한 악당들입니다!"
"뭐라? 트집이라?"
그러자 마일이 빈틈을 주지 않고 대답했다.
"아, 네. 이 남자가 도둑을 시켜서 이 상회의 원래 주인을 죽이고, 위조 서류를 꾸며 상회를 갈취한 사건입니다! 누가 봐도 뻔한 위조 서류를 인정한 관리도 한패인 것 같으니 같이 처형해주시길 부탁드립니다만! 어디 소속 관리일까요? 딱 봐도 위조 서류인데 통과시키다니! 그 상사 나부랭이도 함께 조사해야 마땅하겠지요?!"
마일이 엄청나게 큰 목소리로 고하자 군중들도 모두 쓴웃음을 지었다.
"그렇게 큰 목소리로 도대체 무슨 소리인가!"
당황한 영주가 마일의 입을 다물게 하려고 했지만 이미 말이 전부 끝난 후였다.
"따라서 이 범죄자를 체포해주십시오, 영주님!"
이번에는 레나가 똑같이 큰 목소리로 소리쳤다.

"조용! 그 입 다물라, 다물라! 마을에 소란을 일으키는 괘씸한 놈들! 체포는 너희가 당해야 할 것이다!"

영주가 군중을 의식해서 똑같이 큰 목소리로 대답했다.

"어머머~? 참 이상하네요~? 어째서 제대로 조사도 하지 않고 누가 나쁜지 정할 수 있죠? 마치 위조 서류를 통과시켰거나 이의를 냈는데도 조사조차 하지 않고 각하시킨 관리 혹은 그 상사인 것 같이 말예요~. 참 이상한 일이네요~. 아, 혹시……."

이번에는 폴린이 약을 올리는 듯한 발음으로 깐족거렸다.

"그, 그 입 다물라고 했다! 여봐라, 얼른 이 놈들을 체포하라!"

"그건 곤란합니다."

군중 속에서 한 여성이 걸어 나왔다.

"누구냐, 넌!"

"저는 티리자라고 합니다. 헌터 길드 왕도 지부 사람입니다."

"길드 계집애가 무슨 용건이냐!"

"저 상인은 고용한 자에게 왕도 백성인 헌터들을 죽이라고 시킨 범죄자입니다. 그래서 제가 그 수속을 하러 왔습니다. 저 소녀들은 피해자인데, 지금 또다시 저자의 명령으로 거기 널브러진 남자들에게 죽임을 당할 뻔했습니다. 저들과 한통속으로 보이는 영주 각하를 따라가게 놔둘 수는 없습니다."

"뭐라……."

티리자는 영주를 무시하고 상회장에게 고했다.

"헌터 길드에서는 현행범 및 지명수배범 이외에 길드원이 아닌 자에 대한 포박권은 없습니다. 하지만 당신은 길드원을 죽이도록

수하에게 명하였으므로 길드에 대한 명백한 적대 행위라고 길드는 인정하였습니다. 하여 앞으로 당신의 상회, 그 거래처, 그 밖에 당신과 연관된 모든 관계자로부터 들어오는 의뢰는 모든 나라, 모든 길드 지부에서 받아들이지 않을 것임을 결정하였습니다. 신변 경호, 상단 호위, 채취 의뢰 등 그 모든 것을 말입니다. 또한, 길드원 살해 지시에 관해서는 왕도 경비병에 보고가 끝났습니다. 왕도 백성에 대한 불법 행위, 즉 국왕 폐하의 재산에 대한 불법 행위이므로 아무리 귀족령의 주민이라고 할지라도 왕도 경비병의 포박 대상이 됩니다. 포박하러 올 병사들은 이미 왕도를 출발했을 테니 이제 곧 도착할 것이라고 생각합니다. 이상, 헌터 길드 왕도 지부의 통보를 마칩니다."

""야……""

상회장과 영주의 입에서 놀라움의 목소리가 새어 나왔다.

상회장은 왕도에서 병사가 온다는 사실은 조금 전 폴린을 통해 들었지만, 그저 어떻게든 되겠지 하고 여겼었다.

계집애들의 입을 막고 대역을 맡을 상인을 적당히 골라 '이름을 빌려주는 바람에 죄를 덮어썼다'고 주장한 다음 평소대로 영주의 부하가 잡혀 고문, '모든 것을 자백한 후 자살했다'고 말하면 그만이다. 지금까지 몇 번이고 그랬듯이…….

적당한 증거와 증인을 준비해두면 아무리 왕도의 병사라 할지라도 귀족령의 주민인 자신을 포박할 수는 없으리라고 생각했다. 어쨌든 증거, 증인, 진범의 자백이 있고 영주님이 결백을 증명해줄 테니까.

하지만 길드는 곤란하다.

길드는 귀족은 물론 왕도의 명령에도 따를 의무가 없다.

그리고 의뢰를 받고 안 받고는 길드의 자유로, 의뢰를 거절하려면 상대의 범죄 행위를 증명할 의무가 있다거나 하는 것도 아니다. 길드가 '이 녀석은 적이다'라고 판단하면 일을 받아주지 않는다. 단지 그것뿐이며, 누군가에게 불평을 들을 까닭이 없다.

게다가 자신의 상회뿐 아니라 모든 거래처까지 접수 거부 대상이 된다고 하면 그야말로 끝이라는 소리다.

상단 호위. 소재 채취. 자신의 상회와 관계를 맺으면 그 헌터들이 관계하는 모든 것이 거부된다. 이는 상인으로서 치명상이다.

이러한 상황을 피하는 방법은 실로 간단한데, 그냥 베케트 상회와 거래하지 않으면 된다. 그러니 누가 자신과 거래를 이어가려 하겠는가.

그리고 자신의 상회에는 짐마차를 내어주지도, 소재 채취 의뢰도 받아주지 않는다.

……파멸이다.

"여, 영주님, 저놈들을 붙잡아 전원 처형을! 저런 계집애가 길드의 사자일 리 없습니다, 우릴 속이는 것이 분명합니다!"

어떻게든 왕도에서 온 병사에게 대역을 내밀고, 누명을 썼다고 주장해서 길드의 처분을 받지 않기 위해 당사자인 소녀들을 붙잡아 제거하려고 필사적인 상회장. 영주도 같은 생각이었다.

하긴, 이렇게 중요한 임무를 열대여섯 살밖에 안 된 신출내기에게 맡기는 것은 이상하다. 게다가 더 이상 소동을 오래 끄는 것도 좋지 않았다. 얼른 전부 체포하고 건달을 고용해 대역을 정해서 왕도 병사에게 인도할 준비를 마쳐야만 한다.

그렇지 않고 베케트 상회의 상회장이 왕도로 압송되어 심문 끝에 술술 다 털어놓으면 자신의 입장도 곤란해진다. 어차피, 지금까지 베케트 상회에 여러 가지 편의를 봐주고 그 대신 온갖 단물을 빨아먹었기 때문이다. 이른바, 털면 먼지가 나오는 몸이다.

게다가 이 계집애들은 전부 한 미모 하는 아이들만 모여 있다. 체형은……, 뭐, 다소 부족한 면은 있지만 허용 범위 내에 있다.

그렇게 생각한 영주는 겨우 도착한 보병들에게 희미한 미소를 띠며 명령했다.

"계집들을 체포하라. 너무 다치게 하지는 말고."

아무리 헌터라고는 해도 열 살 전후에서부터 열일고여덟 살에 해당하는 여자아이로만 다섯 명이다. 60명이 넘는 병사에 포위당하면 손 쓸 방법이 없을 것이다.

그래서 몇몇 병사가 검을 뽑아 위협하면서 소녀들에게 다가갔는데,

부우웅~!

그대로 날아가버렸다.

"네, 공격 의사 표시와 검을 뽑아서 접근. 정당방위의 조건을 충족했습니다~!"

""""""뭐라고?""""""

마일의 말이 무슨 소리인지 이해가 안 돼 어리둥절해하는 영주와 군중들.

애초에 '정당방위의 조건'이라는 단어의 의미 자체를 몰랐다.

조건이고 뭐고, 조금이라도 자신들에게 위해를 가하려는 행동을 보인 자에게는 일단 공격한다. 사정 확인은 상대방을 쓰러뜨린 다음에 한다. 그렇게 하지 않으면 목숨이 몇 개가 있어도 모자랄 테니까.

이 세계에서는 해칠 의도의 표명, 무기 쪽으로 손이 갔다는 것 등, 하나만 보여도 반격하기에 충분했다. 그래서 현대 지구처럼 엄밀한 '정당방위의 조건'이란 어디까지나 마일의 자기만족에 지나지 않았다.

"폴린 씨, 레나 씨, 하세요."

마일은 일단 한 방 날렸고, 아무리 메비스라도 이렇게 많은 병사를 정면에서 상대해 싸우기는 무리가 있었다. 따라서 이 두 사람이 나설 차례였다.

원래 폴린이 주인공이고, 마찬가지로 도적에게 아버지를 잃은 레나 역시 쌓인 것이 많아 슬슬 발산시키지 않으면 위험했다.

병사들 쪽에는 마술사가 포함되어 있지 않았다.

그냥 단순한 공격마법을 쓸 수 있는 마술사도 인원이 부족한 편이니, 술책과 전술 센스가 뛰어나고 군대의 전투에 통용될 수준의 마법전을 펼칠 수 있는 마술병사는 말할 것도 없이 상당히 희소한 존재로, 좋은 대우를 받는 고급 인력이었다. 물론 아무런 걱정 없이 떵떵거리며 호화롭게 사는 것까지는 아니지만, 그래도 일반 병사 몇 명분의 보수를 받는다.

영주에게 상황을 전하러 달려갔던 상회 점원은 마일이 검사라고 여겼기 때문에 마술사는 신출내기 계집에 둘뿐이라고 보고되었다. 그리고 아무리 마술사가 있다고 해도 신입 헌터 따위, 그보다 몇 배는 많은 병사들 앞에서는 무력하리라는 판단에 보유한 군사 중 몇 명밖에 없는 마술병이 고작 몇 명에 불과한 소녀를 상대로 나오지는 않았던 것이다.

즉, 레나 무쌍, 폴린 무쌍이었다.

"……플레어."

레나가 쏜 마법은 화염이 적을 한 번 슬쩍 더듬는 것일 뿐, 별로 폭렬이라든가 관통 따위는 하지 않는 가벼운 정도였다. 확실히 말해서 사정을 봐준 것이다. 그런데.

""""""으아아아악!""""""

순간적인 화염은 방어구와 옷으로 가려진 부분에는 거의 영향을 미치지 않았다. 그러나 겉으로 드러난 피부, 그리고 머리카락은 그렇지 않았다.

피부는 그나마 낫다. 표면이 붉어져 따끔거리겠지만 흔히 말하는 '1도 열상'으로 1~2주만 지나면 깨끗이 낫고, 살이 딱딱하게 굳거나 켈로이드가 남지도 않는다.

하지만 머리카락은 타버렸다. 완전히 다 타고 말았다.

바닥을 마구 뒹구는 병사들을 무시하고 다른 병사들을 향해, 이번에는 폴린이 마법을 쏘았다.

"……울트라 핫 미스트!"

""""""허어어어억!""""""

붉은 안개가 병사들을 덮쳤다.

참고로 '핫'은 '뜨겁다'가 아니라 '맵다' 쪽이다. 이전에 적을 붙잡았을 때 썼던 '워터 볼 울트라 핫'의 미스트 판이었다.

""""우아아아악!""""

아무래도 안개의 일부가 조금 전 레나의 마법으로 머리에 화상을 입은 자들에게도 닿은 모양이다. 도저히 이 세상의 것이라고는 생각할 수 없는 괴성이 울려 퍼졌다.

"무, 무슨……."

얕봤던 소녀들 때문에 병사의 약 4분의 1이, 순식간에 전투 불능 상태가 되고 말았다.

영주는 깜짝 놀랐지만, 상대 마술사와 지극히 가까운 거리에 있고 둘 다 마법을 쏜 직후라면 다음 영창 완료까지 시간이 걸린다.

"다음 영창이 끝나기 전에 공격해라!"

영주가 그렇게 소리쳤을 때에는 이미 마일과 메비스가 한 걸음 앞으로 나와 있었다.

마술사라의 경우는 나이에 어울리지 않는 능력을 지닌 자가 있어도 그리 이상하지 않지만, 검술은 다르다.

검술의 세계에서 45세와 50세의 차이는 적을지 몰라도, 15세와 50세 사이에는 도저히 뛰어넘을 수 없는 벽이 있다. 그것이 검술이다.

열 살 고만고만한 아이, 그리고 키는 크지만 아직 스무 살은 안 되어 보이는 계집애 따위. 숙련된 병사 앞에서는 조금도 견디지 못하고 뻥 차일 테고 그 후에 마술사들도 제압되리라.

그렇게 생각한 영주가 마음을 놓고 있었는데 돌연 군중 속에서 쩌렁쩌렁한 목소리가 들렸다.

"잠깐 기다려주실까!"

수초를 다투는 전투 중에 누군지 정체도 모르는 자가 그렇게 말했다고 해서 움직임을 멈출 병사가 있을 리는 없다.

몇몇 병사는 그대로 마일과 메비스에게 검을 휘둘렀고, 두 사람 모두 보기 좋게 공격이 막혔다. 그리고 그렇게 해서 생긴 근소한 시간은 레나와 폴린의 영창이 완성되기에 충분했다.

"……염폭!"

"미끈미끈!"

레나의, 주위를 배려해 위력과 범위를 억제한 염마법이 작렬했고 그 직후 불이 번지는 것을 막는 목적도 겸한 폴린의 오리지널 마법 '미끈미끈'이 날아갔다.

"……윽, 미끄러워! 검을 못 쥐겠어!"

무시무시한 마법진 '미끈미끈'!

여성 병사가 없었던 것이 천만다행이었다.

"에이, 기다리라고 말했건만!"

전투가 일시 중단됐을 때, 조금 전 목소리의 주인이 구경꾼들을 헤집고 등장했다.

누가 봐도 귀족인 풍채로, 옆에서 여러 명의 기사가 그 남성을 보호하듯 바싹 붙어 있었다.

"보드만 자작, 내 딸에게 도대체 무슨 짓을 할 셈이지……."

메비스가 소리쳤다.

"아, 아버지! 막내오빠, 큰오빠까지……."

딸바보와 시스콤 1, 시스콤 2의 등장이었다.

왕도에서 메비스를 만난 그다음 날 아침에 이어, 보드만 자작령에서의 결투가 정해진 그다음 날 아침에도 유안은 상세한 내용을 담은 편지를 아버지 앞으로 보냈다. 그것도 비룡 편으로.

아니, 비룡 편이라고 표현했지만 진짜 비룡을 썼다는 뜻은 아니다. 그 정도로 빠르다는 의미로, 말과 기수를 계속 바꿔가며 달리는 초특급이다. 메비스의 안전이 걸린 일이니 돈을 아낄 때가 아니었다.

편지를 받은 아버지는 격노했다.

"내가 세상에서 가장 사랑하는 아내의 젊었을 때 모습을 쏙 빼닮은 내 사랑스러운 딸을, 고, 고, 공격했다니……."

그리고 편지를 받은 한 시간 후에는 이미 영지 저택을 출발한 상태였다. 부하 여섯 명과 영지군의 일을 전부 차남에게 떠넘긴 장남과 함께.

"아……, 오, 오스틴 백작? 백작님께서 전령도 없이 어찌하여 갑자기 제 영지에……."

유력 귀족이며 무투파(武鬪派)로 명망 높은 오스틴 백작의 얼굴을 이미 알고 있었던 듯한 보드만 자작은 상황 파악이 되지 않아

적잖이 당황했다.

“거기 있는 메비스는 내가 가장 사랑하는 딸이다. 자, 설명을 한번 해보실까? 왕도에서 내 딸을 공격한 주모자를 감싸는 이유를. 대답에 따라서는 그냥 끝나지 않을 것이다…….”

오스틴 백작은 분노에 휩싸인 표정으로, 화가 나 떨리는 팔을 필사적으로 억누르며 보드만 자작에게 말했다.

“우리 오스틴가의 소중한 보물, 메비스 폰 오스틴에게 위해를 가하려 한 자 및 그 일당은, 내가, 아니, 우리 일족이 책임지고 보내버릴 것이다. 지옥의 밑바닥으로 말이다…….”

보드만 자작의 얼굴이 새파랗게 질렸다.

영지 주민들은 어떻게 되든 상관없었다. 가족과 친족 그리고 세금 증액 등을 앞세워 협박하거나 그래도 말을 안 듣는 자는 죽여버리면 그만이다.

헌터 대부분과 이곳 길드 지부의 직원들도 모두 이 영지의 주민이다. 영주를 적으로 돌리면 자신뿐 아니라 친족과 지인, 직장 동료들에게도 엄한 처분이 기다리고 있다는 것을 모를 바보는 없었다.

하지만 ‘백작’은 곤란했다.

자신보다 작위가 높다는 사실만으로도 곤란한데, 오스틴가는 왕궁과 다른 귀족들에 대한 영향력이 크고 무투파로 이름을 날린 귀족이다. 그리고 영지군의 수가 다른 영지보다 많은 것은 아니지만 그 강함과 우수함은 정평이 나 있었다.

그런 귀족에게 영지에 대한 압력과 짓궂은 짓, 그리고 다른 파벌 귀족과 왕궁에까지 손을 써둔다면 견딜 재간이 없다.

"따, 딸? 그게 다 무슨 소리인지요? 저는 그저 제 영지에 있는 상인인 저자가 공격받았다는 이야기를 듣고 달려왔을 뿐입니다. 그리고 이는 우리 영지 내에서 일어난 문제. 아무리 백작님이라고 하셔도 간섭하실 수는 없습니다!"

보드만 자작은 필사적으로 둘러대려고 했지만, 백작은 공격을 늦추지 않았다.

"호오. 그럼 내 딸과 딸의 친구인 왕도의 소녀들이 공격받았다는 소리를 듣고 한걸음에 달려온 나 역시 자작의 간섭을 받을 이유가 없겠군. 이건 내 영주민의 한 사람인 딸과 국왕 폐하의 직할지인 왕도의 백성이 연루된, 우리 영지와 국왕 폐하의 문제니까."

"무, 무슨 그런 억지를……. 국왕 폐하께서 말씀하신다면 그렇다고 해도 아무리 백작이라고 할지언정 영지를 맡은 귀족 중 하나에 지나지 않는 자가 다른 영지 일에 간섭하다니……."

"폐하의 보증 문서가 필요하다는 말씀이시면 여기 있습니다만?"

""엥?""

돌연 누군가 옆에서 끼어들어, 깜짝 놀란 오스틴 백작과 보드만 자작이 뒤돌아보자 기사 차림을 한 30대 중반으로 보이는 남자가 서 있었다. 허리춤에 칼을 차고 있었다.

"갑자기 끼어들어 죄송합니다. 저는 근위 제2소대의 산토스라고 합니다. 이번에 폐하께서 특히 마음 쓰시는 분들이 공격을 받아 스스로 그 조사에 착수했다는 보고를 헌터 길드 왕도지부의 길드 마스터로부터 받으시고, 저로 하여금 상황을 확인하라고 직접 명령을 내리셨습니다. 주모자들의 포박 및 호송을 위한 부대보다 먼저 도착하였습니다. 폐하의 직할지에서 일어난, 폐하의 백성에 대한 습격 행위이므로 국왕 폐하의 이름 아래 주모자들을 체포하도록 허가받았습니다. 폐하의 충실한 신하, 오스틴 백작. 또한 헌터 길드 왕도 지부 소속이자 헌터 양성 학교에서 '무료로' 반년간의 교육을 받은, '붉은 맹' 에헴에헴, '붉은 피가 좋아!' 여러분, 주모자의 신병 확보와 그것을 방해하는 자의 배제를, 국왕 폐하의 명에 따라 의뢰합니다."

"뭐야……."

아무 말도 못하는 보드만 자작과 잇따라 바뀌는 정세를 따라가지 못하고 눈을 희번덕거리는 군중들. 마일 일행도 메비스의 집안이 개입할 가능성은 짐작했지만 설마 왕궁이 그렇게까지 자신들의 일에 반응할지는 상상도 못했다.

보드만 자작은 조바심이 났다. 자칫 잘못했다가는 일이 커진다. 그래서 필사적으로 머리를 굴린 결과.

"그, 그런 거라면 어쩔 수 없군요. 그럼 포박할 병사들이 도착할 때까지 그 상인은 제가 데리고 있겠습니다……."

얼굴이 새파랗게 질린 상인이 살았다는 표정을 지었다. 아마도 자작이 자신을 구해주리라고 여겼겠지. 하지만 그때 폴린의 무정한 목소리가 날아들었다.

"뭘 그렇게 안심한 표정이죠? 혹시 그거, 포박할 병사가 왔을 때 '도망칠 수 없다고 체념했는지 자해했다'면서 입막음 막기 위해 죽이려는 속셈 아녜요? 자신에게 누가 되지 않도록……."
다시 창백해진 얼굴로 몸을 바들바들 떨기 시작하는 상회장.
"무, 무슨, 그런 근거도 없는 이야기를……."
"어쨌든 그 상인은 우리가 맡을 테니."
자신의 말을 막듯 그렇게 말한 근위소대 기사 산토스를 노려보면서 자작은 생각했다.
이대로라면 상회장은 왕도로 호송되어 심문받고 모든 것을 실토할 것이 뻔하다.
이 남자가 왕궁 고문관의 추궁을 견뎌낼 리가 없다. 애초에 그렇게까지 참아가며 자작을 비호할 연유도 없다. 반대로 술술 다 불고 자작에게 죄를 전가할 확률이 압도적으로 높았다.
아무리 귀족가의 당주라고 하나 기껏해야 하급 귀족. 지금까지 있었던 일들이 모두 드러나면 가문이 몰락하거나 자신을 칩거시키고 아들, 혹은 친족에게 대를 잇게 할 가능성도 있다.
곤란하다. 곤란하다. 곤란하다. 곤란하다. 곤란하다!
"에잇, 무슨 허무맹랑한 소리를! 고작 이런 어린 계집애들을 폐하께서 신경 쓰실 리가 있나! 게다가 햇병아리 같은 헌터가 백작가의 영애라고?! 속이려면 좀 더 신빙성 있는 거짓말을 하란 말이다! 귀족의 이름을 들먹이면서 폐하의 위광을 욕보인 대역죄인들이다, 죽여라!"
일단 죽이자. 당사자가 사라지면 나머지는 어떻게든 둘러댈 수 있다.
갑자기 설명도 없이 공격을 받았다.

뇌물을 요구하면서 폐하의 이름을 모독했다.
상인과 결탁하여 우리 자작령을 빼앗으려고 했다. 근위병까지 포섭했다.
모두 죽어버리면 무슨 소리든 다 할 수 있다. 어떻게든 되겠지.
보드만 자작은 그렇게 믿을 수밖에 없었다.
본인도 잘되리라고 믿는 것은 아니었지만, 이제 그렇게 할 수밖에 없었다.
자작의 명령으로 비교적 피해가 적었던 병사와 제일 처음 자작과 함께 왔던 기사들이 공격 자세를 취했다.
그리고 마일은 생각했다.
'방송의 마지막 10분인가…….'
그리고 폴린은 생각했다.
'『헌터 양성 학교에서 '무료로' 반년 간 교육을 받았다』는 이야기를 그렇게 강조한 이유가 뭘까? 설마, 그러니 이번에는 공짜로 일해라, 그런 뜻인가? 교활해! 폐하, 교활해!'

제23장 새로운 전투

보드만 자작령의 영지군 51명(그중 경상자가 9명. 나머지는 부상 때문에 탈락) 대 폴린 측 12명.

보드만 자작 쪽은 자작 본인, 폴린 측은 폴린, 레나, 티리자가 인원에 포함되지 않았다. 백작 쪽의 강한 의향에 따라 마술사는 제외하기로 한 것이다. 지금은 검으로 결착을 짓고 싶었다.

근위 산토스는 본인의 희망으로 전력에 확실히 포함되었다.

인원수 비율로 말하면 자작군은 폴린군의 4배 이상이었다.

란체스터의 법칙으로 볼 때 이길 확률은 지극히 낮았다.

소수가 압도적 다수를 물리치는 일부터 일단 아주 드물다. 그런 만큼 희박하게 일어난 현상이 세상에 널리 알려지고 오래도록 회자된다. 이는 다시 말해, 그러한 일이 실제로는 거의 일어나지 않는다는 사실을 증명하는 셈이나 마찬가지다.

더욱이 지극히 희박하게 일어나는 그 현상은 상대방보다 월등하게 강력한 무기를 갖추었거나, 지리적으로 유리했거나, 간계를 부렸다거나 하는 나름의 이유가 있는 법이다.

아무런 방책도 없이 비슷한 수준의 무기로 아군의 4배가 넘는 적에게 무모하게 정면으로 맞서는 것은 상식이라고는 전혀 없는, 광기어린 행동이었다.

하지만 여기에, 그 '상식'을 깨부순 자들이 있었다.

그렇다, 마치 예전에 쿠리하라 미사토라는 이름의 한 소녀가 예정조화를 깼을 때처럼 말이다.

"우오오오오!"

선두에 서서 노성과 함께 적들의 정면을 향해 공격을 감행하는 오스틴 백작.

그러한 백작을 따라 동시에 적진으로 돌진하는 두 아들과 호위 기사들.

근위 기사 산토스가 그 뒤를 이었고 마일과 메비스는 선제공격을 그들에게 양보하고 천천히 따라갔다.

마술사 조는 구경하는 위치였지만, 일단은 공격마법을 준비한 채 보류해두었다. 괜찮으리라고 생각해도 혹시 모를 사태에 대비한 것이다.

경기 대회 따위가 아니었기에 여차하는 순간에는 공격마법을 때릴 생각이다.

이쪽이 마음대로 마술사는 싸움에 뛰어들지 않기로 정한 것이지, 딱히 상대방의 약속도 아니고 검으로 승부를 보고 싶어 하는 백작의 요망에 꼭 따를 의무도 없다.

동료와 같은 편에 사망자가 발생할 정도라면 주저 없이 마법을 쓸 것이다. 당연한 일이다.

그리고 격돌하는 자작군과 백작군.

백작군을 포위하기 위해 일부 병사들이 양쪽에서 돌아 들어가려고 시도했지만 아무런 의미도 없었다. 정면이 너무도 쉽게 뚫리면서, 백작군이 그대로 돌파해 후방으로 빠져나갔기 때문이다.

양팔로 호쾌하게 검을 휘두르는 백작 앞에서 속속 날아가는 자작군들.

두 아들과 호위 기사, 그리고 근위 기사인 산토스도 백작에 질세라 적을 때려눕히고 멀리 날려버렸다. 그리고 전방의 적을 돌파한 다음 반대로 뒤돌아 다시 자작군에게로 돌진하는 백작군.

백작군의 후방으로 돌아 들어가려고 양쪽에서 빠져나오는 바람에 위치가 뒤바뀌어 있었던 자작군들이 허둥지둥 맞서려고 하자 그때까지 느긋하게 움직였던 마일과 메비스가 그들을 덮쳤다.

백작군 그리고 마일과 메비스 사이에 끼인 형국이 되어버린 자작군들.

적군과 검 공격을 한차례 주고받은 메비스가 상대방의 검술, 그리고 그 실력에 깜짝 놀라 자기도 모르게 감탄사를 내뱉었다.

"……야, 약해!"

그렇다, 자작군은 약했다.

아무리 그래도 자작령의 영주가 직접 통솔하는 병사들이다. 왕군으로 치면 근위에 해당한다. 즉, 이 자작령의 영지군 중에서는 톱클래스인 것이다. 그런데 백작군과 자신들의 공격에 너무도 쉽게 무너졌다.

자작령의 영지군들은 고작 이 정도 수준이란 말인가.

그렇게 생각한 메비스였는데, 이는 자작군의 병사들에게 너무 가혹한 이야기였다.

자작군의 병사들이 약한 것이 아니다. 백작가 사람들이 너무 강해서다. 단지 그런 이유다.

또한, 왕궁 근위 기사 산토스가 그 정도 귀족가의 병사들보다 약할 리가 없다.

그리고 마일과 메비스 역시…….

한쪽은 그냥 약소 자작가의 영지군. 다른 한쪽은 무투파 백작가의 영주 부자와 그 호위 기사, 정강함을 자랑하는 왕궁 근위 기사, 그리고 상식의 궤도에서 벗어난 마일과 메비스. 뭐, 거의 일방적으로 괴롭히는 수준이었다.

……그리고, 전투는 끝났다.

모두 실력 차이가 극명했기에 죽이지 않고 치명상을 입지 않도록 힘 조절을 해가며 쓰러뜨렸다. 단, 자존심만은 마구 짓밟았다.

힘 조절을 하려면 어느 정도의 실력 차이가 필요하다. 실력이 엇비슷하면 전력으로 싸워야 하고 필연적으로 치명상을 입을 확률이 높아지지만 이렇게나 뚜렷한 실력 차이가 있다면 아무런 문제도 없었다.

"……자, 그럼 동행해주실까요, 자작님?"

"무, 무슨……. 그런 농담 같은 소리에 따를 의무 따위 없다!"

갑작스러운 산토스의 말에 간이 철렁 내려앉으며 당황해서 부정하는 보드만 자작.

"조금 전까지라면 물론 그러하였지요. '붉은 맹' ……에헴에헴, '붉은 피가 좋아!'의 멤버들은 누군가의 지시를 받은 것이 아니라

독자 행동을 했고, 왕도에서 붙잡힌 강도들의 증언은 상인과 관련된 것일 뿐. 자작님에 대한 혐의도 증언도 없었기 때문입니다. 자작님은 그저 영도에서 일어난 소동을 진정시키기 위해 이 자리에 오셨고, 당사자들을 붙잡으려고 하셨을 뿐이라는…….”

그 말을 들은 자작은 자신의 뜻대로 되었다는 표정을 지었다.

“흐음, 과연 왕궁의 근위로군. 아주 잘 이해하고 있지 않은가!”

하지만 산토스의 말은 아직 끝나지 않았다.

“저는 분명 조금 전까지라면,이라고 말했습니다. 지금의 자작님은 백작님 일행과 왕도 지부 길드 마스터 대리인, 그리고 국왕 폐하의 위임을 받은 대리인인 저를 죽이라고 부하에게 명령한 반역자. 다시 말해 역적입니다. 아무리 귀족이라고 한들 중죄를 면할 수 없습니다.”

“어이…….”

“당신의 판단은 틀렸습니다. 만약 전원을 죽이는 데 성공했다면 어떻게든 뜻대로 되었을 가능성이 있었음은 부정하지 않겠지만, 그러려면 돈과 시간을 아끼지 않고 정강한 병사를 갖췄어야지요. 자, 그럼 백작님, 부탁드립니다.”

산토스의 요청에 고개를 끄덕인 오스틴 백작은 부하에게 명하여 잔뜩 질린 표정으로 바들바들 떠는 보드만 자작을 포박하였다. 자작은 이제 저항하려고도 하지 않고 순순히 묶였다.

“……끝났군요.”

“그러네.”

“어어…….”

마일의 말에 고개를 끄덕인 레나와 메비스.
폴린은 아무 말 없이 고개를 숙였다.
2년 반 전 아버지가 살해당해 모든 것을 잃고, 남은 인생을 전부 복수에 바치겠노라고 맹세한 소녀에게 생각지도 못한 형태로 닥친 복수의 종언. 그것도 도저히 이루어질 리 없으리라고 믿었던, 흑막의 영주마저 물리친 말도 안 되는 형태의 완전한 승리.
동료들, 친구들 덕분에 맛본 비원의 성취.
"폴린 씨……."
폴린의 어깨가 가늘게 떨리는 것을 알아차린 마일이 말을 걸려고 했지만, 레나가 슬그머니 말렸다.
그리고 여전히 고개 숙인 폴린의 발 아래로 검은 얼룩이 하나둘 번졌다.

"그럼 자작 저택을 압류해서 증거물을 확보하자. 자작의 처자식과 친족, 측근들이 한패인지 아닌지도 확인해야겠지?"
"네, 그러합니다."
오스틴 자작의 말에 산토스가 고개를 끄덕였다.
그 확인 결과는 보드만 자작가를 몰락시킬지, 아니면 자식이나 친족이 대를 이어 존속하도록 할지 정하는 판단과 깊은 관련이 있었다. 또한, 만약 대를 잇게 하는 쪽이 옳다고 하더라도 측근이 부패했다면 역시 자작가 전체를 몰락시켜 상층부를 완전히 갈아치울 필요가 있었다. 많은 유착 상인의 배제와 함께.
두 아들, 부하들과 함께 자작 저택으로 향하려던 백작은 발걸음을 멈추고 뒤돌아서서 메비스에게 통보했다.

"왕도에서 출발한 호송 마차는 이틀 후에 도착할 듯하다. 그때 죄인들을 인도하고, 3일 후 아침에 영지로 돌아갈 것이야. 그때까지 친구들과 마지막 시간을 잘 보내도록 해라."

"네……?"

무슨 소리인지 이해하지 못해 당황하는 메비스.

"상회는 그 딸의 가족들에게로 돌아가게 될 것이다. 그리고 앞으로는 세 모자가 힘을 모아 상회를 지켜야 하겠지, 아버지가 남긴 소중한 상회니까 말이다. 다시 말해서 너의 놀이, '용사 메비스의 대모험'은 이것으로 끝이야. 그리고 메비스, 너한테는 하다가 도중에 내팽개친 신부 수업이 기다리고 있잖니."

""""그런 거, 필요 없어요!""""

메비스, 유안, 그리고 큰오빠의 목소리가 겹쳐졌다.

"메비스는 신부 수업 따위 필요 없어요!"

"맞아요! 메비스는 계속 우리와 함께……."

"아니, 그건 좀……."

백작의 말을 부정하려던 메비스였는데, 아무리 그래도 평생 독신으로 살고 싶은 생각도 없어서 일단 오빠들의 말 쪽을 부정했다.

"아무튼 언제 또 이번같이 위험한 일을 당할지 몰라. 놀이를 허락하는 것도 여기까지야. 기사 흉내를 내고 싶으면 집에서 내가 이따금 봐주마. 귀족의 아내가 될 몸으로서, 자신과 아이를 지키기 위한 최소한의 호신 능력은 필요하니까. 아무튼 자세한 이야기는 내일 나누자꾸나. 오늘은 동료들과 느긋하게 보내렴."
백작은 그렇게 말한 다음 두 아들과 부하를 이끌고 사라졌다.

백작 일행이 떠난 후 아직도 흥분이 가라앉지 않은 군중들을 뒤로하고 마일 일행은 숙소로 돌아왔다.
산토스와 티리자는 백작과 함께 자작 저택으로 향했다. 맡은 역할상 당연했다.
방에 들어와 어렵다는 표정으로 입을 꾹 다문 네 소녀.
""""""…………."""""""
한 사람의, 그것도 소중한 동료이자 귀족 영애의 일생이 걸린 일이다. 남이 가볍게 참견할 수 있는 일이 아니다.
하지만 입을 다물고 있어도 해결이 안 나기에 어쩔 수 없이 마일이 도화선에 불을 붙였다.
"……메비스 씨, 어떻게 할 생각이에요?"
"싫은 게 당연하잖아! 난 아직, 아직 아무것도 이룬 게 없어! 이대로 모든 것을 포기하고 새장에 갇힌 새가 되라는 거야?!"
울먹이며 소리치는 메비스.
자신의 가족 문제가 해결되어 원래라면 기뻐해야 할 폴린은 그것이 원인이 되어 일어난 이 사태에 책임감을 느끼고 아무 말 없이 고개를 푹 숙였다.
레나도 폴린에 이어 메비스까지 빠지면 '붉은 맹세'는 사실상 해산이므로, 어두운 표정으로 땅만 쳐다보았다.
설령 마일과 함께 새 멤버를 모집한다고 해도, 그것은 동기생

끼리 대등한 입장으로 함께 훈련했던 동료, '영혼으로 이어졌으며 영원한 우정을 맹세한 친구'가 아니다. 그래서야 '붉은 맹세'라는 이름을 내세울 수 없다. 이름을 바꿔 새로운 파티로서 재출발할 수밖에 없다.

그리고 그렇게 되면 마일이 함께해주지 않을지도 모른다.

동기에 같은 방을 쓴 네 사람으로 구성된 파티였기 때문에 의사도 묻지 않고 멤버로 끌어들일 수 있었다.

레나 혼자는 '40명의 동기생 중 어쩌다 같은 방을 쓰게 된 사람'에 지나지 않아서, 억지로 함께하자고 끌어들일 근거가 너무 약했다.

게다가 새 멤버가 마일의 능력을 알고 욕심 부리지는 않을까? 또한, 마일이라면 더 상위 파티로부터 영입을 제안해오지 않을까? 아니, 그럼 아무 사양 않고 '미스릴의 포효'에 들어가지 않을까? 마일의 입장에서는 그 편이 훨씬…….

하지만 귀족 아가씨인 메비스에게는 자신의 인생이 있고 '귀족 가문에 태어난 자로서의 의무'도 있다. 자신이 멋대로 참견해도 될 문제가 아니다.

그렇게 생각하자 레나는 아무런 말도 할 수 없었다.

그리고 다시 찾아온 침묵…….

"그럼 돌려보내요, 메비스 씨의 가족을!"

"""……뭐?"""

돌연, 아무렇지 않다는 듯 나온 마일의 말에 어리둥절해하는 메비스, 레나, 그리고 폴린.

"엥? 여러분, 메비스 씨가 집으로 돌아가는 거 반대하잖아요? 음, 아닌가요? 으~음, 메비스 씨가 '붉은 맹세'에 남는 편이 좋다고 생각하는 사람, 손들어주세요!"

번쩍 번쩍 번쩍!

마일을 포함하여 네 개의 손이 올라왔다.

서로의 얼굴을 마주 보는 네 사람.

"결정, 됐네요."

그렇게 말한 마일이 사악한 미소를 지었다.

자기 집 일에 휘말리면서 생긴 이 사태에 책임감을 느끼며 고개를 푹 숙였던 폴린은 씁쓸하게 웃었다. 그렇다. 돌려보내면 그만이다, 간단하지 않은가, 하고 생각하면서.

그리고 '그럼 설마 반대해도 되는 거야?' 하고 눈빛을 반짝이는 레나.

"하, 하지만 어떻게?! 아버지는 고집이 쇠심줄 같은 사람이야……."

마일은 생긋 웃으며 메비스에게 대답했다.

"제가 살던 나라에는 이런 격언이 있어요. '적을 알고 나를 알면 백전백승'……."

처음 듣는 말이었지만 모두 전투를 생업으로 삼은 자들이다. 그래서 그 말이 뜻하는 의미를 이해할 수 있었다.

"우리는 메비스 씨를 잘 알잖아요. 가족 분들에 대한 것도……."

"""아……."""

레나와 폴린은 수긍이 간다는 표정을 지었다.

오직 메비스만 여전히 그 의미를 알지 못하고 어리둥절해했다.

반년이 넘도록 자신이 가족 이야기를 얼마나 많이 들려주었는지 자각이 전혀 없었던 모양이다.

그렇다. 마일, 레나, 폴린 세 사람은 메비스의 가족에 대해 매우 상세히 알고 있었다. 아마 본인들을 제외하면 그 누구보다도 많이 알 것이다.

* *

"네? 아버지께서 제 연습 상대가 되어주신다고요? 아, 괜찮아요. 그렇게 해서는 제가 제대로 단련할 수 없어서……."

"뭐, 뭐라고?"

다음 날 다시 메비스를 데리고 돌아가겠다는 이야기를 꺼낸 백작에게 메비스가 쓴웃음을 지으며 그렇게 대답하자 백작이 눈을 희번덕거렸다.

"그, 그게 무슨 소리냐?"

"말 그대로예요……. 아버지는 제 스승님의 발뒤꿈치도 못 따라가셔서요."

"뭐, 뭐……."

화내기 이전에 어이없어하는 백작.

두 오빠와 부하들도 깜짝 놀란 표정이었다.

그도 그럴 것이, 오스틴 백작은 무투파로 이름을 날리는 실력자였다. 그 일대의 검술교관이 이길 수 있는 상대가 아니다. 그래서 강해지고 싶으면 자신이 연습 상대를 해주겠다고 사탕 대신 메비스에게 말해주었는데 이러한 대답이 돌아온 것이다.

충격에서 겨우 벗어난 백작은 메비스가 괴로운 나머지 아무 말이나 지껄인다는 생각에, 집에 가기 싫어하는 메비스를 무사히 데리고 돌아가기 위한 절호의 이유가 생겼다며 속으로 회심의 미소를 지었다.

그 스승인지 뭔지가 자신보다 약하다는 것, 그리고 메비스가 그리 강해지지 않았다는 사실을 보여주면 반론을 완전히 접을 수 있다. 메비스에게 미움을 사거나 원망을 듣고 싶지 않으므로 완력을 쓰기보다는 최대한 설득해서 본인이 납득한 후에 데리고 돌아가고 싶었기에 마침 잘되었다고 생각했다.

"호홍, 아주 대단한 스승님이시구나. 그렇게 강하다면 꼭 한 수 가르쳐달라고 부탁드리고 싶다. 그분이 정말 나보다 강하다면, 그리고 네가 그 가르침을 따라갈 수 있다는 것이 증명된다면 앞으로도 계속 그분의 지도를 받아도 좋아. 그게 아니라 만약 말뿐이라면 그때는 얌전히……."

"알겠어요! 아버지가 스승님에게 지고, 그래요, 제가 큰오빠한테 이기면 집으로 돌아가는 이야기는 없었던 걸로 하고 저를 자유롭게 놔두겠다는 말씀이시죠?! 분명 그렇게 말씀하신 거예요?! 여기 있는 모든 사람이 증인이에요!"

""""""엥…….""""""

환하게 미소 지으며 다짐 받는 메비스의 모습에 백작과 두 오빠, 그리고 부하 기사들이 또다시 아연한 표정을 지었다.

백작도 자신이 원하는 대로 이야기가 진행되어 만사가 술술 풀리는데도 왠지 좀 불길한 예감이 들었다. 그것은 무인의 천성적인 감일까…….

"아, 아니, 그럴 경우에는 그분을 우리 집으로 모셔서……."

귀족은 본디 일말의 가능성이 있더라도 위험을 회피하기 위해 안전책을 강구해두는 법이다. 설령 나약하다고 무시당할지라도.

"아니요, 우리 집 사정에 따라 스승님을 옮아맬 수는 없어요. 그 경우에는 제가 따라가는 게 당연하죠. 아니면, 아버지. 혹시 이길 자신이 없으신가요?"

"……알았다. 그렇게 하자! 시합은 언제가 좋겠느냐?"

"내일 저녁, 자작이랑 상인 인도가 끝난 후에 이 마을의 투기장에서요."

"뭐? 그럼 스승이라는 사람도 여기 와 있다는 말이냐? 뭐, 좋아, 알겠다. 그럼 내일 저녁으로 하는 거다? 동료들과 마지막 밤을 즐기는 게 좋을 거야."

메비스의 도발에 걸려들어, 자신이 질 가능성에 대비한 안전책도 제 손으로 버리고 말았지만 사실 백작이 그렇게까지 격앙된 것은 아니다.

상대가 누구인지는 몰라도 신출내기 헌터를 제자로 삼아 함께 행동하는 무명의 인물에게 자신이 질 가능성은 거의 없다. 그렇게 판단했을 뿐이다.

그리고 그 이상으로, 메비스가 장남에게 이길 가능성이 없었다. 만약 이 세상에 기적이 있다고 해도 연달아 일어나지는 않으리라. 그렇게 여긴 것이다.

“마일, 진짜 이렇게 해도 괜찮겠어?”

백작과 그 일행이 가버리자마자 자신만만했던 태도에서 돌변하여 근심 가득한 얼굴로 묻는 메비스.

“나머지는 메비스 씨가 하기 나름이에요. 자, 그럼 가볼까요!”

그리고 마일과 멤버들은 마을의 투기장으로 발걸음을 옮겼다.

일정 규모 이상의 마을에는 반드시 투기장이 있다. 왕도에 있는 투기장과는 비교가 안 되는, 그냥 운동장에 관객석이 설치된 것이 전부였지만 오락이 부족한 민중을 위한 필수 시설이었다.

그곳에서 특훈이 시작되었다.

“그게 아니죠! 그때는 씨익 웃으면서 ‘설마 제가 고작 그런 필살기를 익히기 위해 특훈이 필요했다고 생각하나요?’라니까요! 자, 그럼 다시!”

“““…………”””

* *

그리고 다음 날.

오후가 되어 도착한 호송부대는 상인 한 사람만 호송하는 줄 알고 와서 그런지 규모가 작았다. 말 두 마리가 끄는 마차 한 대와 마부 그리고 병사 세 명이 전부였다. 죄인 호송 마차를 공격하는 도적 따위도 없을 테니, 담당자가 괜히 많은 인원을 할애할 필요가 없다고 판단했으리라.

원래대로라면 그 정도로 충분했지만, 귀족도 호송하게 되어 인원이 역시 조금 부족했다. 게다가 귀족 체포에 관해 윗선에 여러 가지로 보고할 필요도 있었다.

결국 백작이 호송 병사들의 선임자에게 상황을 설명한 후 자신도 왕도까지 동행하겠다고 나서자, 병사들이 안심한 표정을 지었다.

메비스도 함께 왕도를 경유하여 데리고 돌아갈 것인가, 아니면 아들에게 맡겨 여기서 곧장 영지로 돌아가게 할 것인가. 동료 소녀들과 완전히 이별하게 만들려면 여기서 바로 돌아가게 하는 편이 낫겠다는 등 이런저런 고민을 하는 사이 시간이 흘러, 어느새 메비스 일행과의 모의 시합 시간이 임박했다.

백작은 아들과 부하들에게 말하고 마을 외곽에 위치한 투기장으로 향했다.

"……뭐, 뭐지? 이 상황은……."

투기장에 도착한 백작이 목격한 것은 온 마을 사람이 총출동했나 싶은 생각이 들 만큼 엄청난 군중, 상회의 출점과 포장마차 그리고 길거리 장사꾼들이 쩌렁쩌렁한 목소리로 물건을 파는 모습이었다.

"앗, 백작님, 대기 장소로 안내해드릴게요!"

"이, 이게 다 뭐야……."

백작을 발견하고 뛰어온 폴린에게 설명을 구하는 오스틴 백작.

"아, 이 마을 사람들은 평소 오락거리에 굶주려 있기도 하고,

상회의 주인이 바뀌었다는 것을 알릴 수 있는 절호의 기회이기도 해서 이런 형식으로……. 그런데 무슨 문제라도 있나요?"

물론 그녀의 말대로였으며 거짓말이 아니었다. 단지, 또 다른 이유도 있을 뿐이었다.

우선, 자긍심 높은 백작은 한번 한 약속을 반드시 지키는 인물이다. 그것은 반년이 넘도록 들은 많은 에피소드를 볼 때 거의 확실했다. 반면 오빠들은 메비스와 관련된 일이라면 무슨 일을 저지를지 알 수 없다. 그래서 절대 약속을 깨지 못하도록 수많은 증인을 준비해둔 것이다.

그리고 또 하나는, 상회의 출점과 포장마차로부터 순이익의 2할을 징수하도록 상업 길드와 이야기가 되어 있다는 점이다. 되찾은 상회를 다시 일으키려면 돈이 필요하다.

백작은 폴린의 처음 설명만으로 납득했다. 명성이 땅에 떨어진 상회를 다시 일으켜 세우려면 경영자가 교체되었다는 사실을 널리 알리는 과정이 반드시 필요하다. 그것은 틀림없는 사실이었다. 그리고 정보의 확산 속도가 느리기 때문에 이렇게 좋은 기회를 놓쳐서는 안 되었다.

"메비스는 어디 있지?"

"아, 아무리 모의 시합이라도 싸우기 전에 상대편과 만나는 것은 좋지 않다면서 반대쪽에서 대기하고 있어요."

"흐흠, 건방진 소릴 하는구나……."

백작은 조금 이상하달까, 왠지 흐뭇해 보이는 표정을 지었다.

"저쪽은 이미 준비를 마친 듯합니다. 백작님 측의 준비가 끝나는 대로, 먼저 백작님과 메비스의 스승님과의 시합부터 시작하도록 하겠습니다."

"알았다."

그렇게 대답한 백작은 장비를 갖추기 시작했다.

"여러분, 오래 기다리셨습니다! 지금부터, 이 마을에 버티고 있던 악덕 상인의 퇴치에 협력해주신 여성 헌터 그리고 그녀를 억지로 집에 데리고 돌아가 정략결혼 준비를 시키려는 아버지와의, 자유를 건 승부가 펼쳐집니다!"

""""""우오오오오오!""""""

"잠까아아안!"

모인 군중이 큰 함성을 내지르며 흥분했다.

아까부터 항의하는 목소리가 들리는 듯했지만 폴린은 전혀 신경 쓰지 않고 계속해서 말했다.

"여성 헌터의 승리 조건은 자신의 스승님이 아버지를 이기고, 또 자신이 오빠를 이기는 것입니다! 참고로 아버지는 무투파로 이름을 드날린 검의 명수이며, 오빠는 백작령 영지군 최고의 실력자라고 합니다. 이 무슨 치사하고 일방적인 조건인가요!"

"어이!"

누군가가 불만을 표시하려는 것 같았지만 큰일을 진행 중인 폴린은 그런 것을 일절 무시했다. 그녀는 가문명과 개인의 이름을 거론하지 않으려고 조심하면서 사회를 이어갔다.

"첫 번째 시합은 여성 헌터의 아버지 대 여성 헌터의 스승님!

먼저 아버지부터 입장해주세요!"

너무 편파적인 소개였지만 여기서 나가지 않을 수는 없었다. 부전패 따위가 되는 것은 참을 수 없다. 망연한 표정을 지으며 투기장 중앙으로 걸어가는 오스틴 백작.

"그리고 대전 상대, 여성 헌터의 스승님, 입장해주세요!"

그 말에 백작의 반대편에서 걸어 나오는 한 사람의 그림자.

그 모습을 본 순간, 군중의 웅성거림이 잦아들고 투기장에는 정적만이 감돌았다.

은발인 그녀는 어린아이처럼 몸집이 작은 여자였다.

여성 헌터의 스승님이니 여성 검사라고 해도 이상하지 않다.

성인 중에도 왜소한 사람은 얼마든지 있고, 엘프 혹은 드워프라면 겉모습과 나이가 매치되지 않는 경우도 많다. 그렇게 생각하면 그리 의아하게 생각할 일도 아니다. 하나도 이상할 것은 없었다.

그 여성이 눈언저리를 가린 수상한 가면을 쓰고 있지 않았다면 말이다.

여자가 쩌렁쩌렁한 목소리로 자신을 밝혔다.

"내 이름은 이브닝드레스 가면!"

""""""그게 뭐야아아앗?!""""""

군중들이 소리쳤다.

애당초 여자는 평범한 헌터 차림으로 이브닝드레스를 입지도 않았기 때문이다.

아니, 중요한 것은 그런 문제가 아닐지도 모르겠지만.

“기, 기괴하구나……. 그대가 메비스의 스승이란 말인가!”
“그렇다고 말한다면 어쩔 텐가? 내 제자의 재능도 알아보지 못하는 어리석은 자여…….”
“뭐, 뭘 다 안다는 식으로……. 저 아이는 물론 남들 이상으로 검에 재능이 있다. 하지만 그건 어디까지나 ‘평균 이상의 재능’에 지나지 않아. 알고 있나? 검사 중 절반은 평균 이하의 재능밖에 없고, 나머지 절반은 평균 이상의 재능을 가지고 있다는 사실을. 남들 이상, 평균 이상 따위 어차피 그 정도에 지나지 않아. 하나도 특별하지 않단 말이다. 그런 것 때문에 저 아이가 괴롭고 위험한 길을 걷게 할 생각은 없다! 메비스는 귀족의 딸로서, 그리고 귀족의 아내로서, 행복한 길을…….”
평균, 이라는 단어를 연달아 들은 이브닝드레스 가면은 무슨 영문인지 언짢은 표정이었다. 가면을 쓰고 있어도 확실하게 알 만큼.
“어리석은…….”
“무, 무슨!”
딸에 대한 자신의 마음을 바보 취급 받자 목소리가 거칠어지는 백작.
하지만 이브닝드레스 가면은 계속해서 말했다.
“당신은 양배추 초절임을 좋아하지? 그래서 그걸 항상 메비스에게도 먹이려고 하지.”
“뭐? 어, 어떻게 그걸…….”
생각지도 못한 지적에 동요하는 백작.

"알고 있나? 당신이 좋아하는 그 양배추 초절임을, 사실 메비스는 좋아하지 않는다는 것을!"

"뭐, 뭐라고?! 거, 거짓말!"

"거짓말이 아니야. 그리고 마찬가지로, 당신이 메비스의 행복이라고 믿는 것은 사실 메비스에게는 행복도 뭣도 아니야. 어리석은 자여……."

"그, 그 입 다물어! 거짓말이야, 그럴 리가……."

"그렇다면 어째서 메비스는 당신이 아닌 나와 함께 있기를 바랄까?"

"시……시, 시끄러워! 그럼 그대가 약하다는 사실을 밝혀서 메비스가 눈을 똑바로 뜨게 해줄 수밖에! 자, 간다!"

그렇게 말하며 오스틴 백작이 검을 뽑아 들었다.

베일에 휩싸인 이브닝드레스 가면도 검을 뽑아 응수했다.

백작은 재빨리 뛰어들어 키가 작은 이브닝드레스 가면의 정수리에 검을 내려쳤다. 이른바 세로로 쪼개기였다. 힘이 약한 여성이니 불리한 자세에서는 검을 받아내지 못하리라고 생각한 것이다.

게다가 세로로 쪼개기는 일방적이며 화려하게 보이는 기술이기도 했다. 힘의 차이를 보여주기에 딱 좋았다.

하지만 이브닝드레스 가면은 그 공격을 피하거나 옆으로 물리치지 않고 모의검으로 그대로 받아냈다.

"흐아아아아압……."

상대가 왜소한 여성이니 힘으로 밀어붙여 쓰러트리려고 생각한 백작은 힘을 넣기 어려운, 불리한 자세일 텐데 꿈쩍도 하지 않는 이브닝드레스 가면의 체력에 깜짝 놀라면서도 계속해서 힘을 주었다.

5초, 10초, 15초…….

백작의 얼굴이 새빨개지고 이마에 땀방울이 송골송골 맺혔지만, 검이 움직일 기색은 보이지 않았다.

그리고 얼마 정도 더 지난 후.

"하압!"

마…… 아니, 이브닝드레스 가면의 날카로운 기합과 함께 검이 튕겨 올라가자 당황해서 뒤로 물러난 백작.

"윽……, 드워프인가? 아니면 혼혈인가……."

체격과 어울리지 않는 괴력에 백작은 상대가 단순한 인간이 아니라고 판단했다. 하지만.

"넹? 저는 어디에나 있는, 평범한 보통 인간 여자아이인데요?"

((((거짓마아아알~!))))

후반의 '인간 여자아이'라는 부분은 진짜일지도 모른다.

하지만 전반은 거짓말이다. 확실하게 거짓말이다!

만약 거짓말하고 있다는 자각이 없다면, 저 소녀는 국어 공부를 다시 해야 한다.

모두가 그렇게 생각했다.

"그럼 이제 슬슬 진짜로 해볼까요……."

이 시합에서 마법은 쓰지 않는다. 오직 검술로 이기지 않으면 의미가 없기 때문이다.

그리고 마…… 아니, 이브닝드레스 가면은 생각했다.
글렌 씨와 겨뤘던 그때처럼 즐거울까, 하고 말이다.

이번에는 이브닝드레스 가면…… 마일부터 공격을 시작했다. 고속 전투다.
순식간에 거리를 좁혀 상대의 왼쪽 옆구리를 파고드는 모의검. 그리고 그것을 자신의 검으로 받아 차올리는 백작. 다시 올라온 검을 그대로 어깨에서부터 비스듬히 내리치는 마일.
그 후로 격렬한 칼싸움이 계속해서 이어졌다.
단, 글렌과 겨뤘을 때처럼 달리고 마구 움직이면서 닥치는 대로 싸우는 것이 아니라 백작은 어디까지나 기사로서 당당한 정면 승부를 선택했기 때문에 마일도 그에 따르는 형태였다.
많이 이동하지 않고, 한 자리에서 진행되는 격렬한 싸움. 이는 기동전을 제일로 여기는 헌터에게 불리할 것 같았지만, 마일은 아무 상관없었다. 원래 헌터로서의 검술도 서툰 편이었기에 어떤 전투 방법이든 큰 차이는 없었다.
속도와 힘. 마일의 장점은 오로지 그것뿐이었다.
계속 이어지는 대결에 백작은 점차 초조함을 느끼기 시작했다.
상대방의 기술이 너무도 미숙했기 때문이다.
어느 정도 검술을 몸에 익힌 자는 실력이 무척 뛰어난 검사를 이길 수 없다. 기술에서 앞서고, 속도에서 앞서고, 판단력에서 앞서고, 자신의 수를 전부 읽어내는 상대를 무슨 수로 이기겠는가.
하지만 아마추어는 예상할 수 없는 움직임을 보인다. 상식적으로 불가능한 판단, 정상적으로는 선택할 리 없는 검선. 기술과 속도에서 떨어지기 때문에 승리할 확률은 낮지만, 그래도 예상을 빗겨나간 일격이 먹힐 가능성은 항상 열려 있어 앞을 읽을 수 없는 베테랑으로서는 방심할 수 없는 상대였다.

그런데 이 상대는 숙련자를 웃도는 속도와 위력으로 아마추어 같이 검을 휘두른다.

위험하다. 말도 안 되게 위험한 상대였다.

한순간의 방심이 치명상을 부른다. 움직임을 전혀 예측할 수 없는 강력한 힘으로 날아오는 고속의 연속 공격. 정신을 계속 집중해야 했고, 그것은 백작에게 이상할 만큼 큰 소모를 강요했다.

평소 같으면 위험한 아마추어에게 얼른 일격을 먹이고 끝낸다. 그런데 지금은 아무리 공격해도 상대에게 먹히지 않았다. 피하거나 받아내면서 잘 처리한다. 그리고 이어진 동작으로 반격이 날아온다.

이쪽도 잘 처리하기는 했지만, 계속되는 싸움의 끝이 전혀 보이지 않았다. 백작은 점점 지쳤고 시간이 지날수록 초조해졌다.

'이대로라면 우열을 가리지 못하고……, 아니, 정말 그럴까? 이 여자, 정말로 전력을 다하고 있는 것일까? 내 공격을 태연하게 처리하는 저 반응 속도라면 더 빠른 반격도 가능하지 않을까? 게다가 지쳤다거나 초조해 보이는 모습이 전혀 안 보여. 서, 설마, 설마, 지금 나를 갖고 노는……? 바보 같군, 그럴 리가 없잖아!'

초조함과 피로는 검을 흔들리게 했고 빈틈을 만들었다.

쟁그렁.

"으……."

자루와 가까운 칼날 부분을 맞아 검을 떨어뜨리고 만 백작은 아연실색했다.

튕겨 나간 것이 아니다. 그때까지와는 확연히 다른 속도와 무게의 일격을 맞고 검을 떨어뜨렸다. 떨어뜨릴 수밖에 없었다.

군중들로부터 들끓어 오르는, 고막을 찢을 듯한 함성.

기사로서 이 무슨 실태인가. 이 무슨 굴욕인가.

얼굴이 새빨개지고 떨리는 팔을 진정시킬 수 없었다.

"빨리 주우세요."

"어이……."

얼른 승리의 함성을 울리고 승리 선언을 하면 좋을 것을…….

깔보는 것도 정도가 있다.

평소 같으면 깔보지 말라며 모의검을 내던져버리고 자리를 떠야 할 부분이었지만, 지금은 그렇게 할 수도 없는 노릇이었다.

이 싸움에 소중한 딸의 운명이 걸려 있기 때문이다. 이대로 위험한 헌터 생활을 계속하게 만들 수는 없다. 절대로.

아들의 승리를 의심하는 것은 아니지만, 설령 천 분의 일, 만 분의 일이라도 딸의 목숨을 위험에 빠트릴 가능성을 간과할 수는 없다. 아무리 부하와 군중 앞에서 수치를 겪고 꼴사나운 모습을 보인다고 해도, 적어도 승리의 가능성이 남아 있는 한 승부를 버릴 수는 없다.

백작은 검을 주워 다시 자세를 취했다.

그리고 30분 후.

그곳에는 땅에 양손과 무릎을 짚은 오스틴 백작의 모습이 있었다.

더는 한계였다. 일어설 힘도, 검을 쥘 악력조차 남아 있지 않았다.

완패. 그것 이외에 달리 표현할 단어가 없었다.

"저의 승리, 라고 받아들여도 되겠죠?"

마일의 확인 사살에 백작은 잠자코 고개를 끄덕였다. 그리고 대기 장소로 돌아가는 마일과 재빨리 달려온 부하의 부축을 받아 반대편 대기 장소로 향하는 백작에게 뜨거운 박수와 환호성이 쏟아졌다.

백작을 비웃는 자는 아무도 없었다.

백작은 강했다. 웬만한 B등급, 아니 A등급 헌터조차 이길 수 있을지 알 수 없는 실력이었다. 단지 상대가 너무 강했을 뿐이다.

아낌없이 쏟아지는 박수 속에서도 백작의 얼굴은 일그러져 있었다.

대전 상대를 향한 분노와 증오가 아니다. 오히려 작은 체격에도 저렇게 강한 점을 칭찬하고 싶은 마음이 강했다. 제대로 된 지도를 아주 잠깐만 받은 듯한 기술 수준인데도 저렇게 강하다니. 독학으로, 하염없이 자기 단련을 계속했을 그 노력. 참으로 칭찬할 만하다.

백작의 분노는 자신의 한심함을 향한 것이었고, 또한 자기 손으로 딸의 안전을 확보하지 못했다는 자기혐오였다.

겨우 대기 장소로 돌아온 백작은 신뢰하는 아들에게 고했다.

"……반드시 이겨라. 절대 방심하지 말고."

"……네!"

오스틴 백작가의 장남, 웨이룬 폰 오스틴.

사랑하는 여동생을 위해 모질게 마음먹고, 그 여동생과 대결을 펼치러 나섰다.

웨이룬은 후회하고 있었다.

아들 셋이 태어나고 나서야 드디어 오스틴가에 탄생한 딸, 메비스.

부모님과 할아버지 할머니도 한없는 사랑을 주었지만, 세 오빠 역시 그에 뒤지지 않는 많은 사랑을 쏟았다.

오스틴가의 공주님으로 아무런 부족함 없이 자란 메비스는 오빠들이 검 훈련을 받는 모습을 보고 자신도 하고 싶다는 말을 꺼냈다.

혼자만 제외되는 것은 싫겠거니 싶어서 형식적으로 연습을 시켰더니 예상외로 진지하고 끈기 있게 계속하는 데다 상당한 재능까지 있어서 세 형제는 깜짝 놀랐다. 그리고 귀여운 여동생이 외간 남자의 습격이라도 받으면 큰일이므로 필요한 호신 능력을 갖추게 하는 편이 좋겠다고 생각하고, 훈련 시간 틈틈이 이따금 지도해주었다.

그리고 웨이룬이 혼자 있을 때도 "오빠, 같이 훈련하고 싶어요" 하고 찾아오는 메비스를 돌려보낼 수 없어 장남의 특권이라는 듯 단둘이 이런저런 훈련을 했다.

메비스가 다른 남동생들에게도 찾아가 자신의 생각보다 3배 많은 훈련량을 소화하고 있다는 사실을 안 것은 훨씬 나중의 일이다.

그리고 눈을 반짝이며 자신과 남동생들의 기사 임관식을 지켜보는, 동경으로 가득 찬 메비스의 얼굴은 기사가 된 기쁨을 몇 배로 높여주었다. 기사가 된 자신들을 동경하는 줄 알았기에.

그 동경이 '기사'라는 직업 자체를 향한 것이며, 심지어 자신도 기사를 꿈꿀 줄 누가 예상했으랴.

……실패했다. 좀 더 빨리 그것을 깨달았더라면 메비스의 흥미를 다른 데로 돌리게 하거나 못해도 가출은 막을 수 있었을지도 모른다. 대실패다.

하지만 이번에는 실패하지 않겠다.

반드시 메비스를 데리고 집으로 돌아가겠다. 오스틴가 장남의 이름을 걸고.

"한 수 가르쳐주세요, 큰오빠."

투기장 한가운데에서 마주 보고 선 남매.

"8개월만이구나, 실력을 겨루는 것이……. 하지만 오늘은 힘 조절을 하지 않을 거야. 다치지 않게 신경 쓰긴 하겠지만, 조금은 아플지도 몰라. 장난 친 벌이니까 참아."

큰오빠 웨이룬의 말에 쓴웃음 짓는 메비스.

"큰오빠, 저도 언제까지나 어린애는 아니에요. C등급 헌터 '붉은 맹세'의 리더 메비스. 그 힘을 똑똑히 봐주세요!"

그렇게 말함과 동시에 모의검을 뽑아드는 메비스. 웨이룬도 검을 뽑았다.

""자, 승부다!""

웨이룬이 갑자기 달려들었다.

치사하다고도 할 수 있겠지만 지금 그걸 따질 때가 아니다. 사랑하는 여동생의 인생, 아니, 문자 그대로 생명 자체가 걸린 문제다. 힘을 조절하거나 놀아줄 생각은 전혀 없다. 그래도 자칫 잘못하여 여동생의 귀여운 얼굴에 상처가 나지 않도록, 몸통을 향해 칼을 옆으로 휘둘렀다.

채앵!

"어라……."

"왜 그러시죠, 큰오빠?"

힘 조절을 하나도 하지 않은 자신의 참격을 메비스가 받아낼 수 있을 리 없었다.

적어도 8개월 전의 메비스는 지금 휘두른 참격의 7~8할에 해당하는 빠르기조차 막을 수 있을지 어떨지 모르는 상태였다. 그런데 지금은 어떻게 이리도 간단히 막았을까?

챙챙챙!

"바, 바보 같은……."

부하 기사들조차 막을 수 있는 자가 드문, 진심 중의 진심을 담은 필살의 3연속 공격.

그런데 너무도 쉽게 막혀 튕겨 나가고 말았다.

"말도 안 돼……."

멍하게 중얼거리는 웨이룬에게 메비스가 이상하다는 듯 물었다.

"큰오빠, 혹시 자기뿐 아니라 다른 사람도 매일 단련해서 강해진다는 사실을 잊으셨나요? 또 자신보다 더 많이 단련해서, 더욱 빠르고 강해진 자가 존재한다는 걸……."

"무슨……."

메비스는 마지막 '결정타'를 날렸다.

"큰오빠. 아버지가 연세 때문에 체력의 정점에서 떨어지신 지금, 영지에서 큰오빠가 제일 강하다고 하는데 솔직히 말씀드리면 큰오빠는 아버지를 제외해도 영지 내의 실력이 두 번째예요."

"뭐라고? 그럼 첫 번째는 누군데?"

메비스는 검에서 뗀 왼손 엄지를 세워 자신의 얼굴을 가리켰다.

"엥……."

그 모습을 본 웨이룬은 할 말을 잃고 아연실색했다.

아무리 특훈을 받는다고 해도 불과 하룻밤 사이에 그렇게 강해지는 것은 불가능하다.

정상적인 방법으로는 메비스가 오빠를 이기기 어렵다고 판단한 마일은 어제, 금단의 비술을 썼다.

정말 부득이한 경우가 아니면 자처해서 적극적으로 쓰기를 자제하려 했던 그것. 그렇다, 나노머신이다.

마일은 어쩔 수 없이 나노머신을 불러 질문했다. 메비스는 왜 마법을 쓸 수 없는지 말이다.

오랜만에 불러서 기분이 좋았는지 나노머신은 기뻐하며 대답했다.

『네? 쓸 수 있는데요?』

'뭐, 뭐라고오~?'

『마법을 쓸 수 없는 자에게는 다양한 이유가 있습니다. 메비스님은 그중에서 '사념파의 체외 방사 능력 부전'에 해당합니다. 즉, 사념파를 체외로 방사하는 기능에 문제가 있다는 뜻입니다. 아무래도, 일족 대부분이 같은 상태인 듯하여, 유전이 아닐까 하고…….』

'그럼 마법을 못 쓰는 거잖아!'

『아니요, '사념파의 체외 방사 기능에 문제가 있다'는 것이므로.』

'……그럼 체내에서는 방사할 수 있다는 뜻?'

『그렇습니다. 어째서 그 총명함이 꾸준하게 발휘되지 않으시는 겁니까?』

'시, 시끄러워!'

그리고 나노머신에게 이것저것 들은 결과 다음과 같은 사실을 알게 되었다.

메비스는 사념파의 출력이 약한데다가 그것을 방사하는 부분, 즉 전파로 예를 들면 안테나에 해당하는 부분이 기능하지 않는다. 그래서 체외로 사념파를 방사할 수 없고 필연적으로 마법을 쓸 수 없다.

하지만 안테나가 없어도 회로 내에는 신호가 흐르고 있다. 다시 말해 체내에는 약하기는 해도 사념파가 미치는 것이다.

그 말은 '체내에 나노머신이 있으면 반응한다'는 의미다.

『보통 생물의 체내에 저희 나노머신이 상주하는 경우는 매우 드뭅니다. ……기분이 안 좋으니까요.』

그렇게 말한 나노머신의 기분은 왠지 이해할 수 있었다. 게다가 창조주가 정한 '일정 농도를 유지하라'는 지시는 생물의 체내에 적용되지 않는다고 한다.

『하지만 나노머신이 생물의 체내에 존재하는 경우가 몇 가지 있습니다. 그중 하나가 마법 행사에 의한 것입니다.』

그렇다, 치유마법 등 생물의 체내에서 일어나는 마법 효과의 발현을 위해서는 나노머신이 체내에 침입할 필요가 있었다.

하지만 그때는 임무를 완수하면 체외로 빠져나오고, 메비스는 애초에 체내로 들어가게 마법을 행사하는 것이 불가능하므로 상관없다.

참고로 치유가 아니라 육체 파괴 목적으로 한 체내 침입은 나노머신의 반응 효율이 나쁘고, 또한 침입에 시간이 다소 걸리기 때문에 치유마법과 마찬가지로 효과가 나타날 때까지 한 템포 느려지는 면이 있다.

게다가 발동이 천천히 되는 만큼 육체의 주인이 이상을 느끼고 싫어할 경우, 그 사념이 우선시되면서 발동이 취소된다. 초 근접 거리에서 직결 상태로 사념을 흘리는 셈이니 그쪽이 우선인 것은 당연하다.

이를 인간은 '마법 저항력'으로 인식하고 있다.

다만, 폴린이 B등급 헌터에게 행사한 것처럼 다소 시간이 걸려도 상관하지 않고, 또한 본인이 이상을 느끼지 못했을 경우에는 그러한 공격도 가능하다. 또, 저항력 따위 문제되지 않을 만큼 마력에 엄청난 위력이 있을 경우에도 다른 사람의 체내에 간섭할 수 있다.

『그리고 또 하나가 '자연 침입', 즉 호흡과 음식, 기타 등등에 의한 자연적 형태로 나노머신이 체내에 침입하는 것입니다. 이 경우 빨려 들어간 나노머신은 곧 체외로 탈출하지만, 어차피 충분한 밀도로 공기 중에 존재하므로 항상 일정한 수의 나노머신이 입에서 폐로 보내져 존재하게 됩니다. 이 나노머신이 직결 상태로 사념파를 흘려보내면 수가 적어 효과가 제한적이긴 하지만…….』

'반응한다는 거네…….'

마일은 생각했다. 체외 나노머신을 이용할 수 없고, 근소하게 존재하는 체내 나노머신이라면 어떻게든 이용할 수 있는 메비스. 그리고 기사를 동경하는 메비스의 간단한 강화법을.

……그렇다, 그 방법밖에 없었다.

육체 강화마법이다.

폴린에게 '내일 모의 시합을 이벤트화해서 상업 길드를 경유해 출점 수익의 할당을 받자'고 제안하자, 폴린은 헌터 길드와 상업 길드의 각 지부에 말해야겠다며 바로 뛰어나갔다. 걱정이 된다며 레나도 따라갔다.

그리고 투기장에 남은 마일과 메비스.

생각해보면 레나와 폴린의 파워 레벨링에 비해 메비스는 그다지 마일의 특혜를 받지 않았다.

물론 '신속검'이 있다.

하지만 그것은 메비스가 그저 한결같이 마일을 상대로 단련을 이어온 결과물이어서, 파워 레벨링이라고 말하면 메비스에게 실례다.

그것은 반년 이상 이어온, 마술사 조에 뒤처지지 않으려는 메비스의 필사적 노력이 빚은 당연한 결과이기 때문이다.

게다가 그렇게 했는데도 '마일에게 비법을 전수받은' 것만으로 급속하게 능력을 끌어올린 레나와 폴린 정도까지는 실력이 향상되지 않았다.

레나의 불마법, 폴린의 치유마법은 그것만 놓고 보면 B등급, 어쩌면 A등급에 가까울지도 모를 만큼 위력이 있다. 지식과 경험, 응용력, 그리고 속도와 체술 등을 고려하면 헌터로서의 종합적 능력은 C등급 상위 정도밖에 되지 않지만 말이다.

반면 메비스의 검술은 C등급 상위 아니면 B등급 하위에 해당하는 수준이었다.

사실 말이 '신속검'이지 정말로 메비스가 말하는 그 속도는 아니었다. 1.4배 등과 같이 말하는 것은 허풍일 뿐 사실 그렇게까지 대단한 속도는 아니어서, 조금 빠르긴 해도 매일같이 훈련하는 병사나 기사와 비교하면 대승할 정도는 아니었다.

그래서 도적이면 몇 명을 동시에 상대할 수 있을지 몰라도, 병사나 기사는 복수로 상대하기가 조금 힘에 부쳤다. 상대방의 신발에 뾰족한 돌멩이가 들어 있다든가, 신발 굽이 비스듬히 깎여 있다든가 하지 않는 이상은 말이다.

또, 설령 상대가 한 명이라고 해도 숙련된 전사일 경우는 역시 승리하기 어려웠다.

그래서 마일은 지금까지 자신의 능력 부족 때문에 고민하던 메비스를 살짝 도와주기로 했다.

폴린이 레나와 함께 상업 길드와 헌터 길드로 뛰어간 후, 둘만 남은 투기장에서 마일이 드디어 말을 꺼냈다.

"저, 저기, 메비스 씨…… 내일, 반드시 이겨야 하죠?"

"응? 아, 으응. 그러려고 지금 특훈하는 거잖아?"

이제 와서 뭘 새삼스레, 하고 의아한 표정을 짓는 메비스.

"저, 그게, 실은, 이길지도 모르는 방법이 있기는 한데요……."

"뭐라고?! 그게 정말이야?! 알려줘, 도대체 무슨 방법인데?!"

무섭게 달려드는 메비스에게 마일이 주뼛거리며 알려주었다.

"그게, 인체를 강화하는 방법인데요. 그러니까, 메비스 씨의, 기사를 꿈꾸는 사람의 자긍심을 거스를지도 모르는……."

"상관없어! 그런 거 전혀 상관없다고! 무슨 방법이 됐든, 이 난국을 타개할 수만 있다면 웬만한 건 다 받아들일 수 있어! 자, 빨리 가르쳐줘! 어떻게 하는 거야?"

메비스가 '실전이라면 몰라도 시합에서 그것은 검사로서 비열한 수단이다'라고 거절할지도 모른다고 생각했던 마일은 맥이 빠졌다.

이 세계에도, 지구에서 말하는 '사흘 굶어 도둑질 아니 할 놈 없다', '내가 하면 로맨스, 남이 하면 스캔들!', '그건 그거고 이건 이거다'와 같은 속 편한 격언에 해당하는 표현이 존재했다.

마일은 메비스에게 육체 강화 방법을 설명했다.

'메비스도 마법을 쓸 수 있다'고 말하면 일이 상당히 귀찮아질 것 같아서, 어디까지나 '인체 강화 비술'을 통해 자기 의지로 육체를 컨트롤하는 형식의 설명이었다. 이렇게 하면 수행해서 익히는 능력으로 받아들이기 쉽겠다고 여겼던 것이다.

메비스는 반짝반짝 빛나는 눈동자로 마일을 응시하며 가르침을 흡수해나갔다.

설명 후에는 실전 훈련이었다.

강화의 조절, 힘의 균형, 속도 파악.

감을 잘못 잡아 몇 번이고 나뒹굴며 긁힌 상처가 늘어가는 메비스. 그때마다 마일이 마법으로 치료해주었다.

주위가 어둑어둑해지기 시작하고, 두 길드에 이야기를 전하고 온 폴린과 레나가 돌아왔을 무렵.

그곳에는 자신감으로 가득 차서 활짝 웃고 있는 메비스의 모습이 있었다.

"무, 무슨 바보 같은 말을……."

일순 말문이 막혀 아연해 했지만, 웨이룬은 곧바로 메비스의 말을 웃으며 넘겼다.

물론 조금 전 연속 공격을 잘 받아내서 놀란 것은 사실이다.

하지만 8개월 전까지, 오랜 시간 메비스의 훈련에 함께해왔다. 웨이룬은 메비스의 실력과 소질을 완전히 파악하고 있었다. 물론 어린 여성치고는 상당한 실력이었지만, 불과 몇 개월 만에 자신을 뛰어넘을 수 있는 엄청난 재능은 결코 없었다.

아무리 힘 조절을 하지 않았다고 하나 전쟁터에서의, 목숨을 건 전력 승부가 아니다. 게다가 상대는 사랑하는 여동생 메비스가 아니던가. 무의식중에 위력과 속도가 약해졌음이 틀림없다.

그리고 엉겁결에 공격을 잘 받아낸 메비스가 자기 능력을 과신해서 우쭐해하고 있거나, 아니면 동요를 일으키기 위해 허풍을 떨고 있다. 웨이룬은 그렇게 판단했다.

"자기 힘을 과신하다니, 역시 자유를 줄 수 없어. 그런 상태로는 금방 목숨을 잃게 될 거다. 그걸 알려주마……."

그렇게 말한 웨이룬은 다시 공격에 나섰다. 이번에는 위력은 억제하면서 속도에 전력을 다한, 혼신의 3연속 공격이었다.

챙챙, 채앵!

"아……."

웨이룬뿐 아니라 대기 장소에서 두 사람의 대결을 지켜보던 백작과 유안, 부하 기사들, 그리고 관중까지 모든 이가 휘둥그레진 눈으로 침을 꼴깍 삼켰다.

완벽한 방어. 3연속 공격을 전부 다 받아낸 것이다. 아니, 도발해서 공격을 유도했으니 '유혹수'라고 해야 하나.

관객석에서 끓어오르는 대함성.

웨이룬은 용맹하고 상당히 남자다웠는데, 웬일인지 젊은 여자나 소녀들이 보내는 톤 높은 성원은 대부분 메비스를 향해 있었다.

"어이가 없네……."

실제로 체험하면서도 그 사실이 믿어지지 않는 웨이룬이었다.

믿어버리면 자신의 상식 그리고 자신감이 산산조각 나고 말리라.

오기를 부려서라도 인정할 수 없었다. 자신이 여동생에게 밀렸다는 사실은…….

한편 메비스는 지금까지 느껴본 적 없을 정도로 마음이 고양되었다.

왕궁의 근위 기사 같은 S등급 헌터와 어깨를 나란히 할 만큼 초일류까지는 아니더라도 세 형제는 지방 영주군의 기사 중에서 톱클래스로, 충분히 '일류'에 이름을 올리는 기사였다.

그리고 그중에서도 가장 뛰어난 큰오빠 웨이룬.

그 큰오빠와 대등하게 대결을 펼치는 자신. 그러니 가슴 뛰지 않을 리가 없었다.

하지만 메비스는 분수를 알았다.

이것이 결코 자신의 진짜 실력이 아니라는 사실을 말이다.

그리고 시간이 지나면 기술과 경험에서 앞서는 오빠를 도저히 상대할 수 없게 되리라는 것도.

오빠가 자신의 속도와 검선에 익숙해지기 전에 몰아붙여서 승부를 정해야 한다. 이기려면 그 방법밖에 없다.

"이번에는 제 차례예요."

그렇게 말한 메비스는 검을 왼손만 써서 반대로 바꿔 쥐었다.

"비기! 어반 스플래쉬(도시의 흙 비말)!"

검 끝으로 땅을 도려내 만든 흙 비말을 상대방의 얼굴을 향해 날려 기를 죽인다. 그리고 그 틈을 파고들어 두 번째 공격.

땅이 풀로 뒤덮여 있거나 쓰러진 나무 등 장애물이 있는 숲 혹은 초원에서는 쓸 수 없고, 지면이 훤히 드러난 도시에서만 가능한 필살기 어반 스플래쉬.

검을 반대로 쥔 이유는 자연스러운 자세로 땅을 도려내기 위함이었으며, 그 동작 그대로 적에게 검을 휘두르기 위함이었다.

물론 명명자는 지난 생에서 소년 만화도 즐겨 읽었던 마일이다.

"윽!"

검 끝이 살짝 스치기는 했지만, 역시 영지 최고의 검사인 웨이룬은 흙 비말과 함께 날아온 일격과 뒤이은 연속 공격도 쉽게 피했다.

"그, 그런 잔재주 같은 기술에 거, 걸려들 것 같냐?!"

하지만 의외로 위험했었는지 상당히 동요한 표정이었다.

"용사님의 주특기였다는 어반 스플래쉬를 피하다니, 역시 큰오빠네요. 하지만 사냥터에서 어떤 상위 마물이 나오든 간에 반드시 쓰러트리도록 만들어진 이 기술은 어떨까요?"

그렇게 말한 메비스가 다시 필살기를 펼쳤다.

"에쿠스 칼리버(약속된 사냥터의 검)!"

"우오오옷!"

겨우 검으로 받아내기는 했지만 예상보다 훨씬 센 그 참격에 멈칫하는 웨이룬.

귀족 여성인 메비스의 검은 능란해도 위력은 별로였다. 그래야 할 터였다. 그런데 지금 참격의 위력은…….

하지만 놀라움을 얼굴에 드러내서는 안 된다. 그것은 상대의 기를 더욱 살리는 악수다. 지금은 태연한 얼굴로 그냥 넘겨야 한다.

"흐흠, 이 정도냐. 필살기인지 뭔지도 이제 다 떨어졌나?"

그렇게 말한 웨이룬은 평정을 가장했지만 필살기를 펼친 메비스 역시 아무렇지 않은 얼굴이었다. 그리고 히죽 웃더니 몇 번이고 연습한 그 대사를 읊었다.

"큰오빠, 저를 너무 얕보지 말아주세요. 설마 제가 고작 그런 피니쉬 블로우(필살기)를 익히기 위해 특훈이 필요했다고 생각하나요?"

"뭐, 뭐라고?"

"진 신속검! 1.4배다아앗!"

"우, 우오오오오오!"

메비스는 단발 공격이 아니라 연속 공격전, 그리고 난격전으로 옮겨갔다.

전횡 무진 움직이고, 몸을 날리고 쉴 새 없이 퍼붓는 참격과 연속 공격.

때리고, 받아내고, 파고들고, 날렵하게 피한다.

그렇게나 동경했던 큰오빠. 기사로서의 실력은 자신이 도저히 닿을 수 없는 구름 위의 사람이라고만 여겼던 큰오빠.

그런 큰오빠와 대등하게 싸우고, 아니, 아직 동요가 완전히 진정되지 않아 움직임이 둔해진 큰오빠를 약간 압도하고 있는 이 상황.

……정말로, 이길 수 있을지도 모른다.

물론 이기는 것을 목표로 했다. 하지만 정말로 큰오빠를 이길지도!

메비스의 마음이 불타올랐고 영혼이 떨렸다.

필살기는 이제 없다. 메비스의 벼락치기 필살기는 그 두 개가 끝이었다.

아니, 어쩌면 '진 신속검'이야말로 메비스의 진짜 필살기라고 할 수 있을지도 모른다.

양성 학교에서 보낸 반년간, 그리고 그 후로도 계속 이어왔던 특훈이 지금 이곳에서 빛을 발하고 있다.

아무리 나노머신에 의한 신경 반응 속도의 상승, 근력의 일시적인 증강을 펼쳤다고 하지만, 원래 신체 능력이 그에 따라가지 못하면 근육 파열이나 골절 등으로 몸이 버텨내지 못할 것이다.

하지만 메비스는 노력과 단련으로, 설령 몇 분간에 지나지 않는다고 해도 그 가혹한 동작을 견딜 수 있는 신체를 만들었던 것이다.

웨이룬은 메비스의 허풍이리라고 생각하면서도 언제 어떤 필살기가 나올지 몰라 경계를 풀지 않았고, 그것이 공격력을 크게 깎아먹었다.

조금 전의 두 필살기는 미리 대기하여 만전의 태세로 받았는데도 아슬아슬했다. 만약 큰 기술을 펼치려고 하거나, 그것이 막혔을 때의 빈틈을 노리고 제3의 필살기가 나온다면? 그렇게 생각하니 경솔하게 움직일 수 없었다.

게다가 메비스의 공격 속도가 이상하리만치 빨랐다. 메비스의 연속 공격을 받아내는 것만으로도 벅차, 웨이룬은 반격에 나설 수 없었다. 웨이룬 역시 조금 전 아버지와 마찬가지로 점점 초조해지기 시작했다.

오빠 역시 마법을 못 쓴다. 반면 지금의 메비스 본인은 '육체를 자기 의지로 제어하고 있다'는 자각은 없지만 신체 강화계 마법을 쓰고 있다. 노동 물질이 분해되어 지구력도 늘어났다.

하지만 역시 남성이고 메비스보다 훨씬 오랜 세월을 단련해온 오빠와는 신체적 기본 능력에서 차이가 많이 났다. 웨이룬이 서서히 지쳐 전투력이 저하되어 가는 것과 대조적으로 메비스의 한계는 돌연 찾아왔다. 그것은 메비스도, 나노머신의 충고를 받은 마일로부터 미리 전해 들어 알고 있었다. 그리고 그 시간제한이 다가왔다.

그렇다, 메비스도 얼굴에는 드러나지 않았지만 웨이룬 이상으로 초조했던 것이다.

한계가 찾아오면 모든 것이 끝난다. 그리고 그 시간이 임박하였다.

웨이룬의 반응 속도가 조금씩, 아주 조금씩 저하되기 시작했다.

하지만 메비스의 속도와 검선에 익숙해졌는지 오히려 싸움 자체는 점차 웨이룬 쪽의 우세로 기울기 시작했다. 웨이룬이 싸움에 집중하면서 동요가 사라졌기 때문에 기술과 경험의 차이가 드러난 것이다.

서서히 밀리기 시작했고 육체적 한계가 찾아온 메비스.

이제 언제 체력과 몸에 한계가 찾아와 속에서 파멸의 소리가 들릴지 모른다.

더는 물러설 곳이 없다.

그렇게 생각한 메비스는 되도록이면 쓰고 싶지 않았던 최후의 공격을 가하기로 결심했다.

폴린이 고안하고 레나와 마일도 그 효과를 보증했던, 큰오빠를 향한 필살 공격. 만약 이것이 먹힌다면 모든 것은 끝난다.

자신의 미래를 걸고, 메비스는 정신력을 쥐어 짜내 마지막 공격에 나섰다.

"큰오빠가 제일 싫어요! 이제 두 번 다시 저한테 말 걸지 마세요!"

"헉…………."

어이없어하다가 점점 절망에 휩싸이는 얼굴로 그대로 굳어버린 웨이룬.

퍼억!

움직임을 멈춘 웨이룬을 향해 메비스의 일격이 날아갔다.

““““허걱…………..””””

황당해하는 관객들.

““““이게 뭐야아아아앗!””””

투덜거렸다.

백작과 웨이룬, 그리고 유안은 마구 투덜거렸다.

하지만 이렇게 많은 증인을 앞에 두었으니 어쩔 수 없었다.

귀족이, 그것도 기사 된 몸으로 태연하게 약속을 지키지 않는 모습을 평민에게 보여줄 수는 없었다.

그리고 길드 왕도 지부의 이익 대표인 티리자와 국왕의 뜻을 이어받은 근위 산토스가 메비스 쪽에 섰으니, 더는 방법이 없었다.

힘없이 고개를 푹 숙인 오스틴가 남자들은 부하들을 데리고 터벅터벅 투기장을 빠져나갔다.

오스틴가 일동을 눈으로 배웅한 마일이 살짝 옆을 쳐다보자 폴린이 어두운 표정으로 서 있었다.

“앗? 폴린 씨, 왜 그래요?”

마일의 물음에 폴린이 아쉽다는 듯 소리쳤다.

“시간만 있었어도, 시간만 있었어도, 이 시합에 내기를 걸어 돈을 잔뜩 벌었을 텐데……. 아아, 어제로 돌아갈 수만 있다면! 어제로 돌아갈 수만 있다면!”

그때, 산들바람이 불어와 마일의 콧구멍에 꽃향기를 옮겨주었다.

그것은 지구에 있는, 라벤더 향기와 닮아 있었다.

마일은 짝, 하고 손뼉을 쳤다.

"아아, '돈을 거는 소녀(일본어로 발음이 같은 '걸다'와 '달리다'의 '카케루'를 사용한'시간을 달리는 소녀' 패러디)'!"

제24장 개선(凱旋)

“해냈구나, 메비스!”

“축하해요! 이제 결혼 적령기의 한계가 올 때까지는 자유네요!”

“으…….”

레나의 축하에 이은 폴린의 말에 웬일인지 순수하게 기뻐하지 못하는 메비스였다.

“모두, 그리고 마일 덕분이야. 그 필살기와 진 신속검. 덕분에 짧은 시간이지만 큰오빠와 대등하게 겨뤘어. 그리고, 그리고, 꿈을 계속 좇을 수 있게 된 점이……, 내, 내 꿈……….”

점점 오열로 바뀌며 말을 잇지 못하는 메비스.

“메비스 씨…….”

항상 의젓하고, 무슨 일이 일어나도 살짝 곤란하다는 듯 쓴웃음을 짓는 것이 전부인 메비스.

감정 기복이 심한 레나, 다크사이드 폴린, 어리바리한 마일을 늘 감싸주던 메비스의, 떨리는 어깨와 오열하는 모습을 다정하게 지켜봐주는 세 사람이었다.

그리고 잠시 후, 메비스가 겨우 진정하자 네 사람은 승리의 축하를 하자며 숙소로 발걸음을 옮겼다.

*　*

마일 일행이 돌아오니 여인숙 앞에 누군가가 서 있었다. 서른이 조금 넘어 보이는, 눈매가 선량하지만 고집이 세 보이는 눈빛의 여성 그리고 열 살 전후의 소년이었다.

"폴린!"

"어머니! 알란!"

폴린의 어머니와 남동생이었다.

어머니는 상회주의 애인이라는 입장이었기에 공범자가 아니냐며 일단 취조를 받았다. 뒤에서 말을 맞추지 않도록 종업원을 포함한 관계자는 전원 격리해 감시했고, 순서대로 조사했기 때문에 자유의 몸이 될 때까지 시간이 걸렸던 것이다.

취조 일부는 사정을 아는 티리자와 산토스도 입회했기 때문에 모두 그리 걱정하지는 않았다. 그리고 혐의가 풀려 자유의 몸이 되었고, 나머지는 정식으로 상회의 권리를 인정받는 수속이 끝날 때까지 잠정적으로 상회 운영을 하게 된다.

씩씩하게 행동했지만 폴린은 아직 열다섯 소녀였다. 아무리 열다섯 살부터 성인이라지만 폴린에게는 너무도 가혹한 나날이었다. 연약하고 다정했던 원래의 마음을 어둠으로 검게 물들인 다음 끈적끈적한 것으로 코팅까지 하지 않으면 견딜 수 없을 만큼…….

하지만 그것도 이제 끝났다.

어머니에게 달려가 안기며 울음을 터뜨리는 폴린을 놔두고, 마일 일행은 조용히 숙소로 들어갔다.

“자, 이제 어떻게 할까…….”

“어떻게 하지…….”

“어떻게 할까요…….”

메비스, 레나, 그리고 마일은 생각에 잠겼다.

조금 전, 겨우 진정한 폴린이 가족과 같이 와서 감사 인사를 한 후 오늘 밤은 가족과 함께 보내고 싶다며 어머니의 집으로 간 것이다.

“이 마을에서 할 일은 끝났으니, 얼른 왕도로 돌아갔으면 하는데…….”

메비스가 그렇게 주장했다.

유명인사가 되어버린 메비스는 이 마을에 계속 머물기가 상당히 힘들었다.

투기장에서 나와 숙소로 돌아오는 짧은 시간 동안에도, 헌터들이 파티 가입을 제안하고 소녀들이 마구 따라 붙는 등 정말 굉장했던 것이다. 도저히 마을을 돌아다닐 수 있는 상황이 아니었다.

또 ‘이브닝드레스 가면이 누구야?’, ‘꼭 지도자로!’, ‘아니, 우리 파티로!’ 하면서 스승을 소개해달라고 메비스에게 접근하는 자가 나타나는 것도 시간문제리라.

“그렇게 할 수밖에 없겠네…….”

“그러네요~…….”

레나와 마일도 찬성해서 내일 아침 일찍 숙소를 출발하기로 했다.

저녁 식사 시간에, 다음 날 떠날 것을 티리자와 산토스, 그리고 여인숙 관계자에게 알리자 티리자는 “그럼 마차를 구해둘게요” 하고 고마운 말을 해주었다. 산토스는 물론 모레 출발하는 호송 마차와 동행하므로 개별 행동에 나서게 된다.

오늘 막 도착한 마차를 내일 출발시키는 것은 좀 심했기 때문에 그쪽의 일정은 변하지 않는다. 백작과의 동행은 내키지 않았기에 마일 일행도 만족스러웠다.

저녁 식사 후, 세 사람은 다시 앞으로의 계획을 논의했다.

“폴린이 빠지면 아무래도 셋이서 하기는 힘들겠지. 신규 멤버를 모집할까?”

“그럴 수밖에 없지. 다행히 마일이 올마이티니까, 모집 폭을 넓힐 수 있는데……. 일단은 어떤 직종을 모집하는 게 좋을까?”

메비스의 말대로 모집 폭은 넓었다.

마일이 후위에서 마술사로, 혹은 슬링쇼트를 써서 싸운다면 전위를 구해도 되고, 중위나 후위 궁사, 마술사를 모집하고 지금껏 그래왔던 대로 마일을 전위의 위치에 두어도 상관없었다. 치유와 지원 마법은 마일도 쓸 수 있으므로 폴린과 같은 유형의 마술사로 압축할 필요도 없다.

마일. 무척 편리한 와일드카드였다.

하지만 다들 조금 걱정이었다.

마일의 편리함…… 아니 재능을 안 자가 욕망에 휩싸이지 않을까?

신출내기가 분명한 세 사람과 자신의 능력 차이를 깨닫고 자멸하거나 다른 이상한 생각을 하지는 않을까.

어떤 인간인지도 잘 모르는 자에게 마일의 '마법향상법'을 쉽게 가르쳐줘도 좋을까.

그렇다고 그 사람한테만 알려주지 않고 제외시킬 수도 없는 노릇이다.

""""으~음……."""

고민에 빠진 세 사람.

그러다가 문득 생각이 미친 마일이 입을 열었다.

"저거, 동기 중 누군가에게 제안해보는 건 어때요?"

"""아……."""

그렇다, 왕도에는 마일 일행의 헌터 양성 학교 동기생들이 몇 명인가 살고 있다.

동기생은 전국에서 모여들었으므로 대부분 원래 살던 마을로 돌아갔다. 가족이나 소중한 사람들을 남기고 왔으니 당연하다.

국가 방침도 딱히 졸업생을 왕도에 붙잡아두려는 것은 아니어서, 능력 있는 젊은 헌터가 전국에 만연하게 배치되는 셈이었다.

하지만 원래 왕도에 살던 자, 가족 혹은 신세진 사람이 지방에 없는 자들은 대부분 왕도에 그대로 남아 있었다.

고작 40명이 반년을 함께했으니, 서로에 대해 나름대로 잘 안다고 할 수 있다.

상대의 기질도 알고, 그들 역시 레나 일행의 성격을 잘 알았다. 그리고 물론 마일이 얼마나 '상식에서 자유롭지 못한 아이'인지도…….

그래서 멤버가 되기 싫은 사람은 제외하고 괜찮아 보이는 동기에게 제안해보자는 생각은 그리 나쁘지 않을지도 몰랐다. '동기생만으로 이루어진 파티'라는 상황도 유지할 수 있다.

이따금 길드 등에서 마주치는 동기생 중 몇 명인가는 마일 일행처럼 신인끼리 해나가는 무모한 짓은 하지 않고 선배들의 파티에 들어갔다. 그리고 그중에는 '초짜를 어엿한 헌터로 키워주는 거니까 견습생이나 마찬가지'라면서 자기 몫의 분배율이 상당히 적은 자도 있는 것 같았다.

하지만 그 파티의 선배들도 젊었을 때는 같은 대우를 받았을 테니, 딱히 그것이 나쁘다고 할 수는 없다. 그러한 방침의 파티일 뿐이다.

다만 그런 파티에 속한 동기생은 '붉은 맹세'가 말을 걸면 기뻐하며 이적해줄지도 모른다. 멤버가 빠지는 파티 입장에서는 달갑지 않겠지만, 관계를 끊을 정도의 대우를 해주기 때문이니 어쩔 수 없다.

"하지만 폴린 씨처럼 돈이라든가, 장사와 거래에 대해 잘 알고 있는 사람이 아니면 좀 걱정이네요. 속이 시커먼 상인 같은 느낌의 동료가 있어야 우리가 남에게 속을 걱정이 사라져서 안심인데……."

""""아…….""""

그때 그렇게 말한 마일 본인을 포함하여 모두의 머릿속에 어떤 인물의 얼굴이 떠올랐다.

외모는 상당히 귀엽지만 계산이 빠르고 상당히 속이 시커먼 구석이 있는 열 살짜리 소녀의 얼굴이.

가슴 담당으로도 폴린 대신 잘해줄 것 같다. 앞으로 몇 년 후에는.

""""아니아니아니, 그건 아니지~!""""

애초에 그 소녀에게는 전투력이 없었고 이미 일하고 있기도 하다. 가업인 그 여인숙에서.

상당히 무미건조하게 폴린의 후임을 논의 중이던 세 사람이지만, 속은 결코 평온하지 않았다.

헌터 양성 학교에서의 반년.

그리고 그 후에 겪었던 신입 헌터로서의 즐겁고도 힘들었던 나날들.

학교 기숙사에서도 여인숙에서도 늘 함께 지냈던 4인실.

귀족가의 아가씨로 가족 이외의 사람과는 그다지 접촉하지 않고 자란 메비스.

어머니는 얼굴 한 번 본 적 없고, 유일한 혈육인 아버지, 그리고 함께 여행했던 '붉은 번개' 헌터들까지 전부 잃은 천애 고아 레나.

지난 생에서 친구라고 부를 만한 사람 하나 없었고 이번 생에서도 처음 사귄 친구들과 이별해야만 했던 마일.

그리고 상처 입은 짐승으로 분한 폴린.

모두, 굶주려 있었다.

모두, 원했다. 친구를. 동료를.
그리고 드디어 얻게 된, 영혼으로 이어진 동료 '붉은 맹세'.
이 네 사람이니까.
이 동료들이니까.
한 명이 줄어들면 한 명 보충하면 그만인 문제가 아니었다.
알고 있었다. 하지만 세 사람 중 어느 누구도 그 사실을 입에 담지 못했다.
폴린에게는 폴린의 인생이 있고 행복이 있다.
비원이 이루어져 가족과 함께 살 수 있게 된 폴린에게는 어머니, 남동생과 함께 아버지가 하시던 상회를 지키는 중요한 목표가 생겼기 때문이다.
메비스가 기사를 꿈꾸듯, 마일이 평범한 행복을 원하듯, 그것은 결코 양보할 수 없는 소중한 목표였으며 그 누구도 방해할 수 없었다.
어느새 입을 여는 사람은 아무도 없었고, 다들 그대로 침대에 파고들어 회의는 어중간한 상태로 끝나고 말았다.
다음 날 아침, 마일을 비롯한 세 사람은 숙소를 비우고 티리자와 함께 헌터 길드로 향했다.
티리자가 준비해준 마차는 승합 마차나 대여한 마차가 아니라 상인의 짐마차였다. ……짐이 잔뜩 실린 상태의 마차 말이다.
"승합 마차는 일정이 안 맞았고 빌리자니 너무 비싸서요. '붉은 피가 좋아!'가 호위한다고 말했더니 다행스럽게도, 출발을 기다리던 상인이 바로 달려와 줬어요."

어느 정도 모인 대수로 상단을 짜서 호위 비용을 절약하고 안전성을 높이려고 출발을 기다리던 상인들로서는 곧 출발 가능한데다 4인분의 호위 비용으로 10인 이상에 해당하는 전력을 고용할 수 있는 기회를 놓치기 어려웠다.

검사 한 사람이 C등급 헌터 몇 명에 해당할 만큼 강하다는 사실은 이미 눈으로 확인했고, 다른 헌터 멤버들도 그 검사나 스승이 소속된 파티이니만큼 틀림없이 보통 실력이 아니라고 판단했던 것이다. ……정답이었다.

또 만약 도적의 스파이가 마을에 잠입했다면 절대 공격당할 리 없다. 그것은 확실했다.

티리자는 아무래도 자신이 마음대로 수주하기가 마음에 걸려서 정식 수주는 당일에 메비스의 손에 맡기자는 생각에, 어젯밤에는 구두 약속만 하고 아직 정식 수주는 하지 않았다. 그래서 일단 헌터 길드로 향한 것이다.

자신도 길드 직원이기에 그 부분은 확실히 절차에 따르는 티리자였다.

헌터 길드에서 문제없이 수주 처리를 끝마친 일행은 상인이 기다리는 상업 길드로 곧장 발걸음을 옮겼다.

모두가 상업 길드에 도착하자, 상업 길드에 병설된 마차 대기 장소에 짐마차 3대가 서 있었다. 그리고 그곳에서 세 상인이 대화를 나누고 있었다. 아무래도 다들 소규모 상인인 듯 각각 마차가 한 대밖에 없었다.

물론 영세 상인은 마부를 고용하지 않고 스스로 마차를 몬다.

"아, 저 사람들인가 봐요. 자, 얼른 인사를 나눌까요? 폴린 씨를 대신할 멤버 모집에 대한 이야기는 출발한 후에 천천히 다시……."

덥석!

"앗……."

꽈아아아악…….

"아, 아야, 아야야야!"

진짜 아픈 것은 아니었지만 환상통이랄까 정신적인 고통이랄까, 동요해서 비명을 내지르는 마일.

"뭐가 '폴린 씨를 대신할'이야? 뭐가?!"

당황해서 뒤돌아본 마일의 눈동자에 비친 것은 이마에 우물정 모양으로 핏줄을 팍 세운 폴린의 모습이었다.

"어째서 날 놔두고 가는 건가요!"

귀신처럼 무서운 그녀의 표정에 겁에 질려 아무 말도 못하고 입만 뻐끔거리는 마일.

그 모습을 보고 메비스가 황급히 도움의 손길을 건넸다.

"아, 아니 폴린은 어머니와 동생과 함께 상회를 다시 일으키는 거……."

하지만 폴린은 메비스의 말에 시무룩하게 답했다.

"상회는 아버지와 함께 경영했던 어머니가 계시니 괜찮아요. 어머니를 위해 인내하며 남아주었던 직원들, 그리고 그만두었지만 다시 돌아와 준 사람들도 있어요. 전 상회장의 영향력 아래 있었던 악질들을 죄다 쓸어버렸으니 오히려 하기 쉬워지기도 했고요. 그리고 제가 상회를 되찾은 거니까 제가 있으면 여러 가지로 난처해져요. 상회를 되찾은 제가 대를 이어야 한다거나 데릴사위를 들여야 한다든가, 그런 쓸데없는 걸 계획하는 사람들이 참 빨리도 나타나서 말이죠……."

""""우와아…….""""

상인은 참 무섭다, 하고 얼굴이 창백해지는 세 사람.

"그러니까 저는 여기 없는 편이 나아요. 상회는 남동생이 맡을 텐데 제가 있으면 동생의 입지가 약해지고 말아요. 차라리 가까이 있지는 않아도, 상회와 가족에 손을 대면 어디선가 갑자기 나타나 악당을 섬멸하는 수수께끼 같은 딸과 그녀의 유쾌한 동료들. 이 억지 효과가 있으면 충분해요."

"""""…………."""""

이게 다 사실인지, 아니면 폴린이 이야기를 조금 부풀렸는지는 판단할 수 없다. 하지만 그런 것은 아무래도 좋았다.

폴린은 아직도 살짝 삐친 얼굴로 볼을 부풀렸다.

하지만 마일이 안겨들어 그녀의 가슴에 얼굴을 묻자, 얼굴이 점점 일그러졌다.

"우……."

폴린의 눈가에 눈물이 맺히더니 주르륵 뺨을 타고 흘러내렸다.

마일의 등을 두 팔로 감싸며 살짝 안아주는 폴린.

"흐, 흑, 흐흐흑……."

안도했다는 듯, 기쁜 미소를 짓는 메비스.

폴린의 가슴에서 떨어져, 눈물 자국이 남은 얼굴로 활짝 웃는 마일.

그리고 기쁨을 숨기려고 해도 숨겨지지 않아, 미묘한 표정을 지으면서도 눈은 웃고 있는 레나.

"자, 그럼 가볼까. 우리 '붉은 맹세', 아직은 갈림길에 서는 일 따위 없어!"

레나의 말에 모두가 목소리를 모았다.

""""하앗!""""

한 명 분의 호위 보수 추가를 흔쾌히 승낙 받고 상단이 출발한 후 아직 마을을 벗어나기 전에 오스틴 백작이 두 아들과 함께 숨을 헐떡이며 달려왔다.

"기, 기다려, 잠깐만 기다려줘, 메비스!"

또 귀찮은 일이 벌어질 것 같아 네 사람은 인상을 찌푸렸다.

상인들은 귀족이 부르는데 무시할 수 없어 마차를 멈춰 세웠다. 그리고 어쩔 수 없이, 일단 마차에서 내려 백작을 상대하는 '붉은 맹세'들.

"왜요, 아버지? 이야기는 다 끝났을 텐데요……."

"아, 아니, 그건 나도 안다. 알고 싶지도 허락하고 싶지도 않지만, 어쩔 수 없지. 이제 와서 불평하지는 않겠다. 그 이야기를 하려는 게 아니야. 부탁하마, 네 스승님을 정식으로 소개해다오!"

""""""……네엣?""""""

"네 스승님은 강하다. 하지만 제대로 기술을 배우진 않았더구

나. 그 신체 능력에 기술이 전혀 따라오질 않았어. 아깝다, 실로 아까운 일이야! 그래서 꼭 우리 집으로 초대하여 교류라도 해볼까 하고……. 우리는 기술을 알려주고 네 스승님은 우리에게 그 신체 능력을 얻은 수행법을 전수해주면 어떨지 생각해보았단다. 그렇게 하면 우리 모두 지금보다 몇 배는 더 강해질 수 있어! 그리고 스승님은 순수한 인간종이라고 했지. 그렇다면 아직 어린 거잖아? 우리 일족의 사람과 부부의 연을 맺는다면 우리 오스틴가의 미래는 그야말로 평안할 거야! 너도 스승님이 우리 집안사람이 되면 기쁘겠지? 어때, 좋은 생각 아니냐? 자, 스승님의 연락처를 알려다오!"

"부탁이야, 메비스!"

"소개만 해줘도 돼!"

웨이룬과 유안도 고개 숙였다.

하긴, '스승님'의 체형은 오스틴가 남자들의 취향이다.

""""""엥……."""""""

메비스를 비롯한 멤버들은 깜짝 놀랐다.

아니, 백작이 하는 말은 이해가 간다. 허용 가능한지는 별개로 하고 말이다.

백작의 입장에서 그 발상은 이상하지 않다. 아니, 오히려 무투파로 파벌을 형성한 귀족가로서는 당연히 할 수 있는 생각이리라.

메비스 일행이 놀란 부분은 다른 것이었다.

(((마일이 바로 눈앞에 있는데도 '이브닝드레스 가면'인 줄 모르

다니!)))

물론 그때 가면에는 인식 저해마법 따위 걸려 있지 않았다.

그리고 마일은 생각했다.

'이, 이것이 '세계의 의사'인가? 신(자칭)이 말했던 '세계의 강제력'인가 '예정조화'라는 그건가?!'

물론 그것은 아니었다.

그저 단순히, 둔했다.

그뿐이었다…….

보드만 자작령의 영도 타르에스에서 오스틴 백작과 오빠들에게 요구받은 '스승님 소개' 건은 다음에 만나면 물어보겠다는 식으로 수습했다.

그 후로 상단은 특별한 문제없이 무사히 왕도에 도착했다.

아니, 사실 습격은 그리 흔하게 일어나지 않는다. 습격이 빈번하게 일어난다면 교역 따위 애초에 성립할 수도 없고 그렇게 되면 경제가 돌아가지 못해 나라와 영주가 대규모 토벌대를 보낼 것이다.

그래서 도적은 교역에 큰 타격이 생기지 않도록, 호위 비용을 아끼는 어리석은 상인 혹은 국가나 영주가 신경 쓰지 않는 약자만 노린다. 보통은 말이다.

여하튼 별다른 일은 없었지만, 마차 안에서 마일과 메비스는 레나의 설교를 들어야 했다.

"두 사람에게 꼭 말해두고 싶은 게 있어……."

무슨 일인가 궁금해 하는 둘에게 레나의 말이 이어졌다.

"……있지, 양배추 초절임 진짜 맛있더라! 특히 삶은 소시지랑 같이 먹으니까!"

아무래도 상관없는 이야기였다.

"에일을 마실 때 안주로 해도……."

왜 그렇게 양배추 초절임에 집착하는 것일까.

왠지 그걸 물어보면 안 될 것 같은 기분이 들어, 마일과 메비스는 얌전히 레나의 말을 경청했다.

길드에서는 특별히 아무 일도 없었다.

아직 호송부대가 돌아오지 않았으니 당연했다.

길드에는 나중에 티리자가 보고할 것이다. 그래서 '붉은 맹세'가 뭔가를 할 필요는 없었다. 그저 귀로의 호송 의뢰 완료를 보고하고 보수를 받아 챙겼을 뿐이다.

순간 깜박하고 자신도 보수를 받으려던 티리자는 "길드 업무니까" 하면서 그 보수금을 길드 마스터에게 빼앗겨 마구 반발했지만…….

"우리 돌아왔어~!"

여느 때처럼 여인숙으로 들어가자마자 그렇게 외치는 마일.

그런데 늘 씩씩하게 반기던 레니의 목소리가 들려오지 않았다.

이상하게 여겨 카운터 쪽을 보니 아무도 없었다.

"엥? 화장실에라도 갔나?"

마일이 고개를 갸우뚱거림과 동시에 안쪽에서 타다다닥 커다란 발소리가 들리더니, 레니가 뛰어왔다.

"어, 어어, 어어어, 언니이이이~!!"

그대로 마일에게 안기며 오열하는 레니.

"왜, 왜 그래?!"

깜짝 놀라는 마일에게 레니가 울면서 한 설명에 의하면.

……목욕탕 때문에 레니가 죽을 뻔했다고 한다.

마일 일행이 왕도를 떠난 후, 레니는 여인숙 일이 바쁜 부모님 대신 급탕을 위한 마술사를 찾아다녔다.

마술사가 아무리 인원수 비율이 적다지만, 이곳은 왕도다. 일에 도움이 될 수준인 마술사는 열 명 중 한 명, 마법으로 먹고살 수 있는 자는 수십 명 중 한 명꼴이라고 해도 왕도의 인구를 생각하면 상당히 많은 편이었다.

그리고 그런 사람은 지방에서 왕도로 올라오기 때문에 왕도는 더욱 인재가 풍부하고 근처 가게나 공방, 헌터 길드에 가면 몇 명이나 있다.

특히 헌터라면 왕도에 머무는 동안 마력 잔량 따위에 딱히 신경 쓸 필요가 없어서, 만일에 대비한 여력만 남겨두면 저녁 식사 후 마력을 거의 다 써도 상관없었다. 어차피 자고 나면 다음 날 아침에는 회복되니까, 용돈 수준의 돈이나 술과 안주를 대접하면 부탁을 들어준다.

그래야 할 터였다. 그리고 사실, 그런 조건으로 받아들이는 사람은 많이 있었다.

하지만 여기서 큰 문제가 발생하고 말았던 것이다.

일반 마법사가 만들어낼 수 있는 수량이 적다는 문제다.

레니는 마일이 항상 너무 쉽게 물을 공급해주니까 쉬운 줄 알았는데, 실제로는 마법으로 물을 만들어내기가 상당히 어려웠다.

마법으로 물을 만들려고 하면, 특히 그 수단에 지정이 없는 경우 나노머신은 일단 마법의 도달 범위, 즉 사념파가 미치는 범위의 공기 중에서 응결시킨다.

하지만 온도가 0이 될 때까지 완전히 쥐어짤 수는 없어서 적당하다 싶을 때 자동적으로 끊긴다.

그렇게 하고도 물을 더 만들고 싶으면 이번에는 다른 장소에서 가져올 수밖에 없다. 그렇다, 공간 전이다.

하지만 공간 전이를 하려면 수원까지의 거리도 고려해야 하고, 바닷물이면 염분 등을 제거한 후에 보내야 한다. 게다가 대량일 경우는 순간 전이가 아니라 전송 게이트를 형성하고 필요한 시간을 유지해야만 한다. 그리고 그것을 구체적인 지시 없이 나노머신이 실행하게 하려면 필요로 하는 사념파와 이미지력이 널뛴다.

그래서 웬만큼 뛰어난 마술사가 아니면 공기 중에 포함된 수분을 꺼내는 것이 고작이었고, 그 양은 적었다. 또, 한번 수분을 꺼내고 나면 공기가 움직여 새로 수분을 듬뿍 머금은 공기로 전환하지 않으면 연속해서 물을 만들어낼 수 없었다.

다시 말해 물을 대량으로 만드는 마법은 어렵고, 평범한 마술사는 물을 조금밖에 만들 수 없다. 정리하자면 이렇다.

그렇기 때문에 마술사의 능력을 간단히 나타내는 표현으로, '물을 어느 정도의 양, 몇 회 연속으로 만들 수 있는가. 그리고 다시 만들어내기까지 얼마만큼의 시간이 드는가'라는 말이 쓰이기도 한다.

결국 공기 중에서 만들어내는 것만으로는 욕조를 가득 채우는 양의 물을 한 번에 만들 수 없었다. 그리고 공기가 바뀌기를 기다리기 위해 시간 간격을 둬도, 이번에는 마술사의 마력이 이어지지 못했다. 의뢰하는 인원을 늘렸더니 공짜 밥, 공짜 술을 제공해야 해서 지출이 눈덩이처럼 불어났다.

그리고 마침내 여인숙 여주인으로부터 레니에게 악마의 명령이 내려졌다.

"마술사는 물을 끓이는 데 전념하게 하자. 물은 레니 네가 우물에서 길어 와."

"죽어요! 죽을 것 같다고요! 부탁이에요, 언니! 제발 어떻게 좀 해주세요오옷!!"

"아~……."

욕조를 크게 만든 것이 레니에게는 엉뚱한 결과를 낳고 말았다.

그 욕조를 반쯤 채우려면 우물물을 몇 번 길어 와야 했을까.

그리고 욕조도 욕조지만 급탕대 위까지 옮기기도 힘들었으리라.

이대로 내버려두면 반년 후에는 레니도 체력이 단련되어 훌륭한 헌터가…….

((((아니아니아니!))))

일제히 고개를 휘젓는 '붉은 맹세'의 네 사람.

정말이지 죽이 잘 맞는 넷이다.

결국 임시방편으로 욕조에 칸막이를 설치했다.

넓은 욕조의 일부를 일본의 일반가정 욕조 두 개 분으로 나누고, 마일 일행이 없을 때는 그곳만 쓰기로 한 것이다.

그렇게 해도 상당한 양의 물을 길어 와야 했지만, 그래도 지금까지에 비하면 많이 줄어든 편이다. 이 정도면 마술사의 마법까지 조금 더해 레니의 부담이 상당히 줄어들리라.

"고, 고마워요! 아 진짜, 죽는 줄 알았다니까요!"

힘든 작업이 완전히 없어진 것은 아니지만 마일 일행이 있는 동안에는 그것도 안 해도 된다. 그제야 안심한 표정인 레니에게 폴린이 한층 도움의 손길을 뻗었다.

"여인숙의 다른 일을 할 수 있는 레니한테 단순 노동을 시키는 건 효율이 너무 나쁘지 않아요? 레니는 지금까지 그래왔듯 카운터랑 다른 일을 맡고, 물을 긷는 건 고아들을 고용하는 건 어때요? 고아들이라면 비교적 적은 돈으로 고용할 수 있고, 그 아이들도 식재료를 살 수 있는 돈을 벌 수 있으니 기뻐할 텐데. 물을 만드는 데 마술사를 쓰면 돈이 많이 들잖아요?"

그 말을 듣고 눈동자를 반짝이는 레니.

"여, 여신님……."

이렇게 해서 속이 음험한 여신님 덕분에 레니는 생명의 위기와 우락부락 근육질이 될 위기에서 벗어날 수 있었다.

"……남은 건 마일 뿐이네……."

방에서 휴식을 취하고 있는데 레나가 불쑥 중얼거렸다.

"아아."

"그러네요……."

"엥?"

레나에 이은 메비스와 폴린의 말에 어리둥절해하는 마일.

"폴린과 메비스의 집안 문제가 해결되었으니 이제 남은 건 마일, 너희 집뿐이라는 거야. 폴린네도 메비스네도, 네 덕분에 어떻게든 되었으니 두 사람 다, 다음에는 너를 돕고 싶다고 생각할걸?"

"네!"

"아아, 물론이지!"

레나의 말에 폴린과 메비스는 즉답했지만 마일은 우울한 표정이었다.

"음……. 하지만 저는 국왕 폐하와 왕녀 전하께 밉보였는걸요? 그리고 가문의 작위를 이어 남편을 맞이해야 한다거나 하는 말이 나오면 헌터는 은퇴……."

"그럼 며칠 쉬고 그 후에 다음 일을 정하자!"

"그래. 다음에는 뭔가, 재미있어 보이는 일을 찾자!"

"좋아요! 고블린 사냥이라든가 하는 단순 작업이 아니라 좀 더 뭐랄까, 보람을 느낄 수 있는 의뢰를 고르자고요!"

……아무래도 조금 전 이야기는 없었던 일이 된 듯하다.

한화(閑話)

1 살기 힘든 마을

어느 마을에 사기당해 돈을 빼앗긴 한 남자가 친구의 위로를 받고 있었다.

"……그런데 너 이대로 계속 울다가 잠들 생각은 아니겠지?"

친구의 말에 남자는 씩씩하게 대답했다.

"물론이지! 지금은 아직 폴린한 나날이지만, 나에게도 붉은맹이 되어 줄 친구가 있어. 그러니 머지않아 반드시 폴린 구루구루할 거야!"

이 마을에서는 어느 날을 기점으로 특수한 말이 관용구처럼 쓰이게 되었다.

폴린 : 잠자코 때를 기다리며 계략을 짜거나, 반격의 준비를 하는 것.

붉은맹 : 인정사정 봐주지 않고, 비도덕적인 일까지 마다하지 않으며 지원해주는 전력을 뜻함.

폴린 구루구루 : 도리에서 벗어날 정도로 무자비하고 강렬한 보복 행위.

그곳은 어떤 이름을 가진 소녀에게는 상당히 살기 힘든 마을이었다…….

2 야망

“그럼 이 우물에서 물을 길어, 아까 그 욕조와 급탕대 위 탱크에 물을 넣어주세요.”

레니의 지시에 고개를 끄덕이는 여섯 명의 고아들.

레니의 풀 죽은 모습 그리고 카운터가 비는 시간이 길어지는 것, 특히 후자 쪽이 곤란하다고 판단하기 시작한 부모님을 설득해서, ‘붉은 맹세’가 부재 시에는 고아들을 고용하기로 허락받은 것이다.

보수는 아주 쌌지만 길드 준회원인 아이들, 특히 하루하루 식비에 부족함을 느끼는 고아들로서는 고마운 일이었다.

생명의 위험이 없고, 몸이 단련되고, 며칠 분의 식재료를 살 수 있는 돈을 벌고, 며칠간 이어지는 일이기 때문이다. 심지어 이번 일이 끝나도 또 다음 기회에 발주할지도 모르는, 장차 고아들의 단골이 되어줄 가능성이 있는 의뢰였다.

그래서 고아들은 자신과 그다지 나이 차이가 나지 않는 레니지만 의뢰주인 만큼 최선을 다해 경의를 표했다.

보수는 시간제가 아니라 성과제였다. 즉, 모든 작업량에 대한 지불이었다. 한 시간 안에 끝나든 열 시간이 걸리든 보수금은 달라지지 않는다.

그래서 고아들은 많은 인원으로 일을 빨리 끝마치려 했다. 그 편이 의뢰주도 기뻐할 것이라고 생각했고, 혼자서 오래 하면 너무 힘들다고 고아들의 리더가 판단했던 것이다.

또한 그들의 목적은 그게 다가 아니었다.

"잘 알고 있겠지?"

레니가 지시를 끝내고 사라지자, 고아들 중 연장자로 보이는 8~9살 무렵의 남자아이가 모두에게 거듭 확인했다.

"베일 형아, 그리고 우리들의 은인이 이곳에 묵고 있어. 그리고 베일 형아가 그 사람에게 푹 빠졌다는 건 이제 와서 더 말할 것도 없겠지?"

고개를 끄덕이는 다섯 명.

아무래도 이들은 마일이 졸업 검정에서 대역으로 내세웠던 베일이 돌보는 아이들인 듯했다.

베일은 아이들에게, 자신들의 미래가 밝아진 것은 다 마일이라는 소녀 덕분이며, 만약 자신의 신변에 무슨 일이 일어나면 자기 대신 언젠가 마일에게 은혜를 갚아달라고 몇 번이고 말했었다. 마음까지는 말하지 않았는데도, 4~5살짜리 어린애에게조차 전부 들통 나고 말았다.

"은인을 만나면 하던 일을 멈추고 말을 붙여. 취미와 취향, 기타 등등을 계속 물어봐. 그 후 우리의 통솔자가 얼마나 멋진 사람인지 말하고 마지막으로 베일 형아의 이름을 꺼내는 거야. 그리고 '네엣? 베일 형을 아세요?' 하면서 두 사람의 재회로 이끌어가는 거지. 실패는 용납할 수 없어. 알았지?!"

""""""""응!""""""""

그리고 3일이 지난 후.

"이상하네……. 이래저래 일하는 시간을 바꿔 봤는데도 전혀 만나지지가 않아……."

쉬는 시간에 리더 소년이 생각에 잠겨 있는데 레니가 등장했다.

"어라, 무슨 일 있니?"

레니의 질문에 소년은 잠시 망설이다가 큰마음 먹고 물어보기로 했다.

"그게, 여기에 여성들로만 이루어진 헌터 파티가 장기 숙박하고 있다는 이야기를 들었는데 전혀 보이지가 않네, 싶어서요……."

"아아, 마일 언니 일행을 말하는 거구나!"

레니는 활짝 웃으며 소년들에게 알려주었다.

"그 언니들은 여기 머물 때 마법으로 따뜻한 물을 만들어줘. 그러니까 너희에게 이 일을 부탁하는 건 언니들이 일 때문에 왕도를 떠났을 때뿐이야. 다시 말해서 이 일을 하면서 너희가 언니들을 만날 일은 절대 없어."

자신과 동년배 혹은 더 어린 아이들과 이야기를 나눌 기회가 거의 없는 레니는, 평소같이 어른을 상대하는 말투가 아니라 보통 아이처럼 말했다. 아무래도 이야기를 나누고 싶어 휴식 중인 듯 보이는 아이들에게 일부러 찾아온 것 같았다. 그러나…….

“““““““““네에에에에에에엣~?”””””””””

절망적인 표정을 지으며 땅에 털썩 무릎을 꿇은 고아들은 도저히 대화를 즐길 만한 상태가 아니었다.

“그, 그런……. 우리들의 야망이. 위대한 계획이…….”

“베일 형아랑 은인님 밑에서 고아들을 일류 헌터로 양성하는 ‘그리핀 굴’을 창설하겠다는 우리의 꿈이…….”

아무래도 양성 학교 시절에 마일의 이야기를 들은 적 있는 베일이 그중 몇 가지를 고아들에게도 들려준 모양이다.

“엥? 엥? 엥?”

그리고 영문을 모르겠다는 듯 어리둥절한 표정인 레니였다…….

3 만능형 마술사

“아, 레나다!”

‘붉은 맹세’ 멤버들이 길드에서 의뢰 보드를 살피고 있는데 갑자기 뒤에서 누군가 아는 척을 했다.

뒤돌아보니 양성 학교 동기생 프랑과 예전에 상단 호위 임무를 같이했던 ‘염랑’의 세 멤버였다.

“어머, 프랑이랑 염랑 멤버들이네. 오랜만이야.”

“앗, 프랑 씨. 염랑 분들과 같은 파티가 된 건가요?”

가볍게 인사하는 레나와 흥미롭다는 듯 묻는 마일.

"에헤헤~, 그렇게 됐어~. 알겠지만 처음에는 동기생들끼리 파티를 꾸렸었는데 말이지~, 역시 다들 못 미덥더라고. 병아리는 역시 경험이 풍부한 선배와 함께해서 리드 당하는 쪽이 마음도 놓이고, 빨리 성장할 수 있잖아!"

밤색 단발머리에 동그랗고 큰 갈색 눈동자를 가진 프랑은 외모도 귀엽고, 아담한 체형이지만 씩씩하고 밝아서 양성 학교 시절에도 인기가 많았다. 직종은 '염랑'이 원했던 마술사다. 보기보다 재주가 좋아, 원격 공격에서부터 치유까지 폭넓게 구사할 수 있었다.

"나 말이야, 신입인데도 다들 엄청 잘해줘서 얼마나 행복한지 몰라!"

"그래, 잘됐다!"

프랑이 빠진 파티는 곤란하겠지만 어쩔 수 없다. 자원봉사도 아니고, 모두 자신의 사정이 최우선인 법이다.

잠시 서서 이야기를 나눈 후, 이미 발주 수속을 끝마친 듯한 '염랑'은 길드를 떠났다.

떠날 때 리더 브렛이 마지막에 잠깐 남아 '붉은 맹세' 멤버들에게 고개 숙여 인사했다.

"정말 너희에게는 감사하는 마음이야. 그 사건 덕분에 유명세도 타고 신용도 생겼어. 프랑이 들어와 줘서 겨우 균형을 맞추게 되었고……. 마술사 한 명만 더 들어오면 완벽한데, 이런 상태니까 곧 마술사도 들어오겠지. 지금 문제라고 하면 나랑 처크, 다릴 중에서 누가 프랑이랑 사귈지를 두고 불꽃을 튀기고 있다는 것 정도랄까? 푸하하하!"

"""""……………."""""

그렇게 말하며 나가는 브렛을 미묘한 눈빛으로 배웅하는 마일과 멤버들.

"아~…… 브렛 씨도 그렇고, 다들 알고 있나……?"

"모르는 거 아니야? 저렇게 말하는 걸 보니……."

"모른다에 금화 한 닢 걸어도 좋아."

"나도 모른다 쪽에 금화 열 닢."

"그럼 내기가 안 되잖아요!"

만능형 마술사 프랑. 헌터 양성 학교 제12기 졸업생.

찰랑거리는 밤색 머리칼에 동글동글 커다란 눈망울.

아담하고 연약한 체구지만 씩씩하고 밝은, 정말 사랑스러운 아이.

그리고 어느 가난한 농가의 셋째 아들이라고 했다.

……그렇다, '셋째 아들'이다, 그 아이는.

브렛, 처크, 그리고 다릴의 명복을 비는 '붉은 맹세'의 네 멤버였다.

제25장 비밀 헌터 원더 Ⅲ

아들레이 학원과 애클랜드 학원이라는 두 학원을 거느린 브란델 왕국의 왕도.

어느 휴일 저녁, 그곳의 길 한 귀퉁이를 걸어가는 세 소녀가 있었다.

"그 아이, 씩씩하게 잘하고 있을까요……."

"괜찮을 거예요. 드래곤에 짓밟혀도 부서지지 않을 거라고 말한 사람, 다름 아닌 마르셀라 씨잖아요……."

"맞아요! 지금쯤 '마르셀라 씨를 비롯한 세 분, 씩씩하게 잘하고 있을까~' 하고 말하고 있을걸요?!"

그로부터 8개월. 3학년으로 진급한 마르셀라, 모니카, 올리아나였다.

졸업 후에는 집으로 돌아가 신부 수업을 받을 예정인 마르셀라, 마찬가지로 집에서 가업을 도우며 시집갈 곳을 알아볼 모니카, 그리고 장학금 반환 면제 대신 공직을 맡아야 하는 올리아나. 느긋하게 지낼 수 있는 것도 앞으로 1년밖에 남지 않았다.

시내 중심에서 살짝 벗어난 좁다란 도로.

하지만 결코 사람 통행이 전혀 없는 으슥한 뒷골목은 아닌 그곳에서 두 남자가 마르실라 일행의 앞길을 막아섰다. 마르셀라가 재빨리 뒤를 확인하자 뒤에도 두 남자가 서서 길을 막고 있었다.

……포위당했다.

"무슨 볼일이라도?"

겁에 질린 기색도 없이 질문하는 마르셀라. 모니카와 올리아나는 도저히 그렇게는 할 수 없어 겁에 잔뜩 질려 둘이 딱 달라붙었다.

"잠깐 우리랑 같이 가주실까?"

"만남을 희망한다면 중개인을 통해 정식으로 아버지께 신청하세요."

"야……."

물론 진심으로 그렇게 말한 것은 아니다. 건달이나 타락한 헌터가 정식으로 귀족 아가씨에게 교제를 신청할 리 없었다. 마르셀라는 아델과는 다른 것이다, 아델과는!

"이, 이게, 까불고 있어……. 됐으니까 따라오기나 해! 어떤 분이 너한테 볼일이 있다고 하니!"

그렇게 말하며 남자가 마르셀라에게 팔을 뻗은 순간.

"점화!"

"으앗!"

올리아나가 마력은 약해도 잘 다루는 생활 편리마법 중 하나, 점화용 마법을 쏘아 남자가 내민 팔에 불을 붙였다.

"이, 이년이! 귀족 아가씨만 데려와도 상관없다고 했어. 평민은 죽여도 좋다는 이야기지! 날 공격한 걸 지옥에서 후회해라!"

그렇게 말한 남자가 뻗었던 팔을 도로 거두어 검을 뽑았다.

"죽어라아앗!"

검이 내리쳐지고 올리아나가 죽음을 각오했을 때, 갑자기 마르셀라가 올리아나의 앞으로 뛰어들었다.

"어이, 얏!"

아무 상처 없이 데려오라고 명령받은 귀족 아가씨가 검 앞으로 몸을 들이밀자 깜짝 놀란 남자는 당황하며 검을 멈추려고 했지만, 이미 늦었다. 퍼억, 하는 기분 나쁜 느낌이 손에 전해졌다.

하지만 검은, 귀족 아가씨의 몸을 파고들지 않았다. 검이 꽂은 것은 귀족 아가씨 앞에 등장한 얼음덩어리였다.

"뭐야……."

"……점화."

남자가 반응하기 전에 올리아나가 무표정으로 중얼거렸다. 그리고 활활 불타오르는 남자의 머리카락.

"으아아아악!"

머리에 붙은 불을 끄려고 몸부림치는 남자를 싸늘한 눈으로 내려다보는 올리아나. 화나 있었다. 몹시 화나 있었다.

"워터 볼!"

모니카가 마법명만 외치는 생략 영창을 하자, 배구공만 한 수구가 형성되어 앞을 가로막고 있던 또 다른 남자의 얼굴을 때린 채 그대로 정지했다.

"어푸, 어푸푸푸!"

돌연 물을 호흡기관으로 잔뜩 빨아들이고 만 그 남자는, 필사적으로 머리를 흔들어 수구를 떨쳐내려고 했지만 머리를 뒤덮은 물은 아무리 애를 써도 떨어지지 않았다. 손으로 잡아 떨어트리려고 해도, 마구 뛰어 벗어나려고 해도, 온갖 방법을 다 써 봐도 전혀 떨어질 생각이 없는 수구 때문에 점점 남자의 움직임이 둔해졌다.

한편 마르셀라는 올리아나의 공격을 받아 남자가 떨어진 순간, 뒤를 막아선 남자들을 향해 다음 마법을 외웠다. 이쪽도 올리아나나 모니카와 마찬가지로 마법명만 외치는 생략 영창이었다. 무영창도 가능하지만, 여유가 있을 때는 마법명만이라도 내뱉는 편이 더 위력적이다.

"파이어 쇼트!"

두 발의 불꽃 탄환이 날아가, 뒤를 막아선 두 남자의 어깨에 명중했다. 그 바람에 검을 떨어트린 두 사람의 몸이 공중에서 한 바퀴 돈 후 땅에 떨어졌다. 마르셀라에게는 목표물을 신중하게 조준할 만큼 충분한 여유가 있었던 것이다.

마르셀라 일행은 처음 아델에게 마법 강의를 받은 후로 2년 동안 그냥 놀고 있지 않았다. 1년 2개월은 아델과 함께, 그 후 8개월 동안은 셋이서 미래를 위해 노력과 연구를 이어왔던 것이다.

머리 좋은 세 사람은 아델이 알려준 마법의 근원에 관한 지식을 바탕으로 깊이 연구했으니, 원래의 약한 마력 따위는 어떻게든 극복되었다. 납치가 목적인 듯한 강도들이 갑자기 검을 휘두를 줄은 몰라서 위험한 순간도 있었지만, 방심만 하지 않으면 이 정도 강도 따위 요령껏 붙잡는 것은 일도 아니다.

"자, 누가 사주했는지 알려줘 보실까……."

엄청난 실력의 마술사라는 말은 없었는데, 그냥 학원에 다니는 멍청한 귀족 아가씨가 아니었나, 그런데 평민 계집애까지 마법을 쓰다니 이야기가 다르잖아, 하고 울먹이는 남자들을 지근지근 밟아주고 있자 근처에 있었던 듯한 헌터들이 달려왔다.

아무래도 심문은 전문가의 손에 맡기게 될 듯하다.

그리고 사정 설명을 위해 길드로 향하는 도중.

웬일로 언짢은 표정을 짓고 있던 올리아나가 마르셀라에게 따졌다.

"마르셀라 씨, 어쩌려고 그랬어요?!"

"어머, 뭐가 말이죠?"

"적이 저를 공격했을 때요! 어쩌려고 그렇게 위험한 행동을……. 죽는 게 두렵지도 않아요?! 저 따위의 목숨보다 마르셀라 씨의 목숨이 훨씬……."

"올리아나 씨."

마르셀라가 올리아나의 말을 막았다.

"죽는 건 누구나 두려운 법이에요. 하지만 손도 못 쓰고 눈앞에서 당신을 잃어, 평생 그 일을 후회하면서 살아가는 공포에 비하면 아무것도 아니에요."

마르셀라가 미소 지으며 그렇게 말하자, 올리아나는 격앙되었다.

"웃기지 마세요! 그럼 저를 지키기 위해 당신이 죽으면 그걸 눈앞에서 본 저는 어쩌란 말이죠?! 그 이상의 공포가 아닌가요?! 그런 무거운 부담을 짊어지게 할 생각이었나요!"

"아…………."

생각해보지도 않았던 그 지적에 입을 벌린 채 그대로 굳은 마르셀라.

"자, 잘못했어요……."

"그럼 두 번 다시는 그런 짓을 하지 않겠다고 맹세하세요!"

올리아나의 말에 마르셀라는 고개를 가로저었다.

"그건 약속 못 하겠어요."

"어, 어째서요!"

마르셀라는 왜 그런 당연한 것을 묻느냐는 듯 이상하다는 표정을 지으며 대답했다.

"그야 당신은 내 소중한 친구고, 내가 나, 마르셀라라는 사람이기 때문이에요."

"…………."

아무리 말해도 소용없다.

올리아나는 그것만큼은 확실히 알았다.

하지만 별수 없다. 그것이 마르셀라이고, 자신이 감사하고 존경하는 멋진 귀족 소녀이니까…….

"……그렇게 된 것입니다."

헌터 길드 2층, 길드 마스터의 방에서 자초지종을 설명하는 마르셀라 일행.

길드 마스터는 자신의 책상이 아니라 그 앞에 놓인 테이블 세트에서 세 사람과 함께 있었다.

길드 마스터가 책상을 등진 자리, 그 맞은편에 마르셀라 일행이 나란히 앉았으며 길드 마스터의 대각선으로 뒤쪽에는 비서 대신 접수원 아가씨가 혼자 서 있었다.

"흠, 제3왕녀의 총애를 받는 마르셀라 양을 납치해 뭘 어쩔 속셈이었을까……. 어떤 정보를 캐내려고 했을까, 구워삶을 작정이었을까, 아니면 인질? 뭐, 그 부분은 전문가가 잘 조사하겠지. 하지만 아무리 D등급이라고 하나 헌터인 마술사 세 사람에게 그 정도의 전력으로 덤벼들다니. 예비지식이 전혀 없었던 모양이군……."

""""아하하……."""

그렇다, 그녀들은 D등급 헌터였다.

마르셀라의 '아델 시뮬레이터'에 모니카와 올리아나가 '연접 시스템'으로 접속한, '슈퍼 아델 시뮬레이터'에 의해 이루어진 아델의 행동 예측. 그 계산 결과는 다음과 같았다.

어디에 있을까?	
국내 잔류 확률	6퍼센트
국외 탈출 확률	94퍼센트

무엇을 하고 있을까?	
깊은 숲속 같은 곳에서 단독으로 잠복	5퍼센트
귀족가에 몰래 들어갔음	4퍼센트
더부살이 메이드	7퍼센트
어느 도시에서 점원 등을 하고 있음	9퍼센트

헌터	69퍼센트
기타	6퍼센트

그리고 세 사람은 '만약에 대비'해 헌터 등록을 하기로 한 것이다.

목표는 졸업한 시점에 C등급, 못해도 D등급이었다.

아델이라면 자신들이 졸업할 무렵에 반드시 C등급이 되어 있을 것이다. B등급 이상은 되지 않았으리라. 될 기회가 있었더라도 너무 튀지 않도록 C등급에 머물러 있음이 틀림없다. 그렇게 확신했다.

다행히 아델에게 배운 지식 덕분에 평범한 마술사와 비슷한 마력량을 지니게 된 마르셀라, 마술사 최하위 수준은 되는 모니카, 그리고 그 절반에 해당하는 수준인 올리아나는 마음속으로 영창하는, 이 세계에서 말하는 무영창이 아니라 아델 식의 '전혀 영창하지 않고 현상을 이미지로 직접 떠올리는 방법'을 통해, 경이로운 속도로 마법을 행사할 수 있었다.

물론 다른 사람들이 알아차리지 못하게 일부러 약간 시간을 들이고, '피를 토하는 훈련을 통해 재빠르게 뇌내 영창을 할 수 있게 되었다'고 둘러대고 있지만…….

또 세 사람은 그 효율적인 마법 행사 방법으로 마력량에 어울리지 않는 위력을 낼 수 있게 되면서, 실제 마법의 위력이 평균적인 마술사를 웃돌았다. 그래서 헌터 등록 시의 스킵 제도에 따라 D등급부터 시작할 수 있게 되었다.

물론 집에는 비밀로 해두었다.

그녀들은 그다지 헌터가 되고 싶은 것이 아니었다.

단지 아델과 다시 만나게 되었을 때, 자신들의 선택지가 조금이라도 많았으면 좋겠다고 생각했을 뿐이다.

게다가 헌터 C등급 자격은 있어서 나쁠 것이 없다. 시집갈 때 '마술사로 C등급 헌터 자격이 있다'고 하면 마법 재능을 증명하는 가장 좋은 증거가 된다.

마르셀라 일행은 일반적인 헌터가 될 생각은 없었지만, 헌터로서 일단 상식과 실력은 갖추자고 생각하여 다른 젊은 파티와 합동으로 약초를 채취하고 혼래빗을 잡고 고블린 사냥도 나섰다.

그리고 마르셀라 일행에게 합동 임무를 제안 받은 D~F등급 소년들로 이루어진 파티는 딱히 거절하지 않았다. 단 한 번도 말이다.

그 후 마르셀라 일행은 토벌 의뢰와 채집 등에 나서지는 않았는데, D등급이면서도 많은 지명 의뢰를 받는 이색적인 파티가 되었다.

호위 의뢰였다.

상단 등의 호위가 아니다. 그 일은 최소 C등급 이상으로 정해져 있고, 학생인 마르셀라 일행은 장기간 도시를 떠나야 하는 의뢰는 받을 수 없었다.

그들이 의뢰받는 것은 하루 한정인 소녀 호위였다.

귀족 아가씨나 대상인의 딸들이 안전성이 조금 염려되는 곳으로 외출할 일이 있을 때 등에 자매 혹은 친구나 시녀인 척하면서

밀착 호위를 하는 것이다.

화장실, 목욕, 수면 시 등에도 함께 있을 수 있고 무기를 휴대할 필요도 없고 몇 명에 의한 기습 공격 정도면 물리치거나 시간을 벌 수 있는, 전혀 헌터로 보이지 않는 11~12살의 미소녀들.

근처에 일반 호위도 있어서 조금만 시간을 벌어주면 충분했고 그 정도라면 확실히 호위 임무를 해낼 수 있는 그녀들은 무척 요긴한 존재였다.

휴일뿐 아니라 평일 의뢰도 있어, 꼭 해주길 바라는 경우는 학원을 통해 수업이 출석 처리 된다고 하면 받아들이는 형식이 되었고, 학원에 억지를 부리려던 유력자들은 기꺼이 그 조건을 받아들였다.

그리고 실제로 습격은 거의 일어나지 않아서, 마르셀라 일행은 A평가인 의뢰 완수 실적을 차곡차곡 쌓아나갔던 것이다.

길드 1층에서 의뢰를 물색할 필요가 없기 때문에 마르셀라 3인방에 대해 모르는 헌터도 많았는데, 이따금 길드에서 그녀들을 목격하면 무방비 상태에 방어구도 차지 않은 애클랜드 학원 교복 차림의 그녀들을 의뢰자, 혹은 길드 마스터의 손님, 아니면 길드 직원의 가족 혹은 친척으로만 인식했다.

하지만 그들이 바로, 길드의 호위 특화 비밀 병기이자 결성한 지 8개월 된 학원복 미소녀 헌터 '원더 쓰리'였다.

이야기 중간에 길드 마스터가 테이블 위의 홍차로 손을 가져갔고, 마르셀라 일행도 따라서 찻잔을 들었다.

꼴딱, 하고 홍차를 목구멍으로 넘기면서 마르셀라의 눈이 우연히 길드 마스터의 뒤쪽, 책상 위에 있는 물체에 가 닿았다.

인형 같은 것이 4개 놓여 있었는데, 길드 마스터의 책상과 영 어울리지 않아 조금 전부터 자꾸 신경 쓰였던 것이다.

그 물체를 유심히 보니 소녀 인형이었다.

4개가 각각 헌터 복장을 하고 있었는데, 그중 2개는 검이고 나머지 2개는 마술사의 스태프를 손에 쥐고 있었다. 아무래도 소녀 헌터 파티의 인형 같았다.

헌터의 이미지 업 혹은 신인 모집을 목적으로, 어리고 귀여운 소녀 헌터 인형을 선전할 생각인가…….

인형 중 하나는 머리카락을 금색으로 칠한, 키 큰 여성 검사. 하나는 갈색 머리칼의 거유 마술사. 또 하나는 작은 몸집에 붉은 머리칼을 한 어린이 마술사.

그리고 마지막 인형은 은발에 애교가 묻어나는 귀여운 외모였는데 어딘지 어리바리한 느낌에 보고 있자니 왠지 마음이 놓이는……,

푸우우우웁~!

뿌리고 말았다. 입에 든 홍차를, 정면에 앉은 길드 마스터의 얼굴에.

마르셀라의 엄청난 분사에 움찔해, 입으로 대량의 홍차를 흘려보내던 모니카와 올리아나가 무슨 일인가 싶어 마르셀라의 시선을 따라갔다가……,

~~푸우우우웁~!~~

뒤에서 대기하던 접수원이 주머니에서 손수건을 꺼내 서둘러 길드 마스터에게 달려갔지만, 길드 마스터는 왼손을 가볍게 들어 사양했다.

그리고 자신의 손수건을 꺼내 얼굴을 닦고는 그 손수건을 소중히 도로 품에 넣었다. 접수원이 보내는 싸늘한 시선도 느끼지 못한 채.

"""죄, 죄송합니다!"""

마르셀라 3인방이 재빨리 사과했다. 책상 쪽을 절대 쳐다보지 않으려 노력하면서.

그 인형에 대해 묻고 싶은 마음은 간절했지만, 그랬다가 자신들이 그것에 강한 관심을 드러냈다는 사실이 알려지면 반드시 조사받게 되리라.

국왕 폐하가 그리 간단히 아델을 포기할 리 없다. 그 정도도 모를 마르셀라가 아니었다. 아델과는 다르다, 아델과는!

그리고 길드를 나와 돌아가는 길.

"……씩씩하게 잘하고 있는 것 같죠?"

"역시 헌터였네요."

"그리고 참 빨리도 들키고 말았어요……."

마르셀라 일행은 입꼬리가 올라가는 것을 도저히 막을 수 없었다.

"우후."

"아하……."

""""푸하하하하!""""

걸음을 옮기며 돌연 박장대소하기 시작하는 세 소녀의 모습에 지나가던 행인들이 이상한 시선을 보내왔지만 그녀들의 웃음소리는 좀처럼 잦아들 줄 몰랐다.

* *

"……이상이 오늘 마르셀라 님 일행의 행동입니다."

뒤에서 몰래 마르셀라 일행의 호위, 라는 명목의 감시를 한 남자의 보고를 받은 국왕과 제1왕자 아델베르트, 제3왕녀 모레나, 제2왕자 빈스까지 왕족 네 명과 재상, 그리고 호위대장 베글.

"어째서 올리아나 씨와 마르셀라 씨가 위험에 처한 순간에 돕지 않았습니까!"

보고를 다 들은 모레나가 화나서 소리쳤다.

"아, 그것이, 설마 갑자기 위해를 가할 줄은 몰라서……."

"그래서야 호위하는 의미가 있나요?"

"…………."

"이제 되었다. 물러가도 좋아."

"네……."

호위 남자가 나간 후 국왕이 모레나에게 말했다.

"호위는 바꾸도록 하마."

"다음에는 좀 믿을 만한 사람으로 해주세요!"

"알았다."

호위는 마르셀라 일행이 공격받기 전부터 길드로 향하는 것까지 지켜보았지만 길드 안까지 들어갈 수는 없었고, 그 후에는 학원 기숙사로 돌아가는 일만 남았기에 그 시점에서 감시를 끝내고 돌아갔다. 그래서 통행인인 척하면서 엿들었던 그녀들의 대화는 올리아나와 마르셀라의 언쟁까지만이었다.

"그리고 이번 일의 흑막은……."

"안다! 잘 처리할 테니 너무 걱정 말거라!"

"하지만……."

마르셀라 일행을 걱정하는 모레나에게 국왕은 살짝 난처함을 느꼈다.

그때 제1왕자 아델베르트가 불쑥 중얼거렸다.

"평민을 위해 검 앞으로 몸을 던지다니……. 그리고 그걸 대수롭지 않게 말하다니. 흥미로운 녀석이군……."

"마르셀라는 참 좋은 아이네요! 강하고 귀엽고……."

아델베르트에 이어 제2왕자 빈스도 마르셀라에 흥미가 마구 샘솟는 모양이었다.

""""""엥…….""""""

지금까지 떼 지어 다가오는 귀족 아가씨들에게 전혀 무관심했던 아델베르트의 그러한 반응도 모자라 빈스까지 관심을 보이자, 아델을 찾아내 둘 중 누군가와 짝지어 주리라 마음먹었던 국왕과 재상은 말문을 잃었다.

그리고 모레나로 말할 것 같으면.

'아델 씨와 마르셀라 씨, 둘 중에 누가 새언니가 되고 누가 올케가 될까…….'

그러한 미래를 상상하며 행복에 젖은 얼굴이었다.

제26장 새로운 의뢰

"자, 어디 재미있는 의뢰 없나……."

하루하루 쫓기듯 사는 하급 헌터가 들으면 화날 대사를 내뱉으며 의뢰 보드를 살피는 '붉은 맹세' 멤버들.

지난번에는 가족과 관련된 일이었고 돈에 조금 여유가 있었기 때문에 기분전환도 할 겸 이번에는 단순 노동 같은 의뢰가 아니라, 뭐랄까 재미있는 일, 독특한 일을 하고 싶었다.

하지만 이렇게 제멋대로이고 오만한 대사는 금전적 여유가 없는 파티에 도저히 들려줄 수 없다. 뭐 하자는 거야, 하고 화낼 것이 분명하니까. 마일이 전생에 들은 적 있는 표현으로 말하자면, '간디도 달려와 때릴 수준'이었다.

하지만 다행히 그 말은 누군가의 심기를 거스르는 일 없이 흘러갔고, 레나 일행은 그대로 보드를 뚫어지게 살폈다.

"아, 이거……."

마일의 말에 기시감을 느끼는 레나 3인방.

그렇다, 그러고 보니 바위도마뱀 의뢰를 찾았을 때도 이런 느낌이었다…….

마일이 손가락으로 가리킨 의뢰표에는 이렇게 적혀 있었다.

'와이번 토벌. 보수, 금화 30닢.'

""""""이 의뢰, 접수!""""""

와이번은 용종(龍種) 중에서 '아룡'이라고 부르는 종류다.

용종의 정점에 있는 '고룡', 그리고 일반 용종인 지룡, 수룡 등과 달리 일단은 용종이지만 훨씬 격이 아래인 아종이다.

별격인 고룡을 제외한 용종이라고 하면 보통 최소 수십 명, 안전과 확실성을 요구한다면 수백 명 단위의 병사를 보내야 겨우 쓰러트릴 수 있을까 말까 한 수준이다.

본격적인 토벌의 경우 정강한 드래곤 버스터(도룡전사)까지 포함하고, 여러 개의 발리스타(대형 노포)를 준비할 필요가 있다.

하지만 와이번 등을 가리키는 '아종'은 생물학적인 분류 세분화를 의미하는 쪽이 아니라 '아(亞)', 다시 말해서 '상위나 주요한 것의 뒤를 잇는다', '차위', '준한다'라는 쪽의 의미이다.

간단히 말하면 아룡은 일단은 '용종'에 이름을 올리긴 하지만, 그래봐야 '아'가 붙은 저급종으로 약하다는 이야기다. 호흡이 잘 맞는 특기 구성이라면 6~8명 정도의 헌터로도 충분히 쓰러트릴 수 있을 정도로.

다만 그렇게 소수로 덤비면 아무래도 모두 다치지 않고 돌아오기란 힘들지만…….

그래도 일단은 '용종'이라는 이름이 붙은 만큼 토벌 보수도 그럭저럭 괜찮다.

소수로 가면 중상을 입거나 사망할 확률이 상당히 높고, 반대로 인원이 많으면 경비가 늘어나 한 사람에게 돌아가는 보수 금액이 내려가니 당연하다.

또한 소재가 상당히 비싼 값에 팔린다. 게다가 왠지 재미있어 보이기도 하고 '용종을 쓰러트렸다'고 해도 거짓말이 아니다.

마일 일행은 와이번의 토벌 의뢰를 본 것이 이번이 처음이었다.

와이번의 서식처는 왕도에서 조금 떨어져 있어서 이 기회를 놓치면 다음에 또 언제 와이번의 토벌 의뢰를 만날 수 있을지 몰랐다.

이것은 놓칠 수 없는 기회였다.

"그만두시는 편이……."

접수원의 말에 또다시 기시감을 느끼는 레나 사인방.

그렇다, 그러고 보니 바위도마뱀 의뢰를 받으려고 했을 때도 이런 느낌이었다…….

"아니, 이제 우리의 실력을 잘 아는데!"

"아니, 그렇게 말씀하셔도……."

레나의 고압적인 태도에도 접수원은 기죽지 않고 설득에 나섰다.

"우선 와이번을 토벌하려면 와이번을 땅으로 떨어트려야 해요. 그러려면 와이번을 떨어트릴 만큼의 위력이 있고 속도가 빠르며 명중 정도가 높고 상공 쪽으로 원거리까지 닿는 원격 공격 수단이 필요해요. 대부분의 파티는 이 조건을 만족하지 못해서 수주를 포기한답니다."

"우린 세 사람이 마술사, 그것도 전원이 강력한 공격마법을 쓸 수 있으니까 문제없어!"

접수원은 레나의 반론을 한 귀로 흘리고 계속해서 말했다.

"그리고 어느 정도 타격을 입어도 와이번은 달아날 수 있어요."

""""""엥……."""""""

"와이번은 원래 오기가 생겨 죽을 때까지 싸우거나 하진 않거든요. 열세에 몰려 위험을 느끼면 달아나죠. 놀라운 속도로 날아가버려요. 그리고 당분간은 둥지에서 나오지 않아요. 시간이 상당히 지난 후에야 다시 둥지에서 나오는데, 공격받은 장소에는 더 오랫동안 근처도 안 가요. 와이번의 사냥 범위는 넓으니까요. 그리고 자신에게 위해를 가한 인간을 기억하는지, 다른 장소라도 한 번 싸워 매운맛을 봤던 헌터들 근처에는 절대 가지 않죠. 그리고……."

"그리고?"

"애초에, 수십 킬로미터 사방에 펼쳐진 와이번의 사냥터 중 어디에서 찾을 계획이죠?"

""""""헉……."""""""

입을 쩍 벌리는 '붉은 맹세' 네 사람.

"광대한 사냥터에서 언제 어디에 나타날지 모르는, 고속으로 하늘을 날아 이동하는 상대. 장기간 잠복했다가 겨우 만나 전투를 개시하여 동료가 죽거나 중상을 입으면서 겨우 치명상을 입혔다고 생각했더니 줄행랑을 치질 않나. 그 후로는 자신들의 눈에 두 번 다시 띄지 않고. 오랜 시간을 허비했는데 피해가 막심하고 의뢰 임무는 실패하고, 보수는커녕 오히려 위약금을 물어줘야 하고, 동료의 치료비와 유족에 대한 대처까지……. 비교적 보수가 좋은데도 왜 그 의뢰가 남아 있었는지 의문을 느끼고 잘 생각해 보세요. 그렇지 않으면 오래 못 산답니다?"

"""""""………….""""""""

입을 꾹 다문 네 사람에게, 접수원의 설명은 더 이어졌다.

"용종이라지만 와이번은 어차피 아종이에요. 궁합이 잘 맞는 편성의 파티가 정면에서 전력을 다해 싸우면 그렇게까지 상대하기 힘든 상대는 아니죠. 충분한 전력과 경험이 있는 파티라면 이기는 것 자체는 그리 어렵지 않아요. 하지만 제대로 싸울 기회를 잡기가 하늘의 별 따기이고, 겨우 만나 싸워서 이기려고 하면 줄행랑을 친다고요. 그러한, 다른 의미로의 '까다로운 상대'인 겁니다, 와이번은. 지방이나 주변 마을의 길드 지부에서는 아무도 이 의뢰를 받지 않고 영주와 왕궁도 손을 대려고 하지 않으니까, 소속 헌터 수가 많고 그중에는 독특한 자나 밥줄이 끊긴 자도 있을 테니 그런 헌터들이 맡을지도 모른다고 생각해서 왕도 지부로 돌려진 요주의 의뢰. 많은 동료의 피가 흐르고 수입은 대폭적으로 마이너스가 될 이 의뢰는 이렇게 불린답니다. ……'붉은 의뢰'라고요. 이런 일을 맡는 사람은 바보나 초짜 아니면 용사뿐이에요."

접수원의 설명이 끝나자 '붉은 맹세'의 네 멤버는 서로의 얼굴을 마주 보았다.

그리고 모두 고개를 끄덕인 다음 대표로 레나가 접수원에게 말했다.

"모처럼이니까 우린 이 붉은 의뢰를 받겠어!"

“저기요……! 지금까지 제가 한 설명, 어디로 들은 거예요? 도대체 무슨 생각으로…….”

“어머, 의뢰를 접수받는 게 그쪽이 할 일 아니야?”

“윽…….”

레나의 말에 무심코 목소리가 거칠어진 접수원은 자신의 위치를 떠올리고 말을 도로 삼켰다.

“어, 어째서 이런 의뢰를 받는 거예요!”

“어머, 왜 이상하게 생각하는 거지? 아까 그쪽이 자기 입으로 말했잖아.”

“네?”

의미를 알 수 없어 어리둥절해하는 접수원에게 레나가 알려주었다.

“그야 우리는 바보고 초짜고, ……게다가 용사니까!”

할 말을 잃은 접수원을 내버려두고 옆에서 마일이 소리쳤다.

“잠깐만, 레나 씨! 어째서 ‘바보’라는 대목에서 저를 쳐다보는 거죠?!”

결국 ‘붉은 맹세’는 와이번 토벌 의뢰를 받았다.

접수원은 충고는 할 수 있어도 조건을 만족한 정규 수주를 자신의 판단에 따라 마음대로 거부할 권리는 없었다.

거부할 만한 정당한 이유가 있거나 상사를 납득시킬 근거가 있으면 그 범위에 들지 않지만, 이번에는 그 어느 것에도 해당하지 않았다. 그래서 ‘붉은 맹세’에 호의적인 접수원은 창자가 끊어지는 마음으로 수주 처리를 해주었던 것이다.

*　*

"자, 먼저 길드에 가볼까?"

왕도에서 도보로 5일. 와이번 토벌 의뢰를 낸 도시, 영도 헬모르트에 도착한 '붉은 맹세'는 일단 길드 지부로 향했다. 그리고 접수처에 가서 와이번 토벌 의뢰를 수주했다고 말하고, 잠시 기다렸다가 2층 길드 마스터의 방으로 안내받았다.

"……자네들이 와이번 토벌 의뢰를 받았다는, 왕도에서 온 헌터들인가……."

그렇게 물은 길드 마스터는 낙담한 듯한, 약간 화가 난 듯한 표정으로 접수원의 안내를 받아 방에 들어온 '붉은 맹세'를 맞이했다.

"제대로 알고나 받았나, 이 와이번 토벌이라는 의뢰에 대해……. 왕도의 길드 직원에게서 제대로 설명을 들었는가?"

방에 들어가자마자 초로의 길드 마스터가 인사도 없이 그렇게 묻자 다들 살짝 기분이 나빴지만, 나쁜 의도가 아니라 신출내기인 어린 소녀들을 걱정해서 한 말이라고 생각해 딱히 신경 쓰지 않고 한 귀로 흘려보냈다.

"……왕도에서 온 헌터가 허무하게 죽으면 내 평가가 내려간단 말이지. 그것도 예쁘고 어린 여자애를 넷이나 죽게 만들면 여기저기서 날 욕할 거야, 이 일을 어떻게 할 거냐!"

"""""" ………… .""""""

아무래도 걱정하는 부분은 자신의 평판 쪽인 것 같았다.

"저희는 왕도에서 와이번 토벌 의뢰를 받은 C등급 헌터 '붉은 맹세'입니다."

메비스가 길드 마스터의 말에 압도되어 입을 다물고 있었기 때문에 레나가 대신 대답했다.

비교적 끓는점이 낮은 레나였지만 자신의 겉모습이 어떤지 정도는 자각하고 있다. 그래서 처음 대면하는 상대가 외모 때문에 자신을 가볍게 본다는 것 정도는 잘 알기에 그 정도로 화내지는 않았다.

……관용이 아니다. 단지 익숙해졌을 뿐.

게다가 지금은 마일이 있다. '가볍게 보이는 것은 다 마일 때문이야' 하는 생각은 레나의 정신 건강에 아주 좋았다.

"뭐? '붉은 맹세'라고?"

길드 마스터는 자신의 말을 흘려듣고 자신들을 소개한 레나의 말에 놀란 표정을 지었다.

"그럼 너희가 그……."

아무래도 소문을 들은 모양이다. 졸업 검정 모의 시합, 도적 토벌, 그리고 악덕 상인……, 아니 마지막 것은 '붉은 맹세'가 아니라 수수께끼 파티 '붉은 피가 좋아!'가 한 일이니 관계없지만……, 어쨌든 어디까지 들었는지는 알 수 없다.

마지막 악덕 상인 건은 그 마을에서 왕도로 소문이 흘러 들어간 다음 왕도에서 다시 각 지방으로 퍼지는 형태였기 때문에 공

공기관이나 귀족들 사이라면 몰라도 평민들 사이에 소문이 퍼지려면 아직 조금 더 시간이 걸릴 터였다.

"저기, 어떤 걸 말씀하시는지는 모르겠지만 아무튼 저희가 '붉은 맹세' 맞습니다."

이번에는 메비스가 대답했다. 일단 파티 리더는 메비스인 것이다. 종종 깜박하지만…….

"……일단 자네들의 소문은 들었네. 마술사의 능력도 검사의 실력도……. 자네들이라면 와이번에게 일격을 가하거나 땅에 떨어진 와이번의 숨통을 끊는 것은 가능할지도 모르겠군. 하지만 떨어트릴 만큼의 대미지를 줄 수 있을지 모르겠고, 헛수고로 끝날 수도 있는데? 피해를 입어도 오히려 위약금을 물어야 하고……."

"그렇게 말씀하셔도 이미 수주해버렸거든요!"

마일의 말에 그것도 그렇군, 하며 쓴웃음 짓는 길드 마스터.

그 후, '붉은 맹세' 멤버들은 평범한 신입 헌터가 아님을 인정한 길드 마스터로부터 의뢰 내용의 상세한 설명을 들었다.

개요는 왕도 길드 지부에서 들었지만, 의뢰 문서는 개요만으로 간략화된 설명이었고 의뢰서 작성 후에 생긴 새로운 정보도 있어서 세세한 부분까지 이런저런 질문을 던졌다.

원래 이러한 일은 접수원이 해야 할 일이지만, 이번 건은 중요한 의뢰이며 여기 헬모르트 지부에서 왕도로 의뢰가 보내진 것이다.

다시 말해서 '붉은 맹세'는 헬모르트 지부의 지원 요청을 받은 다른 길드 지부에서 파견된 것이나 다름없는 위치이므로, 길드 마스터가 직접 응대한 것이다.

그래도 통상적으로는 어느 정도 길드 마스터가 상대한 다음 자세한 내용은 접수원이 이어받아 설명하는 것이 보통인데, 아무래도 길드 마스터가 '붉은 맹세'에 흥미를 느꼈는지 이례적으로 '끝까지 길드 마스터가 설명하는' 상황이 되었다.

한편 그 내용이 조금 심상치 않아서, 길드 마스터가 숨김없이 솔직하게 전부 이야기해주었지만 '붉은 맹세'의 표정은 점점 험악해져갔다…….

"……이야기를 정리해보자."

길드에서 나와 여인숙 4인실을 빌리고, 방에서 앞으로의 계획을 논의하는 '붉은 맹세' 멤버들. 사회 역할은 여느 때처럼 레나였다.

"먼저 이번 의뢰주는 영주님이지. 영주님은 보수만 지급할 뿐 의뢰 내용은 길드에 전부 일임했으니 별로 신경 쓸 필요 없어. 의뢰주를 만날 필요도 없다고 하니."

그 부분은 길드 마스터에게 들었다.

영주님은 미천한 헌터 따위 만날 생각이 전혀 없다는 이야기다.

그것은 지극히 일반적인 일이다. 귀족이 굳이 헌터와 만나는 것은 그 도적단 사건 때의 영주, 암로스 백작 쪽이 조금 특이한 경우였다.

'붉은 맹세' 역시 그편이 마음 편하고 좋다. 귀족과 만나도 정신적 피로를 별로 느끼지 않는 사람은 그런 것에 익숙한 메비스뿐이다.

마일 역시 가족이 아닌 다른 귀족과 대화를 나누거나 함께 식사했던 경험은 지난 번 암로스 백작 때 정도밖에 없었다. 게다가 지금은 전생의 의식이 중심이기 때문에 귀족과의 대화는 역시 긴장된다.

다른 사람들 눈에는 전혀 그렇게 보이지 않았지만, 마일도 나름대로 긴장하는 것이다.

학원 시절 반 친구들은 상대가 귀족이라도 아무렇지 않게 대화를 나누었지만, 그건 그거고 이건 이거다.

"와이번의 행동 범위는 이 영지의 약 3할 그리고 이웃 영지의 일부. 이웃 영지는 행동 범위의 대부분이 사람이 살지 않는 변방 부근으로, 피해는 대부분 이 영지 쪽에서 입기 때문에 어떻게든 하겠지 하면서 방치하고 있어. 뭐, 영주로서는 정확한 판단이지. 영지 병사와 예산을 함부로 소모하는 것은 어리석은 하책이니까."

레나의 설명에 고개를 끄덕이는 세 사람.

레나 이외의 세 사람도 물론 길드 마스터의 설명은 들었지만, 회의에서 다시금 말로 확인하는 것이 중요하다. 착오를 줄이고 사고의 흐름을 다 같이 동조하는 작업이 가능해져서 원활한 상의로 이끌 수 있다.

"……문제는 이거야."

그렇게 말한 레나가 테이블 위에 펼친 것은 길드 마스터에게 받은 그림 자료였다.

이 영지와 이웃 영지를 간략하게 그린 지도에 와이번의 공격을 받은 마을과 목격 장소가 날짜와 함께 기록된 것이다.

그 표시는 거의 어떠한 원 안에 집중되어 있었다. 거기까지는 좋다. 지극히 일반적이다. 그런데…….

“참 이상하네요…….”

“응, 좀 부자연스러워.”

“왕도에서 들은, 와이번의 생태에 관한 일반론이랑 좀 다른데요…….”

폴린, 메비스, 그리고 마일이 말한 대로 와이번의 출현 자료에는 조금, 아니, 상당히 이상한 부분이 있었다.

먼저 일반적인 와이번에 비해 출현 범위가 상당히 좁다. 이 주변은 와이번이 거의 나타나지 않는 곳이니 영역 다툼과는 상관없다. 와이번은 좀 더 광범위하게 사냥하는 것이 일반적이다.

또한 출현 범위가 깔끔하게 원을 그리고 있다.

아니, 원을 그리는 것 자체는 보통이다. 하지만 이 자료에서는 너무도 완벽하게 원이 그려져 있다. 보통은 좀 더 제각각인, ‘거의 원에 가까운 분포’에 불과한데 이것은 너무도 완전한 원이었다.

그리고 결정적인 것은 그 출현 날짜였다.

정확.

너무도 정확하게 규칙적으로 같은 마을과 도로의 길목에 출현하는 와이번.

물론 수상하다. 노골적으로 의심스럽다.

하지만 '붉은 맹세' 멤버가 의심스럽게 여긴 부분은 와이번에 관한 것뿐만이 아니었다.

"이 부분은 당연히 다른 헌터들도 알았고, 쉽게 맞닥뜨릴 수 있다면서 몇 조나 되는 파티가 의뢰를 받았지만 결과적으로 부상자만 속출하고 성과는 제로. 대적자를 연발하고 있지. 그건 뭐, 그럴 수도 있어. 헌터 쪽의 실력 부족이라든가 와이번이 강력한 개체였다든가, 이유는 얼마든지 있을 테니까. 하지만 이렇게 만나는 게 쉬운 편이라면……."

"영지군이 출격하겠죠, 보통은……."

폴린이 레나의 말을 받아 그렇게 중얼거렸다.

그렇다, 와이번 토벌에 일반적으로 영지군이 나서지 않는 큰 이유는 만나기 어렵다는 것에 있었다.

많은 병사를 몇 십일 동안 움직이려면 많은 돈이 필요하다. 그리고 결과적으로 헛수고로 끝나면 예산만 축내고 성과는 제로. 포착할 확률이 극단적으로 낮은 경우 영주로서는 손 대고 싶은 상대가 아니었다.

하지만 와이번을 상당히 높은 확률로 만날 수 있다면 이야기는 달라진다.

영지의 피해 방지, 병사의 실전 훈련, 다른 영지에 강병 어필, 그리고 '영주민을 위해 애쓰는 어진 영주'라고 왕궁에 어필할 수 있음과 영주민의 충성심 높이기까지. 다소 병사의 부상과 예산 소비는 허용 가능할 만큼의 메리트가 있다.

만약 싸우다가 놓치더라도 그 마을에는 더 이상 나타나지 않을 테고, 쫓아냈다는 것만으로도 나름의 어필이 된다.

그런데 이렇게 규칙적인 출현 자료가 있음에도 불구하고 왜 영지군이 개입하지 않는 것일까…….

"영지군이 나서지 않는 무슨 이유라도 있나……."

메비스의 말에 마일이 이어서 입을 열었다.

"……아니면 이미 나갔는데 져서 그것을 감추고 있다던가?"

네 명 사이에 침묵이 퍼졌다.

다음 날 아침, 숙소를 떠난 네 사람은 어느 마을로 출발했다.

물론 내일 와이번이 나타날 예정인 마을이었다. 승합 마차 따위는 없고 도보로 반나절 걸리는 거리라 도착은 오후 무렵이 될 것이다.

지금까지 '붉은 맹세' 네 사람은 이동 시 의뢰주의 마차나 승합 마차를 탈 때가 많았는데, 사실 헌터가 승합 마차를 타는 것은 사치에 해당한다. 짐이 많거나 부상자가 있는 등 어떠한 사정이 없는 한 보통은 도보다.

네 사람은 걸어가면서 토벌 의뢰에 관한 대화를 나눴다.

"역시 영주님은 평범하네……."

"네. 보수 금액도 적당하고, 몇몇 파티가 실패해서 의뢰를 받는 자가 찾을 수 없자 왕도로 의뢰를 돌리라고 본인이 말을 꺼낸 모양이고……. 만약 자신이 연루되어 있다면 적극적으로 그렇게 하지는 않겠죠."

"응. 그리고 뭔가를 꾀하고 있다면 우리를 만나려 들겠지. 계략을 짜려면 상대의 성질을 파악하는 것이 중요하니까, 추측만 가지고 단언하는 것은 위험하지만, 지금은 부자연스러운 부분이 없어."

레나의 말을 긍정하는 폴린과 메비스. 마일은 남의 생각과 행동과 관련된 일에는 둔해서 흐음, 하고 흘려들을 뿐이었다.

"그럼 이미 병사를 보내 손해를 봤는데 그걸 숨기고 있을 가능성이 크다는 걸까?"

"그렇지."

"그러네요……. 일방적인 피해를 당해 토벌은커녕 쫓아내지도 못 하고 더 이상의 손해는 용납할 수 없다거나, 여러 번 실패해서 체면이 말이 아니라거나……. 헌터 길드에 의뢰하면 보상금만 주면 되고, '자신이 돈을 내서 토벌을 이끌어냈다'며 영주의 면목도 서죠. 성공 보수니까 몇 번이고 실패해도 자기 주머니는 더 이상 타격이 없을 테고."

마일을 따돌리고 세 사람의 대화가 이어졌다.

"결국 문제는 '원래는 이미 토벌했어야 하는데, 왜 아직도 토벌하지 않았을까?'라는 거네. 물론 와이번은 일반 파티에게 까다로운 상대지만, 의뢰를 받은 파티는 모두 그 정도 사실을 알고 승산이 충분히 있으니까 의뢰를 받은 거 아냐? 영지군도 아무리 대인전투 전문이고 마물은 상대한 경험이 적다지만, 전투의 프로이고 사전 준비와 계획도 잘 세웠고 조언해줄 베테랑 헌터도 붙었을 테지, 아마. 그렇다는 말은……."

"저요, 저요! 와이번의 수가 많았거나 엄청나게 강했다!"

드디어 자신도 알 수 있는 이야기가 되어 이때다 하고 끼어드는 마일.

"뭐, 그런 이야기지……."

결정적인 부분에서 끼어들었지만, 겨우 자신도 아는 이야기가 나와 대화에 참여하고 싶었을 마일의 마음을 생각해 레나는 가볍게 넘겨주었다. 과연 리더……는 아니다. 리더는 메비스다. 종종 까먹지만.

"아무튼 적이 만만치 않다는 전제를 깔고 신중하게 접근하자. 마일이 한 이야기에 나왔던, 으음, 그래그래, '목숨을 소중하게'."

레나의 말에 고개를 끄덕이는 세 사람.

"……그런데 괜찮을까? 다들 마법 실력을 못 믿는 건 아니지만, 와이번을 땅에 떨어트려주지 않으면 난 전력으로 싸울 수 없는데……."

"괜찮아요! 어떻게든 된다니까요!"

마일의 경솔한 대답에 왠지 불안을 느끼는 메비스였다…….

목적지인 마을에 도착했을 때는 이미 늦은 오후였다. 토벌 의뢰뿐 아니라 여러 가지 시시콜콜한 잡담을 하며 천천히 걸었기 때문에 생각보다 시간이 더 걸리고 말았던 것이다.

오늘 밤은 내일에 대비해 빨리 잠자리에 들 계획이었기에 네 사람은 바로 정보 수집에 나서기로 했다. 그런 다음 점심 겸 저녁을 든든하게 먹고 바로 잘 예정이었다.

네 사람은 일단 숙소부터 잡았다. 여인숙은 마을에 하나밖에 없었기 때문에 별다른 선택지가 없었다.

여인숙 사람에게 저녁 식사는 필요 없다고 알리고 식당이나 술집을 찾아 일단 여인숙을 나왔다.

길드 지부는커녕 연락소조차 없는 이러한 시골에서 정보 수집은 으레 술집이나 촌장의 집에서 이루어지기 마련이다.

하지만 이번에는 마을에서 부탁한 의뢰가 아니고 촌장이 특별한 정보를 가지고 있을 것 같지도 않다. 괜한 참견이나 부탁을 받는 것도 귀찮으므로 일단 촌장 집에 가는 것은 패스했다.

"……여기네."

한참 돌아다녀도 식당다운 식당을 찾지 못해 지나가던 마을 사람에게 물어보니, 이 마을에는 식사도 할 수 있는 술집이 딱 한 곳 있을 뿐이며 제대로 된 간판 하나 없다나 뭐라나…….

뭐, 마을 사람 말고는 얼굴이 익은 행상인 정도밖에 들르지 않는 작은 마을이니 굳이 간판을 세울 필요는 없을지도 모르겠다.

네 사람이 술집에 들어가자 안에 마을 사람 열대엿 명이 있었다.

""""""엥……."""""""

설마 그 시간에 이렇게 많은 손님이 있을 줄은 몰라서 깜짝 놀라는 마일 일행이었지만, 놀란 것은 마을 사람 쪽도 마찬가지였다.

"……엥? 헌터……, 맞지? 아가씨들……."

"네, 와이번 토벌 의뢰를 받고 왕도에서 온 '붉은 맹세'예요."

메비스의 대답에 술렁거리는 마을 사람들.

"아, 아니, 의뢰를 받아준 건 고마운데, 좀, 그게……."

마을 사람 중 하나가 조금 곤란하다는 투로 말을 더듬었다.

그것도 무리는 아니다.

이 마을은 와이번의 출몰 구역 중에서 영도와 가장 가깝다. 즉, 지금까지 토벌 의뢰를 받은 파티는 대부분 이 마을을 중심으로 요격에 나섰을 것이고 어쩌면 영지군 또한 이 마을을 거점으로 삼았을지도 모른다.

그러니까 마을 사람들은 그 결과도 모두 알고 있다는 뜻이다.

그런데 이번에 등장한 다음 파티가 어린 소녀 4인조라니, 낙담 혹은 위구심을 품는 것도 어쩔 수 없으리라. 그래서 마일 일행은 별로 기분 나쁘지 않았다.

"걱정 끼쳐드리지 않을 거예요. 어느 정도의 사정은 이미 알고 있고, 저희는 강력한 공격마법을 구사하는 마술사 셋에 기사단장까지 격파한 기사 한 명으로 이루어진 파티랍니다. 와이번을 반드시 처리할게요! 여러분이 여러 가지 정보를 알려주시면 더 확실하게 물리칠 수 있겠죠!"

폴린의 약간 강경한 설명을 들은 마을 사람들은 오오, 하고 기쁨의 목소리를 높이더니 하나둘 정보를 제공해주었다.

아직 해가 기울지 않았는데도 많은 사람이 술집에 모여 있는 것은 음식 때문이 아니라 아마도 내일 다시 날아올 와이번에 관한 대책 회의 때문인 듯하다.

그러고 보니 모두의 테이블 위에 물병과 나무로 된 컵밖에 놓여 있지 않았다.

마을 사람들의 설명에 따르면 역시 토벌 의뢰를 받은 파티 몇 조, 영지군 십여 명이 와이번을 토벌하려고 시도했다가 모두 상당한 피해를 입었다고 한다.

다만 와이번은 자신을 공격하는 상대에게는 반격하지만, 그렇지 않은 자에게는 딱히 위해를 가하지 않고 그날의 사냥감으로 정한 소, 말, 양 등만 두 발로 움켜쥐고 다시 날아가기 때문에 마을 사람 중에는 사상자가 한 명도 나오지 않았다고 했다.

그래서 마을 사람들은 그렇게까지 원통해하지는 않았지만, 그래도 정기적으로 가축을 잃으면 생계를 유지할 수 없다. 마을의 사활이 달린 문제였던 것이다.

그런 이유로 내일은 '제일 늙고 마른 소를 눈에 띄는 곳에 두어 피해를 최소화한다'라는 제1안과 '모든 가축을 지키고 와이번을 쫓아낸다'라는 제2안을 두고 회의하던 중인 듯했다.

하지만 제1안은 근본적인 해결이 되지 않고 점점 가축만 잃어 종국에는 마을의 존속이 위협받게 된다. 제2안은 자칫 잘못했다간 와이번의 사냥감이 가축에서 인간으로 바뀔 수 있다. 어느 쪽을 선택해도 마을의 미래는 암울할 것이 뻔했다.

"……엥? 소나 말? 와이번이 그렇게 커요?"

경악하는 마일.

무리도 아니다. 조류는 하늘을 날기 위해 몸을 극한까지 가볍게 만든다. 자신의 무게보다 무거운 것을 움켜쥐고 날 정도로 남는 양력이 없다.

조류가 아니라고 해도 소 한 마리를 통째로 쥐고 날다니, 얼마나 거대한 몸이란 소리인가……?

"뭔 뚱딴지같은 소리야. 양성 학교에서 배웠잖아, 마물의 표준 크기는……."

어이없다는 듯 말하는 레나에게 마일이 반론했다.

"아니, 그거야 기억나지만 다른 종류라든가……, 아무튼 그 크기로 소나 말을 옮기다니 말도 안 돼요! 새도 너무 큰 사냥감은……."

"새는 마법을 못 쓰잖아."

"……네?"

"그러니까, 새는 마법을 못 쓴다니까?"

"……마법?"

"용종은 마법으로 하늘을 날아. 안 그러면 그나마 날개가 큰 와이번이면 몰라도 고룡 같은 건 몸이 그렇게 거대한데 날개만으로 어떻게 날겠어? 그리고 드래곤 브레스 같은 것도 마법인 게 당연하잖아? 그럼 그게 도대체 뭔 줄 알았니?"

레나의 날카로운 지적에 마일은 기어들어가는 목소리로 대답했다.

"……배 안에 화염 봉지 같은 내장이 있어서……."

""""없어, 없어!""""

세 사람이 입을 모아 단호하게 부정했다.

뒤에서 마을 사람들도 고개를 끄덕였다.

전생의 아버지라면 "내장은 내장하지 않았지"라고 말했을 텐데.

마일은 전생에서 아버지의 아재 개그에 상당히 물들어 있었는데, 다행히 친구가 없어서 그것을 피로할 기회가 없었다.
친구가 없어서 생기는 이점은 단지 그것밖에 없었다…….

불을 내뿜는 도마뱀, 지구의 상식으로는 상상도 못할 도약력을 지닌 삼림늑대 등 일부 마물은 물론 마법을 구사한다. 하지만 마일은 그것들을 '이세계의 생물이니까 그런 능력이 있는 것이겠지' 하고 순수하게 받아들이고 특별한 의문은 갖지 않았다.
그러면서도 한편으로는, 와이번은 비교적 '날 수 있을 듯한 체형'인 반면 고룡은 그 몸에 작은 날개로 하늘을 나는 것이 신기하기는 했다.
사실 마물은 인간처럼 복잡한 언어를 못 쓰기 때문에, 오히려 말을 자아내려고 신경을 곤두세울 필요 없이 '원하는 결과를 강렬하게 상상하는' 점에서는 인간을 능가하는 부분도 있어서 의외로 강력한 마법을 발동하는 경우가 있었다.
그리고 물론 신(자칭)도 '생물의 사념파에 반응해서 다양한 현상을 일으킨다'라고 말했었다. '인간의'가 아니라 '생물의'다.
그리고 나노머신도 처음 대화를 나누었을 때, 『**인간을 포함한 통상적인 생물은 초기 레벨이 1로 설정되어 있다**』고 말한 것을 떠올린 마일이었다.

원래 이야기로 돌아와, 다시 마을 사람들에게서 와이번에 관한 정보를 얻는 '붉은 맹세' 네 사람.
그렇게 들은 이야기를 정리하니 대략 다음과 같았다.

대략 두 달 보름여 전부터 12일에 한 번 꼴로 와이번이 출몰하게 되었으며, 매번 소나 말 혹은 양을 한 마리씩 훔쳐갔다.

처음에는 다들 겁에 질려 속수무책으로 당했지만, 인간에게 위해를 끼치는 모습이 보이지 않자 생각이 조금 안이해져서 몇 번만에 용기를 쥐어 짜내 가축을 지키려고 했다가 화가 난 와이번이 쫓아와 큰일 날 뻔했다. 하지만 마을 사람들에게는 적극적으로 와이번을 공격할 의도가 없었고 그저 철저히 가축을 지키기 위함이었음을 이해하기라도 했는지, 와이번은 마을 사람을 쫓기만 할 뿐 치명적인 공격은 가하지 않고, 왠지 가지고 노는 듯한 구석이 있었다고 한다. 마을 사람들이 영도의 길드 지부와 영주 저택에 와이번 습격을 알리자, 처음에는 시큰둥한 반응을 보였던 영주는 와이번이 정기적으로 출몰한다는 말에 태도를 고쳤다. 그렇다. 와이번을 확실히 맞닥뜨릴 수 있다면 적은 경비로 병사의 실전 훈련, 어진 영주 어필, 그리고 강한 영주군이라고 선전할 수 있으리라 여긴 것이다.

게다가 원래 영지의 피해를 막는 것은 영주의 임무다.

한편 길드는 긴급 사태를 제외하고는 스스로 의뢰를 내지 않는다.

이 경우 영주의 의뢰가 없는 이상, 길드에서 적극적으로 움직이지는 않는 것이다.

자선 사업도 아닌데 보수를 지불할 자가 없는 의뢰를 받아줄 헌터는 없었으며, 와이번을 토벌할 의무와 상황에 처한 것은 길드가 아니라 영주와 국가였다.

긴급 사태가 아니면 의뢰가 있어야 움직인다. 그것이 길드였다.
하지만 영지 내에 있는 헌터를 모두 모으면 영지군에 버금가는 전력이 되기 때문에, 만일의 사태에 대비하여 강력한 마물에 관한 정보는 반드시 길드에도 알리도록 되어 있었고 마을 사람들은 단지 그에 따를 뿐이었다.
영주는 와이번을 땅에 떨어트리기 위한 공격 마술사, 궁병, 투척창병, 그리고 떨어진 다음에 숨통을 끊어놓을 창병, 검사로 이루어진 18명의 토벌대를 파견했다.
A등급 이상, 혹은 그에 가까운 일부 B등급 상위자 등을 제외하면 경험 년 수가 같은 경우 일반적으로 병사가 헌터보다 강하다. 따라서 그것은 와이번 토벌대로 충분한 병력이었다.
조금 가벼운 생각에 이번에는 와이번과 싸운 경험이 있는 헌터를 조언자로 붙이지 않았는데, 와이번 한 마리를 잡는 데 그 전력이니 불만을 토로하는 자는 없었다.
그리고 찾아온 다음 와이번 습격의 날.
위험하니 집에서 나오지 말라고 지시 받은 마을 사람들이 몇 시간 후에 목격한 것은, 만신창이가 된 병사들과 중상자에게 필사적으로 치유마법을 거는, 마찬가지로 자신도 만신창이가 된 마술사들이었다.
중상자 6명, 경상자 5명, 행방불명은 소 한 마리.
중상자 중 절반은 공격마법이 특기인 마술사의 치유마법이 아니라, 상당히 실력 좋은 치유 전문 마술사에게 여러 번 치유마법을 받아야 할 필요가 있어 보였다.

하지만 영도로 돌아가면 영주의 어용 치유 마술사, 헌터 중에 있는 치유 특화 마술사, 그리고 평민을 위해 치료원을 연, 나이가 많아 일선에서 물러난 능력 있는 치유 마술사 등이 존재하니 어떻게든 되리라고 생각했다.

간단히 제압할 수 있을 줄 알았던 상대였건만, 설마 했던 토벌 실패.

그것도 노골적으로, 상대가 힘을 조절해서 이쪽을 가지고 놀았다.

그게 아니라면 그 전투에서 사망자가 0명일 리가 없다.

상당수 부상자에 아연실색한 지휘관은 비록 토벌은 실패했지만 어쨌든 와이번을 쫓아냈으니 와이번에게서 마을을 지키는 임무를 완수했다고 판단하고, 마을 사람들에게 그렇게 고하고는 무거운 발걸음으로 물러갔다.

앞으로 설령 그 와이번이 다른 영지의 마을을 사냥터로 삼더라도, 그것은 그 영지 쪽에서 대처할 일이며 자신들과는 상관없다. 아마도 속으로 그렇게 되뇌면서.

마을 사람들은 그래도 와이번이 다시 오지는 않게 되었다며 안도했다. 그로부터 12일 후인 그날까지는 말이다.

……그리고 영지병과의 전투로부터 12일이 지난 후, 와이번은 다시 나타났다.

다시 말해 와이번은 '자신이 졌다'거나, '상대가 위협적이었다'라고는 눈곱만큼도 생각하지 않았던 셈이다.

그렇다. 자신에게 도전해 온 약해빠진 송사리들을 뿌리치고 승리의 영광과 함께 사냥감을 잡아 돌아간 것이다. 그 사냥터를 피할 이유 따위는 어디에도 없었다.

아무런 준비도 하지 않았기 때문에 가축 중에서 제일 값나가는, 어린 암소를 빼앗기고 만 마을 사람들은 당황했다.

다시 급하게 영주 저택과 헌터 길드에 통보했지만 영주 저택의 반응은 썩 좋지 않았고, 그 후 찔끔찔끔 헌터가 찾아오게 된 것이다.

영주님이 영주군 병사를 보내는 것이 아니라 헌터에게 의뢰를 했다는 이야기를 들은 것은 그 헌터들로부터였다.

마을 사람들로서는 딱히, 와이번을 쓰러트리는 것이 누구든 상관없었다. 의뢰비를 영주님이 내주신다면 그것은 그것대로 고마운 일이었다.

……하지만.

첫 번째 그룹. 두 번째 그룹. 세 번째 그룹.

연속해서 패배한 헌터들.

다른 장소에서 요격한 헌터들도 있었는지, 더 많은 파티가 피해를 입고 물러났다는 소문도 돌았다.

여전히 적당히 가지고 놀았는지, 부상자는 나와도 사망자가 나왔다는 이야기는 전혀 들리지 않았다. 와이번에게 그 정도의 여유가 있다는 이야기리라.

그렇게 점점 이 부근에서 토벌 의뢰를 받는 헌터는 찾아볼 수 없게 되었고, 최근 얼마 동안은 헌터 구경도 못하고 있던 터에 등장한 것이 '붉은 맹세'였다.

"……대충 예상했던 대로네. 이야기의 흐름상으로는 딱히 이상한 부분이 없어. 딱 한 군데만 빼고……."

"아아, 맞아. 다들 자기 사정을 우선해서 나름대로 잘 처신했다고 봐."

"그러네요, 단지……,"

""""와이번이 너무 강하고 너무 머리가 좋아!""""

그렇다, 그 부분만 아무래도 이질적이었다.

"왕도에 온 의뢰서에 자세한 내용이 적혀 있지 않았던 건, 뭐, 당연하겠지."

그렇다, 레나의 말대로 원래 의뢰서에는 장황하게 쓰지 않는 법이다. 특히 애매모호하고 불확실한 것과 의뢰주에게 불리한 사항 등은 말이다.

거짓말은 엄금되었고, 중요한 내용을 고의로 감추는 것도 법에 어긋난다.

그 경우 악질적인 행위로 간주하여 공탁금은 몰수되고 이후의 의뢰도 보증금과 수수료가 증액 되는 등 패널티가 부과된다.

또 그것이 헌터에 위험을 미칠 경우에는 길드의 손을 떠나 나라 관리에 의한 처벌 대상이 되기도 한다. 이른바 '미필적 고의에 의한 살인 미수'인 것이다.

하지만 이번 경우는 '와이번 한 마리의 토벌'이라는 사실과 그 위험성은 다르지 않다.

영지군이 졌든, 다른 헌터 파티가 실패했든 그것은 단지 '그들이 토벌에 실패'한 것일 뿐, 사실은 상대가 와이번이 아니었다거나 수가 많았다거나, 기타 특별한 사정이 있었던 것이 아니다.

와이번이 강해서였는지도 모르고, 병사 혹은 헌터들이 약해서였는지도 모른다. 그것은 아무도 모르는 일이므로 그런 내용을 굳이 의뢰서에 쓸 의무도 필요도 없다.

게다가 그러한 내용은 직접 알아보면 얼마든지 알 수 있다.

일부러 의뢰서에 진위가 불투명한 쓸데없는 이야기를 써서 의뢰를 받는 사람의 수를 줄이거나 가격 인상 교섭의 빌미를 제공하지 않아도 된다.

오히려 와이번의 행동이 규칙적이라는 사실을 추가로 기입했다면 의뢰를 받는 자가 늘어날 테지만, 그 사실을 쓰면 왜 규칙적이지? 하는 시의심을 불러일으키거나, 그런데 왜 영지군이 대응하지 않지? 하는 의문도 불러와 여러 가지로 상황이 나빠졌으리라.

"그래서 문제는 우리가 어떻게 하냐는 건데……."

"평범하게 정면 승부해서 쓰러트릴 수밖에요."

"그래, 달리 방법도 없는 것 같고……."

레나, 폴린, 메비스의 말대로 와이번이 다소 머리가 좋은 개체이든 뭔가 흑막이 있든 '붉은 맹세'가 할 일은 '와이번 토벌'이다.

딱히, '붉은 맹세'가 왕궁의 밀정이라든가 관리의 조사원은 아니다. 특별한 권리도 없거니와 그러한 의뢰를 받은 것은 더더욱 아니므로.

그들이 받은 의뢰는 단 한 가지, '와이번 토벌' 그뿐이었다.

그 후 마을 사람들을 대상으로 더 많은 정보를 수집했지만 와이번과의 싸움터에 태연하게 따라가는 위험을 자초할 사람은 없었고, 또 중상자를 껴안고 치료와 한시라도 빨리 영도로 돌아가기 위한 철수 준비로 바쁜 자들에게 미주알고주알 물어보는 바보도 없었기 때문에 싸움의 자세한 내용은 불명확했다.

영도의 길드 지부로 보고가 들어왔을 텐데도 길드 마스터가 딱히 알려주지 않은 것은 특별한 내용이 없었다는 뜻이리라.

과연 '와이번이 강했다' 정도의 보고는 있었을지도 모르나 의뢰에 실패하고 도망쳐 온 파티가 말하는 '적이 강했다'란, 변명으로밖에 들리지 않는다.

와이번이 3마리 있었다든가 입에서 불, 눈에서 이상한 광선이 나오기라도 했다면 이야기는 달라지지만…….

대강 정보 수집을 마친 '붉은 맹세'는 그대로 술집에서 점심 겸 저녁을 먹고 여인숙으로 철수했다.

식사 때 비교적 소식하는 메비스와 폴린 말고 체구가 왜소한 두 사람이 음식을 허겁지겁 먹어치우는 모습을 본 마을 사람들은 깜짝 놀랐지만, 점심을 거른 상태였기도 하고 헌터는 먹을 수 있을 때 일단 먹고 보는 것이 철칙이었다. 특히 배가 빵빵해서 움직임이 둔해져도 걱정할 필요 없는 안전한 장소에 있을 때는 말이다.

폴린과 메비스는 아무것도 안 먹는 마을 사람들이 지켜보는 앞에서 음식을 먹기가 조금 부끄러웠지만, 레나와 마일은 하나도 신경 쓰지 않는 모습이었다.

레나는 먹는 것 또한 헌터의 일 중 하나라는 것이 지론이었고,

마일은 배가 고파 아무 생각도 없었다.

아무래도 이번 생에서 마일의 몸은 전생에 비해 연비가 썩 좋지 않은 모양이다…….

*　*

다음 날 아침.

사람들은 마을에서 조금 떨어진 작은 언덕으로 소 한 마리를 끌고 가 나무에 묶었다.

물론 '붉은 맹세'도 동행했다.

가축을 다 숨기고 언덕 위에 '붉은 맹세'만 서 있으면 그것만으로도 와이번을 유인하는 데 성공할지도 모르지만, 그랬다가 행여나 와이번이 인간의 맛을 기억하게 되면 큰일이므로 마을 사람들이 소를 제공하겠다고 주장하며 물러서지 않았다.

어쩌면 마일 일행의 몸을 걱정해준 것인지도 모른다. 인간보다 먹을 만한 소가 있으면 소녀들을 적당히 가지고 논 다음 소를 잡아갈 가능성이 크다.

토벌에 성공해주면 더 바랄 나위 없겠지만, 아직 어린 소녀들이 무참한 모습이 되고 그중 한두 명이 와이번에게 붙잡혀 날아가는 모습을 볼 바에야 소 한 마리 잃는 편이 낫다. 그렇게 생각할 정도로 선량한 마을 사람들이었다.

소를 나무에 묶은 마을 사람들이 돌아가고 조용히 와이번을 기다리는 네 사람.

와이번은 멀리서 날아오니 기다리면서 대화 정도는 나눠도 괜찮을 텐데, 왠지 '잠복한 상태로 잡담하기'가 꺼려지는 것은 헌터로서의 습관일까…….

사실은 만약 소녀들이 큰 부상을 입었을 경우 와이번이 떠나자마자 곧바로 마을에 알릴 수 있도록, 용기 있고 '귀여운 여자아이를 제일 좋아하는' 젊은이 하나가 나무 그늘 뒤에 몰래 숨어 상황을 살피고 있었다.

그는 거칠고 억센 마을 소녀들로는 만족하지 못하고, 순진하고 귀여운 소녀를 위해서라면 위험도 감수하는 용감한 청년이었다.

외모도 그리 나쁘지 않고 아이들을 잘 돌봐주지만 무슨 영문인지 마을 또래 여자들의 평판이 썩 좋지 않았다. 그건 어쩌면 돌봐주는 대상이 어린 여자애 한정이어서일까…….

그래도 아이를 전혀 돌보지 않는 사람보다야 낫지만, 그는 자신의 무엇이 문제인지 인지하지 못했다.

한편 마일은 탐지마법으로 주위를 확인해서 청년의 존재를 눈치채고 있었다.

하지만 마을 사람 대표로 지켜보는 사람이라고 생각했고, 자신들을 재빨리 구조하기 위한 연결요원일 가능성이 높다는 판단에 그냥 넘겼다.

게다가 다소 문제 있는 장면을 목격했다고 해도, 태어나서 처음 본 와이번 토벌전에 흥분해서 이야기를 부풀려 말하는 것으로 간주되어 아무도 믿어주지 않으리라.

마을 사람이 목격했다는 황당무계한 이야기 따위, 웬만큼 신뢰도 높은 인물이거나 다수가 똑같은 증언을 하지 않는 이상 믿어 주지 않을 것이다.

만약 그것이 인명과 연관된 일이라면 거짓말일 가능성이 있어도 일단은 확인 조사에 들어가겠지만, '엄청난 싸움을 보았다'는 정도라면 씁쓸하게 웃으며 넘길 뿐이겠지.

다시 말해, 무해하다. 아무런 상관없다. 그것이 결론이었다.

"……왔다!"

역시 제일 먼저 와이번을 발견한 메비스.

이쯤 되면, 키가 커서 시야가 넓은 문제가 아니라 천부적인 능력으로 봐야 한다.

세 사람이 메비스가 손가락으로 가리키는 방향을 쳐다보았다. 과연 검은 점이 보이더니 점점 커지기 시작했다.

"……앗?"

"왜 그래?"

원래라면 제일 먼저 와이번을 발견해도 이상하지 않았을, 시력으로는 메비스를 앞지르는 마일이 낸 이상한 소리에 레나가 수상하다는 듯 물었다.

"아니, 저 와이번, 이미 사냥감을 잡은 것 같은데요……."

그 말에 자세히 보니 정말 두 다리에 소 같은 무언가를 움켜쥐고 있는 것처럼 보였다.

"이상하네……. 오늘은 이미 다른 데서 사냥감을 잡아 이 마을은 다음에 오려는 건가……."

레나가 그렇게 중얼거렸지만, 그렇다고 하기에는 와이번이 이쪽을 향해 곧장 날아오고 있었다.

그리고 언덕에 상당히 가까워졌을 무렵, 와이번은 고도를 낮추어 나무 너머로 모습을 감추었다.

""""""오잉……."""""""

마일 일행은 와이번이 보인 예상 밖의 행동에 깜짝 놀랐지만, 이내 정신을 바짝 차리고 자세를 잡았다.

다시 나무 위로 날아오른 와이번의 두 발에는 조금 전까지 쥐고 있었던 소 같은 것이 아니라 지름이 30센티미터 정도 되는 통나무가 들려 있었다.

"……온다!"

""""우왓!""""

레나의 목소리에 대꾸하는 세 사람. 살짝 여자애 같지 않게 들렸지만 이게 바로 헌터다.

와이번은 처음부터 '붉은 맹세'를 적으로 판단한 모양이었다.

아마도 복장이나 장비를 보아 마을 사람이 아니라 지금까지 몇 번인가 자신을 공격했던 사람들과 같은 부류로 봤겠지. 그래서 처음부터 공격 모드였다.

두 발에 쥔, 원래 쓰러진 나무였을 통나무. 그것을 효과적으로 쓰기 위해 와이번이 선택한 작전은 완강하 폭격이었다.

수평 폭격보다 명중 정도가 높은 그 전법은 몸이 받는 부담이 크지만 그것을 견딜 수만 있다면 효과가 높다.

30도가 넘는 각도의 급강하 폭격은 과연 공력 브레이크가 없는 살아 있는 몸으로는 견디기 힘들므로, 30도가 안 되는 완만한 각도로 파고드는 그 거대한 몸은 그래도 중력의 영향으로 가속되고 풍압 때문에 파르르 떨렸다.

딱히 두터운 장갑판을 뚫을 필요는 없으니 속도를 높이지 않아도 된다. 오히려 천천히 나는 편이, 우왕좌왕하는 적을 마지막까지 정확하게 추적할 수 있고 그것만으로도 상대를 공포에 빠트리는 시간이 연장되어 즐거웠다.

마일 일행은 공격을 피하기 위해 나무 사이로 몸을 숨길 시간이 없었다.

그리고 마일은 와이번의 숙달된 모습에, 이는 저 와이번이 잘 쓰는 '늘 써먹는 전투법'이라고 판단하고 모두에게 대처법을 알렸다.

그것을 들은 세 사람은 반신반의하면서도 마일의 지시에 따르기로 했다. 평소에는 여러 가지 면에서 좀 그런 마일이지만, 마법 능력과 다양한 지식만큼은 모두가 인정하는 부분이었으며 늘 어리바리하다고 놀리는 세 사람이지만 사실 딱히 마일을 바보로 여기는 것은 아니었다.

단지 물정 모르고 눈치가 없고 상식이 없고 얼빠지고 말도 안 되는 실패를 하고 사람이 지나치게 좋을 뿐이다.

……세상은 보통 그런 사람을 두고 '바보'라고 부르지만.

와이번이 점점 가까워지는데도 네 사람은 선 채로 꿈쩍도 하지 않았다. 그리고 와이번이 통나무를 날릴 마지막 단계에 들어갔다고 여겨졌을 때 마일이 소리쳤다.
"도망쳐요!"
조금 전 지시대로 와이번의 반대 방향으로 전력을 다해 뛰는 '붉은 맹세'의 네 멤버.
그 모습을 본 와이번이 웃긴다는 듯 입을 움직였다.
그렇다, 사냥감은 항상 그런 식으로 달아난다. 그리고 떨어트린 통나무가 튕겨 굴러가 달아나는 사냥감을 뒤에서 덮친다.
적의 현재 위치보다 살짝 앞을 노리고 던지면 명중하거나 혹은 살짝 뒤쪽에 떨어진 다음 앞으로 굴러간다. 그렇게 주인에게 교육받았고, 이미 몇 번이나 실전 경험을 해서 효과는 확인을 마친 상태였다.
곧장 달아나는 사냥감의 뒤에 대고, ……지금이다!
"반전!"
그 순간, 여유작작하게 뒤를 확인하며 뛰던 마일이 뛰어난 동체 시력으로 와이번의 발톱의 움직임을 확인하고 소리쳤다.
마일이 외치자마자 다리에 힘을 꽉 주어 급정지하고 반대쪽, 즉 와이번을 향해 열심히 뛰기 시작하는 네 사람.
이미 발이 놓아버린 통나무는 마일 일행의 머리 위를 넘어 뒤로 날아가버렸다.
"공격!"
그리고 마일의 다음 호령에 따라, 뛰면서 미리 영창해두었던 공격마법을 쏘는 레나와 폴린.

"……염폭!"

"……수폭!"

펑!!

와이번은 경악에 휩싸이면서도 필사적으로 몸을 꼬아 날아오는 공격마법을 피했다. 한 발째, 두 발째…….

"……좀 하네요."

필사적으로 마법을 피한 후 고도를 높이기 위해 급상승하는 와이번을 바라보며, 마일은 팔짱을 낀 채 우쭐한 표정을 지었다.

"지금 그런 말을 할 때야?! 어쩔 거야, 도망가려고 하잖아! 물론 아까는 네 덕분에 살았지만……."

"괜찮아요. 아직 대미지를 입은 게 아니잖아요, 녀석은 고작 이 정도로 달아나는 놈이 아니에요."

레나에게 한 대답을 듣기라도 한 듯 와이번은 충분히 고도를 높인 다음 날아가지 않고 상공을 선회하기 시작했다.

그리고 평소처럼 레나의 외침이 울려 퍼졌다.

"어째서 너는 남의 생각은 못 읽는 주제에 마물의 생각은 읽을 줄 아는 거니!"

와이번은 레나 일행의 마법이 닿지 않는 상공을 선회하면서 상황을 살폈다.

주특기 공격이 먹히지 않은데다가 위험한 공격마법의 직격탄을 맞을 뻔해서 조금 경계하는 눈치였다.

하지만 이 정도로 순순히 돌아가거나 이 사냥터를 방치할 생각은 조금도 없어 보였다.

"이번에는 우리가 선제공격에 나서요!"

"선제공격?"

"우리가 먼저 공격하자는 거예요."

갑작스러운 마일의 말에 레나가 무심코 되묻자, 마일이 이렇게 설명했다.

"그걸 누가 몰라?! 내가 묻는 건 우리의 공격마법이 닿지 않는 상공에 있는 녀석한테 무슨 수로 공격을 하냐는 거야! 콜록콜록, 하아……."

너무 빼액 소리를 질러 목 상태가 나빠진 듯한 레나. 마술사에게 목은 소중하다.

다음에 목캔디를 만들어 줘야지. 그렇게 생각하는 마일이었다.

"네 마법이면 닿는다는 소리야?"

"으음, 그건 잘 모르겠지만, 지상에서 공격이 닿지 않으면 닿는 곳까지 가면 되죠."

겨우 목을 다듬은 레나의 질문에 마일이 태연하게 대답했다.

"그러니까 레나 씨, 공격마법 영창을 시작해주세요. 발동되기 조금 전에 제가 마법으로 레나 씨를 날릴게요. 그런 방식으로 와이번 가까이 접근하면 마법을 발동시키세요. 한 방 승부니까 강력한 걸로 부탁드릴게요."

"뭐? 나, 날리다니? 도대체 무슨……."

"자, 빨리 영창을! 시간이 없어요!"

"헉, ……아, 알았어……."

지금은 길게 말할 때가 아니다. 그렇게 생각한 레나는 마일을 믿어보기로 했다.

어쨌든 마일은 파티 동료였으며, 지금까지 몇 번이나 도와준 바 있는 믿고 의지하는 벗이었다. 이럴 때 조건 없이 믿어주지 않으면 동료라고 말할 수 있나!

……게다가 하늘을 나는 마법, 이라는 것에도 흥미가 일었다.

새처럼 넓은 하늘을 자유롭게 날게 된다니. 왠지 가슴이 두근거렸다.

그렇게 생각한 레나는 공격마법 영창에 들어갔다. 지금은 자신의 18번, '붉은 염옥'밖에 없다.

레나가 영창에 들어가 전반부가 끝날 즈음에 마일은 레나의 뒤에서 그녀의 양 겨드랑이에 손을 넣었다.

"꺄아악!"

마일의 돌발 행동에 깜짝 놀란 레나였지만, 역시 프로 헌터답게 영창의 흐름은 끊기지 않았다. 비행마법의 수순이겠지, 하면서 조금 간지러워도 꾹 참았다.

"자, 갑니다! 뇌조 1호, 발진 준비!"

그렇게 말한 마일은 레나의 몸을 휘익휘익 돌렸다.

"앗, 아, 아악, 아아아아~아악!"

마일이 힘껏 휘두르자 천하의 레나도 비명을 지를 수밖에 없었다.

"스윙 바이!"

그리고 마일은 계속 돌리던 레나를 와이번 쪽으로 힘껏 던졌다.

"이런 마법의, 레나 건(초화 염탄)!"

"꺄아아아아~!"

와이번은 잔뜩 겁먹었다.

하늘을 날지 못해야 할 인간이 자신을 향해 일직선으로 날아오고 있다. 그것도 상당한 속도로 말이다.

덧니를 드러내고, 무시무시한 얼굴로 포효하면서 빠른 속도로 접근한다. 이 녀석은 아까 공격했던 개체다. 위험하다!

와이번의 긍지도 잊고 무심코 피해버렸다.

그러자 그 인간은 진로를 변경하지도 않고 그대로 통과해버렸다.

여전히 포효하면서.

"꺄아아아아아아아아아악~~!"

"레나 씨, 왜 공격마법을 안 쓴 거예요?!"

마일은 입을 삐죽거리면서도 어쩔 수 없이 마법을 쏘았다.

"상승 기류! 레나 씨를 얌전히 착지시켜라!"

그 말에 따라 레나의 추락 예상 지점 부근에서 반시계방향으로 공기가 휘감기더니 강한 상승 기류가 발생했다. ……아무래도 여기는 북반구인가 보다.

반시계방향의 회오리로 공기가 빨려 들어가며 상승기류가 발생했는지, 아니면 상승 기류가 발생했기 때문에 기압이 내려가

반시계방향의 회오리가 발생했는지는 모르겠지만, 어쨌든 레나는 강한 상승기류 쿠션 덕분에 무사히 연착륙에 성공했다.

"다음은 폴린 씨, 부탁드려요. 이번에는 실패하지 마세요!"

그렇게 말하며 다가오는 마일을, 양손을 내밀어 필사적으로 거부하는 폴린.

"시, 싫……, 절대 싫어어어~!"

슬금슬금 접근하는 마일과 슬금슬금 뒷걸음치는 폴린.

"기술의 이름은 '갈기갈기 폴린(강륜)'이에요!"

슬금슬금…….

슬금슬금…….

슬금슬금…….

점점 거리가 가까워져 삐질삐질 땀을 흘리는 폴린에게 구원의 목소리가 들려왔다.

"다음은 내가 할래!"

마일이 뒤돌아보자, 환한 미소의 메비스가 서 있었다.

그리고 마일의 주의가 메비스로 돌아간 틈을 놓치지 않고 폴린은 냉큼 달아났다.

그렇다고 싸움터에서 아예 도망칠 수는 없어 레나의 안부 확인에 들어갔다.

폴린이 레나의 착지 지점에 도착했더니, 레나는 다행히 무사했는지 자신에게 마법을 걸고 있었다.

"레나 씨, 다친 데는요? 제가 치유마법을 걸게요!"

레나도 치유마법을 쓸 수는 있었지만, 공격마법이 특기인 레나는 폴린만큼 치유마법 실력이 뛰어난 편이 아니었다. 그런데 서둘러 달려오려는 폴린을 레나가 필사적으로 막았다.

"오, 오지 마! 오면 안 돼!"

그제야 폴린은 깨달았다. 아까부터 레나가 새빨갛게 달아오른 얼굴로 쓰던 마법이, 예전에 두 사람이 마일에게 배운 신체 청정 마법과 옷 세탁 마법이라는 것을.

"아…………."

뭔가를 알아차리고 급정지한 폴린. 그녀의 얼굴은 뭐라고 형언할 수 없는 미묘한 표정이었다.

그리고 레나의 비명이 울려 퍼졌다.

"싫어어어어엇~~!"

한편 와이번은 떨리는 심장을 부여잡고 상공을 계속 선회하고 있었다.

……아까는 무서웠다. 다가오던 인간의 표정이 정말 무서웠다. 정말, 정말 무서웠다.

오랜만에 공포라는 감정을 떠올려버리고 말았다.

그리고 살짝, 아주 살짝 오줌을 지렸다. 자존심 센 와이번으로서 참으로 수치스러운 일이다.

이 굴욕감을 되갚아주려면 저 인간들을 이기는 방법밖에 없다.

주인의 명령을 어기지 않도록, 죽이지는 않고 공포감을 줘서 도망치게 하는 거다!

"……준비 다 됐나요?"

"응, 언제든 좋아."

"손은 다 씻었나요? 신께 기도는? 마음의 준비는 OK?"

"아니, 방금 전에 언제든 좋다고 말했잖아? 도대체 뭔 소리야, 마일?"

메비스는 기대감에 몸을 떨었다.

이제 하늘을 날 수 있다.

자신이 이 넓은 하늘을 날아 하늘의 지배자인 와이번을, 땅이 아닌 놈의 홈그라운드인 하늘에서 격파한다.

지금까지 그 어떤 기사도 이룬 적 없는 쾌거다.

한다. 메비스가 합니다. 아버지, 그리고 오빠들!

양 겨드랑이 사이로 들어오는 마일의 두 손. 그리고 수수께끼의 주문이 읊어졌다.

"뇌조 2호, 발진 준비! 장비는 1호 콘테이너, 쇼트 소드!"

붕.

마일이 몸을 들어 휘둘렀다.

붕붕.

하지만 단련된 신체여서 아무렇지도 않았다.

붕붕붕붕붕!

이제 곧…….

"스윙 바이!

마일의 목소리가 들렸다. 그리고…….

"메비스 커터!"

휘이익!
그리고 메비스가 하늘을 날았다.
검을 뽑아 양손에 쥐고, 곧장 와이번을 향해 날아갔다.
“진 신속검, 이의 태도, 천공검. 받아랏!”

‘또 오냐아아~!’
와이번은 당혹스러웠다.
하늘을 날지 못해야 정상인 인간이, 또 하늘을 날아 자신을 향해 달려드니 당황할만하다. 조금 전에 느낀 공포가 뇌리에 되살아났다.
하지만 이번 개체는 조금 전 마법 공격을 한 개체가 아니다.
겉만 봐서는 지금까지 싸움에 도전한 놈들 중에서 마법이 아니라 쇠봉으로 때리는 타입 같다. 그렇다면 대수롭지 않다. 날개만 공격받지 않게 조심하면 몸과 꼬리는 그럭저럭 괜찮겠지.
그렇다면 정면에서 아래로 떨어트리는 수밖에!
조금 전의 꼴사나웠던 기억을 털어내기 위해 와이번은 정면에서 메비스를 맞았다.
생각해보면 다소 거리가 있어도 상관없는 마법 공격과 달리 검으로 하는 공격은 와이번이 조금만 피해도 끝이었다. 하지만 마일은 와이번이 정면으로 맞설 것을 예상했으리라. ……아마도.
“이야아아압!”
전력을 다해 검을 휘두른 메비스가 노린 곳은 와이번의 목이었다.

하지만 그런 것쯤 이미 잘 아는 와이번은 몸을 비틀어 강력한 꼬리 일격을…… 가하려고 했지만 생각보다 메비스의 검 속도가 너무 빨랐다!

와이번은 필사적으로 다시 몸을 비틀어 다가오는 검으로부터 목을 멀리 젖혔다.

꼬리를, 꼬리를 재빨리 때려 박으면!

퍼억!

한순간 교차한 후, 둘의 몸이 다시 떨어져 멀어져 갔다.

""기야아아아~!""

와이번은 가까이 오는 꼬리를 보고 목을 노리기를 포기한 메비스의 일격에, 그 자랑하는 꼬리를 다쳐 고통과 경악에 휩싸였다.

그리고 메비스는 낙하를 시작한 자세로 땅을 쳐다보고는.

마찬가지로 목청이 찢어질듯 절규했다.

"아……, 아……."

와이번이 비틀비틀 선회를 계속할 뿐이어서 메비스에게 상승기류에 의한 연착륙 마법을 쓴 후 할 일이 없어진 마일이 메비스의 상태를 확인하러 가자, 풀숲에 두 손과 무릎을 짚은 메비스가 뭐라고 웅얼거리고 있었다.

"어머, 어디 다쳤어요?"

걱정스러운 듯 묻는 마일에게 메비스가 기어들어가는 목소리로 대답했다.

"아, 아무것도 아니야. 그냥……, 잠깐만, 아주 잠깐만 여기서 좀 쉽게…….”

그리고 얼마 후 레나와 폴린이 모습을 드러냈다.

레나는 상당히 심기가 불편해 보였는데, 왜 그러는지 메비스의 하반신을 물끄러미 응시한 후 한층 구겨진 얼굴로 마일에게 다가갔다.

쿵.

“아얏!”

갑자기 레나가 스태프로 머리를 쥐어박아 비명을 지르는 마일.

쿵쿵.

“아얏! 아파요! 무슨 짓이에요, 레나 씨!”

쿵쿵쿵쿵쿵!

“그, 그만! 그만하세요오옷!”

쿵쿵쿵쿵쿵쿵쿵쿵쿵쿵!

“자, 잘못했어요! 제가 잘못했으니 이제 그마아아~안!”

신체 스펙 때문에 정말로 아프지는 않았지만, 레나의 표정 그리고 ‘아픈 느낌이 든다’라는 환상통, 게다가 원래라면 상당히 아플, 그 주저 없는 공격에 레나가 얼마나 분노했는지 눈치챈 마일이 허둥지둥 사과했다.

“마일, 너, 내가 왜 화났는지 제대로 알고나 있는 거야?”

“당연하죠!”

마일이 당황해서 대답했다.

“와이번이 피하지 못하도록 더 정확하게, 더 빠른 속도로 발사

했어야……, 아얏, 아야야얏!"

~~쿵쿵쿵쿵쿵쿵쿵쿵쿵쿵쿵!~~

""""하아하아하아하아……....""""

왠지 지쳐 보이는 레나, 메비스, 마일 세 사람, 그리고 폴린이 상공을 올려다보자 그때까지 비틀비틀 선회하던 와이번의 움직임이 원래대로 돌아와 다시 공격에 나서려는 기색이 보였다.

"제2전 개시인가요……."

마일이 중얼거리자 세 사람이 고개를 끄덕였다.

와이번은 입은 상처가 생각보다 깊어서 동요했지만, 꼬리가 완전히 절단된 것도 아니고 치명상과도 거리가 멀어 그 정도 상처로는 큰 지장이 없었다. 내버려두면 얼마 안 가서 낫는다.

다만 몸에 난 상처는 자연적으로 나을지 몰라도 상처 입은 자존심은 자연적으로 나을 수 없었다. 그것은 자기 힘으로 회복해야만 한다. 그렇다, 적을 쓰러트림으로써.

지금까지 만난 적은 자신이 진짜 힘을 보여줄 필요까지는 없었다.

잠깐의 놀이, 아주 살짝 놀리는 선에서 상대해주었을 뿐, 전력을 다해 비장의 카드를 써가며 싸우는 촌스러운 짓은 하지 않았다.

하지만 지금은 아무래도 전력을 다해야 할 상대를 만난 것 같다.

와이번은 그 사실에 조금 기쁨을 느꼈다.

자, 이제부터는 놀이가 아니라 전투 시간이다.

완강하 개시. 그리고 공기를 흡수한다. 자신이 사냥물이나 놀이 대상이 아니라 '적'으로 인정한 상대에 대한 진짜 공격 개시였다.

"직접 공격?"

"받아주마!"

와이번이 그 날카로운 발톱과 꼬리, 그리고 깨물기로 직접 공격을 감행하리라고 판단한 모두, 특히 메비스는 절호의 기회라는 듯 이를 드러내고 웃은 후 검을 고쳐 쥐었다.

하지만 다가오는 와이번이 입을 쩍 벌리자 마일의 얼굴이 창백해졌다.

'……이 장면, 본 적 있어! 아버지의 서재에 있었던 만화 녹화 비디오에서!'

"피해!"

옆에 있던 폴린을 안고 몸을 날리는 마일을 보며 메비스와 레나가 당황해서 몸을 피한 그 직후.

퍼어엉!

공기가 진동하는 듯한 감각이 느껴지더니, 조금 전까지 마일 일행이 서 있던 땅이 폭발했다.

그 후 곧바로 몸을 일으켜서 상승으로 전환하는 와이번.

"뭐야! 원격 공격이야?"

"브레스? 하지만 눈에 안 보였는데!"

“드, 들어본 적 없는데요. 그런 능력이 있다는 말은!”

메비스, 레나, 폴린이 저마다 경악의 목소리를 흘렸지만 마일은 팔짱을 낀 채 알았다는 듯이 한마디 내뱉었다.

“역시…….”

“아, 알고 있었어? 마일은?”

그렇게 묻는 메비스에게 마일이 중얼거렸다.

“배꼽시계술(《과연 사루토비》라는 옛 일본 만화에 나오는 기술. 위에서 공기를 공명시켜 초음파를 만들어 내뿜는 필살기)…….”

그쪽이었냐~!!

그 초음파 같은 공격은 브레스의 일종이라고 할까.

와이번이 브레스를 쏘는 일은 극히 드물지만 그렇다고 전혀 없지는 않다.

아룡도 엄연히 용종에 속했고 비행 보조마법도 쓸 수 있으므로, 머리가 좋은 개체가 다른 용종이 브레스를 쓰는 것을 보고 따라 하다가 자기도 모르게 쓸 수 있게 되는 경우가 있고, 과거에 몇 번 정도 목격한 사례도 있다. 하지만 다들 여기서 그 희소 사례에 해당하는 장면을 목격할 줄은 꿈에도 생각하지 못했다.

무척 머리 좋은 개체라고 짐작했으니 이것 역시 당연히 예상했어야 한다고 말하는 사람도 있을지 모르겠다. 하지만 다른 헌터로부터 그러한 보고가 전혀 들어오지 않았던 것이다. 만약 있었다면 길드 마스터가 전하지 않았을 리 없다.

그래서 와이번에게 ‘최강 기술은 마지막까지 숨겨두기’라는 발상의 지혜가 있을 줄 전혀 몰랐던 '붉은 맹세'를 책망하는 것은 심한 일이리라. 그렇게까지 헤아릴 수 있는 헌터는 아마 거의 없을 테니까…….

"뭐, 뭐야, 그 '뭐시기 술'이라는 게……."

"배꼽시계술, 이에요. 뭐, 브레스의 일종이라고 생각해주세요."

레나에게 그렇게 대답하며 마일은 생각에 잠겼다.

'곤란하네……. 설마 와이번이 원격 공격마법을 쓸 줄이야……. 게다가 레나 씨랑 폴린 씨의 마법보다도 사정거리가 길어…….'

마일은 모두가 자신의 마법에 지나치게 의존하지 않도록 신경 쓰고 있었다. 하나부터 열까지 전부 자신에게 기대게 되면 다들 성장할 수 없게 되고, 그래서는 기본적으로 파티로서 기능하지 못한다. 또, 그런 인간관계는 싫었다.

그래서 이번에는 자신은 어디까지나 조력자 역할을 충실히 하고 레나와 메비스, 폴린 세 사람을 공격의 중심에 세워 와이번을 쓰러트리려고 생각했던 것이다.

하지만 이런 상황에서는 계획한대로 되기가 어렵다.

적의 공격은 닿는데 우리 쪽은 자신을 제외한 나머지 멤버의 공격이 적에게 닿지 못한다. 그리고 와이번은 이쪽 공격 사정권 안에 들어올 생각도 없어 보인다.

모처럼 지혜를 짜낸 '뇌조 작전'은 불발로 끝났고, 레나와 메비스는 두 번 다시 날려고 할 것 같지 않다.

이대로라면 적의 공격은 닿는데 우리의 공격은 닿지 않는 거리에서 일방적인 공격을 당하리라. 그렇다고 자신이 나서서 해치워버리면 '붉은 맹세'에게 나쁜 선례가 또 하나 남게 될 것이다.

어떻게 해야 한담…….

"……내, 내가 갈게!"

"엥……."

고민에 빠진 마일에게 그렇게 말한 폴린은 안색이 조금 나빴다.

"……괜찮겠어요?"

"하지만 달리 방법이 없으니까. 그리고 나도 '붉은 맹세'의 일원이야!"

폴린의 말에 마일은 고개를 크게 끄덕였다.

"……부탁할게요. 나세요, 폴린!"

그리고 마일은 폴린에게 주의사항을 전달했다.

"녀석의 턱을 노리고 곧장 날아가요. 바로 거리가 벌어지니까 지속성 있는 마법은 안 돼요. 얼음기둥을 턱에 충돌시켜 뇌진탕을 일으키며 추락하도록, 못해도 목구멍이나 구개부에 손상을 줘서 저 특수 브레스를 못 쏘게 해주세요!"

"아, 알았어……."

이번에는 접근 중에 원격 공격을 받을 가능성이 있다. 게다가 메비스와 달리 폴린에게는 꼬리, 발톱, 날카로운 이빨이 난 입에 의한 직접 공격을 순간적으로 분별할 능력이 없다. 그래서 마일은 보험 삼아 마음속으로 살짝 중얼거렸다.

'격자력 배리어~!'

그리고 마일은 폴린의 양 겨드랑이 사이에 손을 넣고 비밀의 주문을 영창했다.

“뇌조 3호, 발진 준비!”

붕!

붕붕붕!

“스윙 바이!”

휘이익!

지금까지 했던 두 번보다 훨씬 더 빠른 속도로 폴린을 던졌다.

“뇌조, 어 고(턱 공격)!”

‘또 왔냐아아아~!’

재차 공격하려고 진입 코스에 들어간 와이번은 세 번째로 날아온 ‘비행 인간’을 보고 순간 놀랐지만, 바로 안정을 되찾았다. 세 번 정도 되면 과연 조금은 익숙해진다. 여전히 무섭기는 하지만…….

그리고 이번 상대가 마법 공격을 행하는 개체라는 것을 간파하고, 입을 벌려 숨을 들이쉰 다음 선제공격에 나섰다.

키이이이잉……

퍼엉!

분명히 명중했을 텐데 적이 아무런 변화도 보이지 않고 계속 빠르게 접근하자 와이번은 당황했다.

절대적으로 자신 있는 필살기를 아무 동작도 없이 뚫었다. 그것도 앞의 두 개체와 달리 이번 인간은 포효 소리도 없이 묵묵히 날아온다.

……진정한 강자는 쓸데없는 소리를 내지 않는다. 그러한 말이

뇌리를 스치고 지나갔다.

다시 필살기를 쓸 시간이 없다. 이제는 이 꼬리와 발톱으로…….

그렇게 생각하고 적을 노려보던 와이번은 깨달았다.

날아오는 인간의 눈이 감겨 있고, 몸도 축 늘어져 있다는 사실을 말이다.

……그렇다, 정신을 잃은 것이었다.

쿠웅!

강고한 격자력 배리어에 휩싸인 폴린은 와이번이 날린 꼬리 일격에도 끄떡없이 그대로 운동 에너지를 유지한 채 와이번과 부딪쳤다.

그리고 땅에 떨어지는 와이번과 폴린.

"으허어억! 상승기류! 에어쿠션! 그래비티 컨트롤(중력 경감)!"

와이번과 뒤엉켜 떨어졌기 때문에 폴린만 연착륙시키기가 어려웠다. 게다가 와이번이 위에 떨어지면 폴린은 쥐포가 되고 만다. 그래서 양쪽 모두 부드럽게 땅에 내릴 필요가 있었다. 마일은 초조해하며 마법을 연발했다.

그렇게 한 보람이 있어서 와이번과 폴린의 낙하 속도가 급격히 떨어지며 겨우 연착륙에 성공할 듯했다.

"대장! 하늘에서 와이번이!

"보면 알잖아! 그리고 누구더러 대장이래앳?!"

보아하니 마일은 여유를 되찾은 것 같았다.

하지만 역시 떨어지는 와이번을 두 손으로 받으려고 하지는 않았다.

폴린은 몸무게가 가벼운 데다가 메비스가 공주님처럼 안아 받아줘서, 정신은 잃었지만 아무런 상처도 입지 않은 것 같았다. 하지만 와이번과 충돌한 충격의 영향이 있을지도 몰라 마일은 무영창으로 치유마법을 걸어주었다.

와이번 쪽은 아무리 마일의 마법이 있었다고는 하나 무게도 상당하고 하늘을 날기 위한 경량화 때문에 신체 구조상 약한 면도 있어서, 추락하면서 약간의 대미지를 입은 모습이었다.

마일은 와이번이 움직이지 못하고 꿈틀대기만 하는 동안 아이템 박스에서 실패처럼 생긴 것을 꺼내 입, 두 다리, 날개, 꼬리 등을 칭칭 휘감았다.

그 후 곧바로 의식을 되찾은 와이번이 포박을 끊으려고 발버둥쳤지만, 매우 얇아 보이는 그 끈은 와이번을 단단히 묶은 채 절대 끊어지지 않았다.

탄소나노튜브.

그렇다, 그것은 마일의 슬링쇼트에 쓰인 튼튼한 소재였다. 탄소나노튜브로 된 끈으로 칭칭 휘감았으니 웬만한 힘으로는 그것을 끊을 수 없었다.

잠시 후 의식을 되찾은 폴린은 모두에게 자신이 와이번을 쓰러트렸다는 이야기를 듣고도 무슨 영문인지 몰라 눈알을 요리조리 굴렸다.

"자, 이 녀석을 영주님께 인도할까? 와이번을 생포하는 건 아주 드물고, 이 녀석은 머리가 좋으니까 길들이거나 날지 못하게 해서 사람들이 구경하게 하는 등 여러모로 쓰임새가 있을 거야.

뭐, 영주민에게 어필하려고 공개 토벌될지도 모르지만 우리는 의뢰 달성 사인이랑 돈만 받으면 누가 숨통을 끊으려고 하든 상관없지. 생포한 추가 보수만 제대로 받으면 나머지는 어떻게 되든 좋아."

끈을 끊어내는 것을 포기했는지 아니면 바로 위해를 가하지 않으리라고 생각해 마음이 놓였는지 얌전해진 와이번은 레나가 하는 말을 알아들은 것도 아닐 텐데 불안한 표정으로 레나를 살폈다.

그리고 마일이 레나의 말에 고개를 끄덕인 후 와이번을 옮기기 위해 마을 사람들을 부르려고 그때까지 나무 뒤에 숨어 싸움을 지켜본 청년에게 말을 걸려고 했을 때, 한 남자가 나타났다.

백발에 하얀 수염. 로브를 걸치고 완드를 쥔, 전형적인 마술사 복장을 한 초로의 남성이 숲에서 모습을 드러내자마자 마일을 비롯한 네 사람에게 말했다.

"가엾은 와이번 하나를 여럿이서 괴롭히는 것은 썩 보기 좋은 모습이 아니구나. 어떠냐, 금화 한 닢에 내게 그 와이번을 양보하는 것이?"

네 사람은 그 말을 듣자 전원 똑같은 생각을 했다.

((((수, 수상해애애~!))))

그리고 마일은 이렇게도 생각했다.

'우라시마 타로(어부 우라시마 타로가 아이들에게 괴롭힘 당하던 거북이를 구해주자 거북이가 은혜를 갚기 위해 용궁으로 초대한다는 내용의 일본 전설)냐고!!'

"바보 아니야? 이 녀석을 데려 가면 의뢰 달성 보수금인 금화 30닢이랑 생포한 추가 보수금을 받을 수 있는데, 우리가 왜 고작 금화 한 닢에 당신한테 넘겨야 하지? 그쪽이 자기가 잡았다고 하고 보상금을 받을 작정인 것 아니야? 그리고 의뢰 실패로 간주되면 위약금도 물어야 하고 파티의 평가도 내려가는데. 우리가 양보할 리 없잖아?"

레나의 말에 남자가 인상을 찌푸리자 마일이 도움을 자청하고 나섰다.

"아, 하지만 토벌 증명 부위를 잘라도 된다면 금화 10닢 정도에 양보해도 되지 않을까요? 네? 레나 씨."

"응? 아아, 뭐, 그렇게 하면 생포 추가 보수금에 맞먹고 의뢰 완료도 되니까 상관은 없는데……."

제시한 금액의 10배지만 그래도 그 정도라면 문제는 없다. 남자는 안심한 표정으로 물었다.

"오오, 좋다! 그래, 그 필요한 증명 부위라는 게 어디를 말하는 거지?"

네 명은 입을 모아 대답했다.

""""머리!""""

"어이……."

네 사람의 말에 말문이 막힌 남자.

물론 마일은 처음부터 와이번을 이런 수상한 남자에게 넘겨줄 생각이 전혀 없었다. 살짝 장단을 맞춰주다가 남자가 무심코 정보를 뱉어내길 기대했을 뿐이다.

"그럼 죽잖아!"
"당연하잖아? 토벌했다는 증명이니까……."
남자의 성난 목소리에 레나로부터 지극히 당연한 대답이 돌아왔다.
"하지만 나는 로브…… 아니, 와이번을 산 채로 받고 싶어!"
"그러니까 토벌 보수랑 생포 보너스, 의뢰가 실패로 간주되는 마이너스 분, 전부 합해서 금화 100닢 정도의 금액이 아니면 타협할 수 없다는 이야기야."
말은 그렇게 했지만 아무리 돈을 쌓아줘도 레나 역시 와이번을 넘길 생각은 전혀 없었다.
남자가 설령 상당한 금액을 내겠노라고 말해도 의뢰 실패의 오명과 신용의 실추는 그런 금액이라도 허용할 수 없다며 거절할 작정이었다.
어차피 와이번이 다시 마을을 덮쳐 사망자라도 나오면 양심에 찔려 계속 기분이 찜찜하리라.
"에구구구……."
과연 금화 100닢 이상, 일본 엔으로 환산하면 1,000만 엔에 상당하는 금액은 타격이 크다. 남자는 필사적으로 고민했다.
그때 폴린이 아무렇지 않은 느낌으로 아주 자연스럽게 물었다.
"그런데 와이번이 잡고 있었던 소 같은 거, 그건 뭐였죠?"
"아아, 그건 내가 타는 용가마야. 누가 보면 붙잡힌 소처럼 보이……도……록……."
뽐내듯 들리던 목소리가 중간부터 급 작아지더니 뚝 끊겼다.

……여기 바보가 있었다.

“마일, 이 사람, 혹시 너희 아버지니?”

“그게 무슨 의미예요오옷!”

레나의 너무 심한 말에 자기도 모르게 언성을 높이는 마일이었다.

“이 와이번, 로브, 뭐라고 했죠?”

“로브레스야.”

메비스의 짓궂은 질문에 남자가 정색하며 대답했다.

“고룡의 브레스와는 비교가 안 되지만 그래도 일단은 브레스를 토하거든. 와이번치고는 드물어서 그렇게 이름을 붙였다. 낮은(로우) 브레스, 부르기 쉽도록 짧게 ‘로브레스’지.”

“괴조 로브레스…….”

작금의, 자기 아이에게 이색적인 이름(한자 발음을 무시한 장난스러운 이름)을 붙이는 것이 유행인 일본에 비하면 훨씬 제대로 된 명명 이유였다. 상대에 대한 애정이 느껴진다. 마일은 순수하게 감동받았다.

“말해두겠는데 와이번은 새가 아니야!”

“아, 넵…….”

혼나고 말았다.

“아니, 그게 아니라! 와이번을 이용해서 사람들을 공격하다니, 이런 악당 같으니! 목적이 뭐예요?!”

“특별히 없는데…….”

“““““네엣?”””””

"아니, 특별히 없다고 말했는데?"

""""""네에에에엣?""""""

마일의 규탄에 대한 그 대답은 '붉은 맹세'로서는 너무도 뜻밖이었다.

"하, 하지만 마을을 공격하고……."

"와이번은 원래 자기 구역 안에 있는 마을을 공격하곤 하잖아?"

"우……."

남자의 말에 반론하지 못한 마일이 말을 더듬었다.

"하, 하지만, 와이번……."

"로브레스야."

남자가 메비스의 말에 입을 삐죽거렸다. 아무래도 자신이 붙여준 이름이 상당히 마음에 드는 모양이었다.

"……그러니까, 로브레스는 당신이 키우고 있잖아요! 그럼 마을을 공격한 건 당신의 지시였다거나……."

"안 키우는데."

""""""네에?""""""

"그러니까 내가 로브레스를 키우고 있는 건 아니라는 말이야."

"그, 그럼, 로브레스와 당신은 도대체 무슨 관계인가요!"

흔치 않게 큰 목소리를 내는 폴린에게 남자가 태연하게 대답했다.

"친구."

""""""엥?""""""

"우리는 친구 사이야. 로브레스는 이따금 나한테 용가마를 태워주고, 나는 로브레스가 다치면 치료해주지. 친구가 자기 구역에서 식사하는 거랑 나랑 무슨 상관이 있나?"

"""""""………………."""""""

네 사람 모두 입을 쩍 벌린 채 아연실색해서 다음 말이 나오지 않았다.

"게다가 나는 로브레스에게, 자기한테 위해를 끼치지 않는 인간은 공격하지 말고 특히 여성은 되도록 다치지 않게 하라고 부탁했지. 사람을 공격하는 삼림늑대에게, 자신을 공격하는 인간 이외에는 위해를 가하지 마라, 특히 여성의 경우는 다소 공격을 받더라도 되도록 죽이거나 많이 다치게 하지 말아줬으면 좋겠다고 부탁한 사람이 있다면, 그것은 범죄행위인가? 나쁜 짓이 아니라 오히려 공로에 해당하지 않나?"

"""""""우……."""""""

이상하다.

명백하게 이상했고, 그가 하는 말은 궤변에 지나지 않았다.

하지만 남자의 말을 논리적으로 반박하지 않으면 범죄자로 간주하여 잡을 수 없다.

증거도 없는데 붙잡았다가는 역으로 자신들이 범죄자가 되고 말리라.

어떻게 하면 좋을까…….

레나, 메비스, 마일이 고민하고 있는데 폴린이 가볍게 발언했다.

"그럼 일단 이 와이번을 길드를 경유해서 인도할까요?"

"뭐?! 아니, 그러니까 로브레스는 내 친구라고……."

"그게 뭐 어쨌는데요?"

굳이 '로브레스'라는 이름이 아닌 '와이번'으로 부르며 자신들에게는 단순한 마물 중 한 마리일 뿐이라는 점을 강조하는 폴린.

"우리는 '인간 친구가 있고, 마을을 습격해서 가축을 훔치고 많은 헌터와 병사를 다치게 한 야생 와이번을 의뢰에 따라 붙잡아 인도'할 뿐인걸요? 당신이 무슨 상관이죠? 살인범을 체포하려는 경찰관에게, '그 녀석은 내 친구니까 붙잡거나 처벌하지 마라'고 하면 통할 거라고 생각해요? 게다가 당신의 소유물도 아니라면서요?"

"윽……."

과연 폴린이다. 와이번에 관해 자신은 책임이 없다고 말한다면 그렇게 다뤄주면 그만이다. 굳이 자신의 정체를 드러냈을 정도니 아마 와이번을 잡아가면 곤란했겠지.

폴린은 계속해서 몰아붙였다.

"아무래도 산 채로 옮기는 건 힘들겠죠? 도중에 난동을 부리거나 달아나거나 우리를 다치게라도 하면 큰일이니까……. 어떻게 할까요? 생포 추가 금액은 포기하고 그냥 지금 여기서 죽여 버리지 않을래요? 어차피 생포 추가분이라고 해봐야 금화 10닢이나 받으면 다행일 테니, 수송 도중에 달아나거나 해서 의뢰 실패로 끝날 위험을 감수하지 말고 견실하게 금화 30닢이랑 의뢰 성공 승급 가산 포인트만 챙길까요?"

남자는 초로인 그 나이까지 마술사로 살아왔기에 나름의 지식과 능력을 겸비한 듯했다. 하지만 조금 전의 언동으로 미루어 보건대 사람을 상대하는 스킬이 부족하다. 그것도 압도적으로. 레나가 말한 '마일의 아버지인가'라는 물음은 너무도 적확했다.

아마도 연구에만 몰두하고 다른 사람과의 교류는 거의 없는 생활을 이어왔으리라.

그렇게 생각한 폴린이 남자를 동요하게 만드는 작전에 나섰음을 알아챈 메비스와 레나가 장단을 맞추었다.

"그것도 그러네. 얼마 되지도 않는 추가 보수에 연연하다가 모두 잃는 건 우책 같아."

"맞아. 그럼 그렇게 할까?!"

"어이!"

"엥, 꼭 그렇게까지 할 필요는……."

역시 마일과 이 남자는 같은 부류였다.

"흐음……. 아무래도 넌 다른 세 사람과는 다르게 마음씨가 고운 것 같군……. 그리고 그 은발의 머리카락, 귀여우면서도 어딘지 모자라 보이는 안타까운 용모, 절제미와 으늑함이 느껴지는 가슴……."

"시, 시끄러워요!"

뭔가 달라진 태도로 이야기를 시작하는 남자, 그리고 언뜻 칭찬하는 것 같으면서도 상당히 무례한 말에 분개하는 마일.

"으음, 어딘지 모르게 엘시가 보이는 것 같군. 로브레스를 붙잡은 파티의 일원이니 건강하고 튼튼하겠지……."

마일은 다른 건 몰라도 그 부분만은 자신 있었다.

"좋아, 너로 선택했다. 기뻐해라, 너의 그 몸을 내 귀여운 엘시의 마음을 담을 그릇으로 써주마!"

"뭔 소리예욧! 그리고, 그런 걸로 내가 기뻐할 리 없잖아요오옷~!"

발끈하는 마일.

이야기의 급전개에 멍하니 선 레나, 메비스, 폴린.

그리고 왠지 화제가 자신에게서 멀어졌음을 깨닫고 안심하는 로브레스였다.

"3년 전의 일이었지……."

남자가 뜬금없이 이야기를 시작했다.

처음에는 어리둥절해하던 '붉은 맹세' 네 사람이었지만, 생각해보면 그쪽에서 먼저 사정을 설명해주는 것은 대환영이다. 시간은 얼마든지 있었으므로 가만히 들어주기로 했다. 다소 시간이 걸린다고 한들 상황은 변하지 않는다.

"나의 가장 사랑하는 엘시가 죽어버렸다……. 나는 어떻게든 엘시를 되살리려고 엘시의 마음이 머무는 부위를 몸에서 꺼내 냉동 보관했어. 안타깝게도 수십 킬로그램밖에 들어가지 않는 내 수납마법으로는 엘시의 몸을 통째로 수납할 수 없었거든……."

아무래도 이 남자는 마일이 수납마법으로 바위도마뱀을 장기보존할 수 있다고 둘러댔던 '외부와 단열해서 정기적으로 냉동마법을 건다'를 실제로 하고 있는 것 같았다.

아무리 용량이 작다고는 하나 수납마법이 가능한 것만으로도 일류 마술사라고 할 수 있는 데다 그러한 발상까지 했으니 상당한 실력자라는 소리다.

"이제 남은 건 젊고 건강한 신체를 구하는 일인데, 깊은 산속에서는 찾기도 옮기기도 불편해서 말이지……."

갑자기 불온한 이야기로 바뀌었다.

"일단은 신속한 이동과 수송 수단을 확보하기 위해 와이번을 부리는 아이디어가 떠올랐지."

((((아아, 그렇게 이야기가 연결되는구나…….))))

드디어 맥락이 짚이는 네 사람.

"그래서 고생 끝에 와이번이 있는 곳을 찾아내 산란기를 기다렸다가 둥지에 숨어들어서, 이미 부화한 알껍데기에 들어가 뚜껑을 덮고 있다가 부모가 돌아왔을 때 껍데기에서 나와 병아리인 척했지. 지능이 낮은 와이번은 자기 알에서 나온 것을 새끼로 여기는 습성이 있거든."

((((아니 이 사람이 진짜!))))

속으로 쏘아붙이는 네 사람.

"그리고 간신히 달아난 내 앞에,"

""""제일 재미있는 부분을 건너뛰지 말라고오오~~!""""

마구 항의하는 네 사람에게 남자가 고개를 푹 숙이며 중얼거렸다.

"……떠올리고 싶지 않아서 그래……."

""""아, 아하…….""""

납득했다.

"그리고 피투성이가 되어 쓰러진 나를 발견하고 구해준 자는 어떤 마족 남자였는데……."

"마, 마족?"

메비스가 깜짝 놀라 목소리를 높였다.

마족은 인간이 사는 이 주변 지역으로부터 멀리 떨어진, 이 대륙의 북쪽 끝을 중심으로 살고 있으며, 인간 주거 지역과의 사이에 큰 산맥이 우뚝 솟아 가로막혀 있다.

절대 넘을 수 없는 것은 아니지만, 마차를 타고 넘기가 상당히 고생스러워서 웬만한 이유가 아니고서는 그 산맥을 넘으려는 자가 없었다.

그리고 마족은 인간족, 그러니까 인간, 엘프, 드워프와 사이가 서로 좋지 않았다.

마족이라고 해도 딱히 악마를 숭배한다거나 인간을 멸하려는 것은 아니다. 그저 단순히 종족이 좀 다르다. 그리고 전반적으로 인간보다 마력이 크다. 그저 그뿐이다.

애초에 이름의 유래를 보아도 '마력이 뛰어난 종족'이 점점 짧아져서 '마력족', '마족'이 된 것에 불과하다.

인간과의 차이가 별로 없어서 원래라면 인간, 엘프, 드워프에 마족까지 합쳐 네 종족을 '인간족'으로 정해도 이상하지 않았다. 그런데 어째서 마족만 제외되었는가 하면.

'질투.'

단지 그것뿐이었다.

인간보다 강한 마력, 엘프보다 강건한 신체, 드워프보다 균형 잡힌 체격.

미묘했다. 아주 미묘하게 마족이 더 뛰어났다.

하지만 인간에게 엘프는 아름답고 마력이 강하지만 화사하면서 가냘픈 이미지다. 용납할 수 있다.

드워프는 몸이 튼튼하고 손재주가 좋은 대신 마력이 약하고 짜리몽땅하다. 용납할 수 있다.

하지만 마족은 자신들에 크게 뒤처지는 부분이 없고 더 많은 부분이 자신들보다 뛰어났다. 미묘하게. ……용납할 수 없다.

그것은 엘프나 드워프의 입장에서도 마찬가지였다.

딱히 나쁜 짓을 한 것도 아닌데 아무 이유 없이 열 받는다. ……왜, 그런 경우는 흔히 있지 않은가.

그래도 먼 옛날에는 함께 어울려 살았던 모양인데, 언제를 기점으로 분리되어 살게 되었는지는 분명하지 않다. 그때 무슨 일이 있었는지 지금은 아무도 그 이유를 모르지만, 어쨌든 서로에 대한 감정이 좋지 않았다.

다만 옛날에는 싸움도 있었던 듯하지만 지금은 별로 적대시 하지는 않는다. 가끔씩은 마족 상인이나 연구자 등이 인간족의 도시를 방문하기도 한다.

게다가 마족은 인간과의 차이가 적기 때문에 모자나 후드로 뿔을 감추거나 세로로 길게 생긴 동공을 들키지만 않으면 인간 사이에 섞이는 것도 그리 어렵지 않았다.

한편 수인은 마력이 약함에도 불구하고 무슨 영문인지 인간족보다 마족에 가까웠다. 그런 이유 때문인지 수인 역시 인간족의 도시에 잘 찾아오지 않는다. 전혀 출입하지 않는 것은 아니지만.

이러한 사정을, 귀족인 메비스와 귀족이면서 독서가인 마일은 어느 정도 알고 있었지만, 평민인 레나와 폴린은 거의 모르는 사실이었다. 기껏해야 마족은 강력한 마법을 구사하는 악인, 수인은 난폭하며 마족의 앞잡이라는 정도로 인식했다.

그런 마족이 이 근방에 나타났다고 하니 메비스가 놀라는 것도 무리가 아니었다.

도대체 무슨 목적으로 이런 곳에 모습을 드러냈을까…….

"그래서 다친 곳을 치료해주고 물이랑 음식도 나눠 주었어. 다친 이유를 물어보기에 대답해줬더니 폭소하면서 '좋아, 내가 손 써주지' 하더니, 며칠 후에 이 아이를 주더라고."

그렇게 말하며 남자가 로브레스를 가리켰다.

""""""에엥?""""""

너무나도 의미를 알 수 없는 이야기였다.

더 자세히 캐물어도 약간의 추가는 있었지만 남자가 설명한 내용은 달라지지 않았다.

무슨 일이 있었는지는 알았다. 다만, 마족의 의도를 전혀 파악할 수 없었다.

하지만 지금은 그 부분보다도 이 남자와 로브레스가 먼저다.

"그때는 로브레스도 지금보다 훨씬 작았어. 하지만 원래 머리가 좋고, 사람한테, 정확하게 말하면 그 마족한테 길들여져 있었어. 그리고 그 마족이 양도해서인지 나도 잘 따라주었어. 먹이를 주고 이것저것 가르치는 사이 드디어 다 커서, 몇 개월 전에 무사히 보금자리를 떠났지. 말은 이렇게 했지만 내가 사는 곳 바로 옆에 새로 둥지를 튼 거야. 마족 남자는 로브레스를 말이나 가축처럼 다뤘지만 난 그럴 수 없어. 로브레스는 내 친구다. 그렇게 생각하고 있어."

"훈훈한 이야기네요……, 하고 누가 생각할 것 같아욧?! 그리고 내 머리를 열고 뇌를 바꿔치기 할 속셈인가요?!"

"……뇌? 그게 다 무슨 소리냐?"

격앙된 마일의 말에 어리둥절해하는 남자.

"아까 말했잖아요! 엘시 씨인지 뭔지 하는 사람의 마음을 내 몸에 넣을 거라고!"

"아아, 그거 말이냐. 그러니까, 심장을 이식하는 거야. 뇌같이 기껏해야 콧물을 만드는 기능밖에 없는 장기 따위, 무슨 관계가 있다는 거냐?"

"……헉?"

양옆에서 레나, 메비스, 폴린도 그게 당연하다는 듯 고개를 끄덕이고 있었다.

"허어어어억~?!"

아무래도 고대 이집트식의 생각인 모양이다. 마일이 이 세계에서 지금까지 읽어온 책에는 그런 내용이 없었는데…….

'분명 모국 브란델 왕국에는 마음이 머리에 있다는 설이 있었던 것 같은데……. 마르셀라 씨가 '아델 씨, 당신의 머릿속은 도대체 어떻게 생겨 먹었어요?!' 하는 말을 들은 기억도 있고. 하지만 곰곰이 생각해보면 일본어로도『심장(心臟)』이라고 하니까 옛날 일본인 역시 마음이 심장에 있다고 생각했을지도 모르겠어……. 그러고 보니 발칙한 생각을 할 때 두근거리는 건 심장이지 뇌가 아니고…….'

아무래도 마일의 뇌는 아무 일 없이 평안할 것 같다. 이식된 심장에서 충분한 양의 혈액을 보냈을 때의 이야기지만.

"어때, 응해주지 않겠나? 그리 나쁜 이야기는 아니지?"

"당연히 나쁜 이야기인데요오옷! 그냥 나쁜 것도 아니고 제일 나쁜 이야기인데요! 누가 받아주겠어요?!"

이제는 남자가 무슨 말을 하는지 도무지 모르겠다.

자신도 어지간한 편이라고 인정하지만, 이 남자에게는 발끝에도 못 미치는 것 같다고 생각하는 마일이었다.

하지만 남자는 끈질기게 물고 늘어졌다.

"부탁이야! 다시, 귀여운 엘시와 함께 살고 싶단 말이야! 그, 멍멍, 하는 귀여운 목소리를 들으며……."

"개였냐아아앗?!"

마일의 외침이 울려 퍼졌다.

"왜 개의 마음을 인간인 나한테 옮기려는 거예요?! 개면 다른 개의 몸에 옮기면 되잖아요!"

"그게, 아까까지만 해도 그럴 생각이었는데 네가 엘시의 이미지와 너무 똑 닮아서……. 그리고 역시 소녀의 몸인 편이 더 재밌을 것 아니냐, 여러 가지 면에서……."

"재미있고 없고의 문제가 아니잖아요! 그리고 개의 마음으로 인간의 몸이라든가 하면 제대로 움직일 수 있겠어요?! 화장실 같은 건 어쩌라고요!"

마일이 그렇게 말하자 남자는 물끄러미 마일을 바라보더니 뭔가를 고민했다.

"상상하지 말라고요~~!"

너무 화가 나 씩씩거린 마일은 왠지 평소 레나의 마음을 알 것 같은 심정이었다.

"아무튼! 이식은 거부합니다! 그리고 그냥 냉동했다면 동결할 때 세포가 죽어버려요. 생각 좀 해보세요, 오크 스테이크 고기에 아무리 치유마법을 걸어도 다시 살아나지 않잖아요? 설사 치유마법으로 이식에 성공했다고 쳐도 치유마법은 죽은 자에게 효과가 없어요. 애초에 치유마법의 원리는……."

심장을 이식해도 소용없다는 것은 아마 말해도 믿지 않으리라. 그렇게 생각한 마일은 그 방면으로의 설명을 단념했다.

"시, 시끄러워! 다 안다는 식으로 말하지 마! 너 따위가 이런 내 심정을 알기나 해?! 엘시는, 엘시는 나한테……."

"나한테는 그냥 남의 개거든요?!"

"윽, 이, 이……. 에잇, 해치워라, 로브레스!"

꾸에엑, 하는 포효와 함께 로브레스가 일어서서 날개를 활짝 펼쳤다. 다리와 날개, 꼬리, 입을 묶었던 끈이 완전히 풀려 있었다.

"이, 이게 어떻게 된……."

깜짝 놀라는 마일 일행에게 남자가 옅은 미소를 띠며 설명했다.

"내가 그냥 이야기를 길게 늘어놓는 줄로만 알았나? 푸하하, 이야기를 하면서도 마음속으로 무영창 마법을 했고, 너희가 보이지 않는 곳에 아주 작으면서도 강력한 화염마법을 계속 발현시켰지! 그렇게 로브레스를 결박한 끈을 태워 끊었다. 전투의 술책도 모르는 이 아둔한 꼬마 계집애들아, 뼈저리게 느껴보아라!"

탄소나노튜브도 어차피 탄소로 이루어졌다. 막 잘 타는 편은 아니지만 비유하자면 성냥 하나로 석탄에 불을 붙이기란 어렵다는 것과 비슷한 의미여서, 가느다란 끈 모양인 탄소나노튜브가 뜨거운 불에 노출되면 다른 것과 마찬가지로 불이 붙는다. 다이아몬드도 불에 타듯이 말이다.

거리가 너무 가까워서 로브레스는 브레스를 뿜지 않고 직접 공격에 나섰다.

하지만 상대가 여성이어서 힘을 조절하려는지, 물거나 발톱을 쓰지 않고 날개로 털어내는 공격을 했다. 고지식한 녀석이다.

하지만 로브레스는 스태프를 쥐고 영창을 시작한 레나와 폴린, 검을 든 메비스를 보고 조금 전에 필사적으로 피했던 마법 공격과 꼬리의 고통이 떠올랐는지 당황하며 날개를 펄럭여 강력한 바람을 일으켰다.

그 바람을 받아 뒤집어지는 레나, 폴린, 마일의 치마.

""꺄아아아~!""

레나와 폴린이 당황해서 영창을 중단하고 치마를 붙잡았다.

반면 펄럭이는 치마는 아랑곳하지 않고 혼자 중얼거리는 마일.

"역시 쓸 줄 아는 건가요, '신풍술'……."

마일은 로브레스가 '배꼽시계술'을 썼을 때부터 짐작하고 있었다.

'배꼽시계술'을 쓸 줄 안다면 '신풍술(《과연 사루토비》에서 주인공이 여자의 치마를 들추기 위해 즐겨 사용하는 기술)'도 쓸 수 있지 않을까 하고 말이다.

"뭘, 뚱딴지같은 소리를 하면서 혼자 고개를 막 끄덕이는 거야?! 빨리 공격하란 말이야!"

레나가 화내자 당황해서 검을 뽑는 마일.

하지만 로브레스는 지금까지 인간을 죽이려 하지 않았고 자신을 공격하는 자가 아니면 다치게 하지도 않았다. 그리고 지금, 이런 마당에도 힘 조절을 해가며 공격하고 있다.

그런 상대에게 치사성 있는 공격을 가하려니 좀 망설여졌다.

……이런 생각을 하고 있는데 깨물기 공격이 들어왔다. 죽일 생각은 없고, 물어서 멀리 던져버리려는 모양이다.

"옷, 이런, 아차차……."

위에서 연속으로 몰아치는 깨물기 공격을 검으로 막고 있는데 갑자기 측면에서 꼬리가 날아왔다.

측면 공격은 좀 곤란하다. 버티는 힘이라고는 마일의 몸무게로 인한 두 다리의 마찰력밖에 없어, 몸이 쉽게 날아가버리고 만다.

검……으로 잘라버리려니 불쌍하고 불마법이나 물마법으로는 꼬리의 물리적인 에너지를…….

쿵!

"아……."

시간이 지나버렸다.

쓸데없는 고민에 빠져 있는 동안 대응이 늦어져서, 마일은 로브레스의 꼬리 일격을 그대로 받고 날아가 버렸다.

""""마일!""""

레나를 비롯한 동료들이 소리쳤다.

날아간 거리는 예전에 바위도마뱀 꼬리에 맞았을 때보다 짧았고 이번에는 바위에 부딪히지도 않았다.

하지만 와이번의 꼬리는 바위도마뱀의 꼬리보다 길고 채찍처럼 탄력이 있다. 그래서 꼬리에 맞은 부위의 대미지는 바위도마뱀 때와 비교할 수 없었다.

그러나 지금은 마일에게 달려갈 때가 아니었다.

죽지만 않았다면 폴린의 치유마법으로 어떻게든 된다. 그렇게 믿으며 세 사람은 일단 로브레스에 전념했다.

주인과 자신이 무사히 탈출하기 위해서는 상대가 암컷이라도 다소의 상처를 입힐 수밖에 없다. 그렇게 판단한 로브레스는 꼬리와 깨물기 공격과 함께, 발톱 공격도 봉인 해제하여 레나와 다른 멤버들을 덮쳤다.

메비스가 그것을 겨우 막아 시간을 버는 동안 레나와 폴린이 영창하고, 그래서…….

"……워터 임펙트(물 충격)!"

그 순간 나온 영창 생략 마법은 레나와 폴린, 그리고 물론 마일이 쏜 것도 아니었다.

로브레스에 정신이 팔린 '붉은 맹세'의 빈틈을 노리고 쏜, 수상한 남자의 마법이었다.

……먹혔다!

그렇게 생각하고 계획대로 성공한 공격에 남자가 회심의 미소를 지은 그 순간.

철써덕!

공격이 도로 튕겨나갔다.

원래라면 제일 앞에 있는 가슴 큰 소녀를 때린 후 그 소녀와 함께 다른 소녀들까지 휘감아 날려버렸어야 할, 별로 다치게 하지 않으면서 전투력만 빼앗는 물마법. 그것이, 소녀 앞에서 마치 뭔가에 막힌 것처럼 튕겨 사방으로 흩어졌다.

"뭐야……."

"아, 배리어 해제하는 걸 까먹었다……."

날려가 땅에 세게 부딪혔는데도 아무런 상처 없이 일어나 걸어온 마일이 중얼거렸다.

그렇다, 마일의 소행이었다. 기대하지 않았던.

"윽, 워터."

퍼억!

이제 와서 다시 성공할 리가 없다.

레나가 그대로 로브레스에게 견제 불마법을 쏘았고 메비스가 검으로 꼬리 공격을 막았으며 폴린은 공격 대상을 로브레스에서 남자로 변경하여 물마법을 쏘았다.
그리고 공격을 받고 날아간 남자가 땅에 강하게 부딪히면서 본 것은 파시싯, 하는 소리와 함께 순간 몸이 경직되더니 그대로 땅에 쓰러지는 로브레스의 모습이었다.
"하……, 한 방에……."
이 상황에서 접근전은 위험하다고 판단한 마일이, 한 번 모두의 힘으로 붙잡아보았으니 이제 됐다며 전격(電擊)마법을 때린 것이다.

"자, 이제 어떻게 할까……."
다시 결박한 로브레스와 수상한 남자. 그들을 노려보며 레나가 말하자 남자가 애원했다.
"부, 부탁이야! 이 녀석을 죽이지 말아줘!"
찌릿, 하고 와이번의 목숨을 구걸하는 남자를 째려보며 레나가 고했다.
"또 수상한 짓을 했다간 그 자리에서 바로 목을 베어버릴 거야. 와이번도, 그리고 당신도!"
남자는 얼굴이 새파랗게 질려서 고개를 마구 끄덕였다.
원래 '붉은 맹세' 멤버들은 붙잡은 와이번을 죽일 생각이 없었다. 무용한 살생을 할 의미가 없었고 생포하는 편이 더 돈이 되니까 당연했다.
그리고 남자 쪽에도 나름대로의 살길이 있었다.
사실 깊은 산속에 은거하며 연구에만 몰두하는 생활을 시작하기 전에 그는 그럭저럭, 이랄까 상당히 이름을 떨쳤던 마술사였다.

과거의 명성이 아직 충분히 효과를 발휘했고, 옛날에 좀 돌봐 주었던 자들이 지금 왕궁의 상당히 중요한 지위에 올라 있었다. 그래서 잘만 하면 와이번 조련에 성공한 마술사라며 약간의 협력과 맞바꾸어 죄를 면하게 될지도 몰랐다. 그럴 확률은 상당히 높았다.

그러려면 로브레스가 건재해야만 한다. 자신을 위해서도, 그리고 친구인 로브레스를 위해서도 로브레스의 생존은 필수 사항이다.

로브레스를 인력으로 옮기는 것은 무척 어려운데, 이 마술사 남자가 시키면 얌전히 따를 것이다. 그렇게 생각한 레나는 로브레스의 다리를 묶은 와이어만 풀어 자기 발로 걸어가게 하자고 마일에게 말했다.

남자는 '친구'라고 말했지만, 로브레스는 그를 아마 자신을 돌보는 주인으로 인식하고 있으리라.

혹시 몰라 남자의 목과 로브레스의 목을 가느다란 와이어로 묶어 이은 다음, 마일이 각성 마법을 써서 로브레스의 의식을 되돌렸다.

곧바로 남자가 로브레스의 귓가에 뭐라고 중얼거리자 고개를 끄덕인 로브레스는 자기 발로 걷기 시작했다.

의사소통을 위한 마법을 썼을까, 아니면 로브레스가 어느 정도 인간의 말을 이해할 만큼 지능이 높을까…….

남자에게는 와이어의 튼튼함을 확실하게 보여주었다.

만약 로브레스가 달아나려고 하거나 갑자기 몸을 움직이면 목이 '꽉' 조여지거나 혹은 와이어가 상당히 가늘어서 목이 '뚝' 끊기거나 둘 중 하나라는 사실을 충분히 이해한 남자가 자신의 목숨을 건, 승산 낮은 내기에 나서리라고는 생각하지 않았다. 특히 전투 전문이 아니라 연구 전문인, 학자 기질의 남자는.

그리고 이번에는 조금 전 실패를 감안하여 탄소나노튜브가 아니라 강선을 써서 포박했다. 연강선보다 신뢰도 높은 피아노 줄로 만들어진, 몹시 가느다란 와이어다.

이것이면 불이 좀 붙더라도 웬만하면 끊어지지 않으리라.

물론 감시도 빼놓지 않을 생각이지만.

상반신이 묶이는 바람에 균형을 잘 잡지 못하고 비틀대며 움직이는 로브레스와 그 옆에서 함께 걸어가는 다섯 명을 나무 뒤에서 훔쳐보는, 아이를 좋아하는 마을 청년은 몸을 바들바들 떨고 있었다.

'무, 무서워! 어린 도시 여자, 무서워~~!'

역시 속속들이 잘 아는 마을 소녀를 연인으로 삼아야겠다.

도시 여자는 무섭다.

하지만 거칠고 억센 또래 여자는 좀…….

"그래, 역시 어린아이와 사이좋게 지낸 다음 내 취향에 맞춰서 키우자!"

그의 중얼거림을 마일이 들었더라면 아마도 이렇게 말했으리라.

'히카루 겐지냐아아앗(일본 고전 '겐지 이야기'의 주인공. 일본판 카사노바로 어린아이를 키워 유혹하기도 함)!'

와이번을 본 마을 사람들은 처음에는 깜짝 놀라거나 두려움에 떨며 멀리서 빙 에워쌌지만, 시간이 조금 지나자 몹시 기뻐하며 '붉은 맹세'에게 고마워했다. 붉은 맹세 일행은 촌장에게 영도로 사람을 보내 수송단을 요청해달라고 부탁했다.

왕도와 달리 영도는 그다지 멀지 않았고, '영주민을 위해 힘썼다'라는 어필이 되기 때문에 의뢰주인 영주가 반드시 수송단을 파견해줄 것이다.

어쩌면 영도에 들어오기 직전에 합류해서 영주 본인이 수송대를 이끌고 개선 행진을 벌일지도 모른다. 생포 추가 보수는 상당히 기대해도 될 것 같다.

원래 예정 이상의 성과를 올린 '붉은 맹세' 네 사람은 환대해준 마을 사람들이 준비한 맛있는 음식을 먹으며 새카맣게 잊고 있었다.

자신들이 느꼈던 마족의 존재에 대한 의문.

그리고 그 마족이 무엇을 하려고 하는가, 라는 의혹을 말이다…….

전령 임무를 맡은 마을 사람이 정오 전에 출발했기 때문에 다음 날 저녁에는 영주의 의뢰로 길드 지부가 편성한 수송대가 마을에 도착했다. 내일 이른 아침에 영도로 출발하게 될 것이다.

수송대 멤버는 전부 헌터였으며 지휘는 길드의 상급 직원이 맡았다. 예전에 B등급 헌터였다고 하니, 그의 지휘를 거스를 헌터는 없을 것이다.

이렇게 해서 '우리의 공로를 가로채지 마!' 하는 식으로 나오는 영지군 지휘관 따위는 등장하지 않았기에 '붉은 맹세' 멤버들은 일단 안심했다.

그들은 오히려 셀 수 없는 동료 헌터 파티가 부상자의 치료비와 의뢰 실패 위약금, 그리고 잃어버린 무기 재구입 등으로 큰 타격을 받아 재정 상태가 몹시 나빠진 점, 일부는 그 가족까지 궁핍한 처지에 빠졌다면서, 그 원흉인 와이번을 토벌해준 '붉은 맹세'에 고맙다고 거듭 머리를 숙였다.

그들도 지방 헌터의 긍지를 걸고 와이번을 토벌하고 싶었지만 파티 동료와 그 가족까지 불행의 구렁텅이에 빠트리는 무모한 의뢰를 받을 수도 없어서 분한 마음을 가지고 있었다는 것이다.

"……바보 같지만 피 끓는 몇몇 젊은 파티가, 이 녀석 때문에 대적자 상태에 빠져서 장비 재구입과 부상 치료, 기타 등등의 이유로 승급 시기가 상당히 늦춰지게 되었어. 게다가 지방 마을이 공격당하고 있는데도 아무런 행동도 못하고 그저 내버려둘 수밖에 없다며 헌터와 길드 직원의 사기 저하가 대단했지. 붙잡아줘서 진심으로 고마워."

지휘관인 길드 직원이 그렇게 말하며 다시 한 번 머리를 숙이고는 의뢰 완료 증명서에 사인했다.

언제든지 죽일 수 있는 상태로 만들어 길드에 인도했기 때문에 의뢰는 이것으로 완료다.

원래라면 죽여야 했지만 '붉은 맹세'가 괜한 수고를 들여가며 생포해서 "산 채로 인도하길 원하면 그렇게 해드릴 건데, 어떻게 할까요?" 하고 제시하자, 길드 측이 "기꺼이!" 하고 달려왔기 때문에 현지에서 인도하고 이후 책임은 길드에서 지기로 했다.

와이번이 달아나거나 난동을 부려 사상자가 발생할 위험보다 다른 이점을 우선한 셈이니 당연하다.

이렇게 해서 수송의 번거로움을 부담하지 않고 '생포한 와이번 납입'이라는, A평가로 의뢰 달성을 마친 '붉은 맹세'였는데…….

"그건 그렇고, 이자는 누구?"

와이번과 함께 포박된 남자를 보고 당연한 질문을 하는 수송대 지휘관.

그렇다, 수상한 남자에 대해 설명해야만 했다.

"난 분클리프트라고 하네. 예전에 궁정 마술사로 왕궁에서 근무했었지."

"네? 저, 저기, 그럼 혹시 분클리프트 궁정 마술사장님입니까?"

수송대 지휘관인 길드 직원이 깜짝 놀라 물었다.

"그렇다네. 아직도 내 이름을 기억하고 있는 자가 있었나……."

겸손하게 들리는 말이었지만, 얼굴은 완전히 정반대였다. '우쭐한 표정'이었던 것이다.

"실은 산속에서 와이번이 사람을 공격하지 않고 사람 말을 듣도록 조련하는 방법을 연구 중이었네. 그 성과로 이 와이번이 자기 구역 내에 있는 마을 사람들은 아무도 공격하지 않았지. 안타깝게도 와이번을 죽이려고 공격해 온 자에게는 최소한의 반격을 한 모양이지만……. 여하튼 그 연구 성과를, 이 나라를 위해 활용하고 싶다고 생각했건만……."

사실 이 남자, 분클리프트는 마일 일행에게 미리 부탁했었다.

수송대에게 진실을 말할 테니 옆에서 끼어들지 말아달라고.

거짓말은 하지 않겠다, 자신이 말한 후에 거짓된 부분이 있다면 지적해도 상관없다, 그런 다음 자신들의 억측이 아니라 실제로 보고 들은 객관적 사실만 증언해달라고 말이다.

물론 마일 일행이 얻은 정보는 대부분 남자가 일방적으로 말한 것으로 진위 여부는 알 수 없다.

그리고 지금은 거짓말이 분명하다고 지적할 만한 부분이 없다.

"……그러니까 어느 정도의 성과가 나오는 중인데 저 아가씨들에게 와이번이 공격당해서 죽을 것 같았기에 돈을 주고 양도 받으려고 했건만, 받은 의뢰를 우선해야 한다고 해서 교섭이 결렬되었어……. 그래서 나도 모르게 힘껏 도우려고 나서게 된 거지. 아, 물론 반성하고 있어! 그래서 이 와이번과 함께 가서 이 녀석의 목숨을 구걸할 작정이라네. 부디, 내가 이 녀석을 맡아, 왕국을 위해 부려도 좋겠다고 생각하고 있네만……."

……분명 거짓말은 아니다. 지금까지는…….

"이상이야."

“““““……엥?”””””

너무 간단한 설명에 깜짝 놀라는 ‘붉은 맹세’의 네 사람.

분명 그의 말대로이긴 했다.

거짓말이 아니다.

하지만…… 뭔가 석연치 않은 느낌을 받는 네 사람이었다.

“““““………….”””””

길드 직원과 헌터들도 복잡해 보이는 표정이었다.

어쨌든 정규 의뢰를 받아 임무를 수행한, 크게 다치거나 대적자에 빠진 사람들을 마치 죄 없는 와이번을 죽이려고 공격했다가 보복 당한 악인으로 묘사했으니 무리도 아니다.

“……사실입니까?”

그렇게 확인하는 길드 직원에게 ‘붉은 맹세’ 네 사람이 대답할 수 있는 것은…….

“아, 아아, 일단 방금 한 말에 거짓은 없어……. 뭔가 석연치 않지만…….”

본의 아니게 그렇게 대답하는 레나.

마일에게 신체 운운한 것은 어디까지나 분클리프트가 말로만 그랬을 뿐, 일단은 ‘부탁’의 형태를 갖추고 있었다.

게다가 로브레스를 돕기 위해 시간을 번 것이지 진심이 아니었다고 말하면 끝이다. 공격한 것 자체는 인정하고 사죄하고 있으니까…….

물론 헌터의 의뢰 이행을 방해하는 것은 위법 행위지만, 그 정도의 일이라면 통상적으로는 당사자끼리 혹은 헌터 길드가 개입

해서 배상하거나 징벌하는 선에서 이야기가 매듭지어진다.

하지만 이번에는 가해자 측이 헌터가 아니기 때문에 길드의 권한이 미치지 않고 관헌의 손에 맡길 수밖에 없는데, 실제로 당한 피해가 없어 큰 처벌은 받지 않을 것 같았다.

어디까지나 그 사건은 분클리프트를 구속하기 위한 이유이며, 나머지는 와이번과의 관계를 추궁해서 죄를 물을 수밖에 없다.

그 후 얼마간 질문과 대답이 이어졌지만, 결국 전 궁정마술사장이라는 분클리프트는 범죄자로서가 아니라 선의의 제삼자라는 입장으로 수송대와 동행하게 되었다.

마일 일행을 덮친 것은 로브레스를 구하기 위함이었고, 위협은 했지만 죽이거나 다치게 할 생각은 없었다고 주장했고, 사실 로브레스도 명백하게 힘 조절을 했으며 분클리프트가 쏜 마법 역시 액체인 물을 이용한, 다치지 않게 제압하는 마법이었다.

……어쩌면 정말로 그리 나쁜 인물이 아닐지도 몰랐다. 약간 상식이 없을 뿐이지.

레나, 메비스, 폴린은 그런 인물에 익숙했다. 그래서 세 사람은 너무 강하게는 부정할 수 없었던 것이다.

유일하게 마일만은 단지 자신의 몸에 상처가 안 나게 하려던 의도가 아니었을까, 하고 의심했지만 입 밖으로 꺼내지는 않았다.

어차피 그들은 단순한 수송대여서 큰 권한이 없다.

그들에게 아무리 상세하게 설명해봐야 이렇다 할 의미가 없다. 그대로 위에 전달될지 어떨지도 의심스럽다.

어차피 고작 수송 중 대우가 달라지는 정도의 의미밖에 없었으므로 수송대에 자세하게 설명하는 것은 그만두었다.

원래 정보는 대부분 분클리프트에게 들은 이야기여서 그가 부정하면 그것으로 끝이었고, 와이번을 힘껏 도우려고 한 부분은 솔직하게 말했다. 더 이상 '분클리프트에게 들은 이야기 이외에, 직접 보고 들은 객관적 사실'로 수송대 사람들에게 꼭 알려야 하는 것은 없었다.

그리고 상세 정보는 '붉은 맹세'의 보고가 길드를 통해 의뢰주에게 전달된다. 그 보고에 분클리프트가 말한 것을 포함해 모든 사실을 기록하면 된다. 그렇게 하면 그 정보는 확실하게, 의뢰주이자 이 영지의 사법권자인 영주에게 전달된다.

'붉은 맹세' 네 사람은 더 이상 분클리프트와 얽히고 싶지 않았고, 잘못 동행했다가 무슨 일이 생길 경우 책임의 일부분을 지는 것도 곤란했기 때문에 얼른 헤어져서 개별 행동을 하기로 했다. 수송요원이라고는 하나 지휘관을 제외하면 전원이 현역 헌터였고, 그 지휘관조차도 전 헌터였으니 '붉은 맹세'가 호위할 필요는 전혀 없었다.

게다가 짐 없이 마차만 끌고 내려올 때는 속도가 빨랐지만, 와이번을 태우고 돌아가는 대형 짐마차의 속도는 느렸다. 자원봉사도 아니고 그 여정에 함께할 생각은 추호도 없었다.

다음 날 아침, '붉은 맹세'는 수송대보다 조금 빨리 마을을 떠나 영도로 향했다.

함께 출발하면 수송대를 뒤에 남겨두고 앞질러 가기도 왠지 마음에 걸리고, 나중에 출발했다가 추월하는 것도 영 찜찜하다. 그러니 아예 일찍 나설 수밖에 없었다.

영도로 향하는 도중에, 네 사람은 겨우 떠올린 '마음에 걸리는 것'에 관해 대화를 나눴다.

"마족……. 어쩔 셈이었을까? 아니, 그 이전에, 그런 데서 뭘 하고 있었을까……?"

"그러게……. 뭔가 꿍꿍이가 있었나……."

"왠지 마음에 걸리네요……."

마족에 대해 어느 정도 지식이 있는 메비스뿐 아니라 레나와 폴린도 뭔가 미심쩍게 느끼고 있었다.

"뭐, 그 남자가 정말 진실을 말했는지도 알 수 없고, 의뢰와는 전혀 관계없지만 말이죠. 확인할 길도 없는데 계속 생각해본들 어쩌겠어요. 우리는 그저 보고서에 모든 사실을 쓰는 정도밖에 할 수 없어요."

세 사람은 마일의 태평한 말에 어처구니가 없었지만 생각해보면 틀린 말이 아니었다.

"그것도 그러네. 의뢰는 완수해서 A평가를 받았고, 추가 보수도 있고. 대성공으로 끝났으니까 즐겁게 가볼까!"

레나도 마일의 말에 찬성했다.

그 남자, 분클리프트의 일도 뭔가 의심스럽지만 별수 없다.

결국 무엇이 어떻게 되든 '붉은 맹세'에게는 아무런 결정권도 없다. 길드에 마족 건까지 포함하여 모든 것을 보고하고, 나머지는 영주가 하기에 달렸다. 과연, 고민해봐야 아무 소용없다.

그 남자는 이 영지의 법에 따라 심판받을 것이다. 그것뿐인 이야기다.

권력자의 사정에 따라 너무 유연하게 운용되는 경향이 있기는 하지만 그 부분은 어쩔 수 없다.

그날 점심 전, 영도에 도착한 '붉은 맹세'는 영도의 길드 지부에서 의뢰 완료 수속을 밟고 길드 마스터에게 상세한 내용을 보고했다. 그리고 길드 마스터가 직접 영주와 흥정해 획득한 추가분까지 합해서 보수금을 받았다. 평소에는 떨떠름하게 금액을 지급하는 영주도 이번에는 기분이 좋아 넓은 도량을 보여준 모양이었다.

길드 직원과 때마침 그 자리에 있던 헌터들에게 축하받으면서 길드를 뒤로한 일행은 숙소에서 배 터지게 점심을 먹은 후, 피곤했는지 그대로 잠자리에 들었다.

그리고 다음 날, 왕도를 향한 귀로 길에 올랐다.

*　*

"자, 오랜만에 '일본 전래 허풍동화'를 들려드릴까요?!"

모두의 기분 전환을 위해 그렇게 말했지만 그럴 듯한 주제가 떠오르지 않는 마일.

'으음, 으음……. 뭔가 좋은 아이디어 없나……? 로브레스, 우라시마 타로, '우라'는 뒤, '시마'는 줄무늬를 뜻하잖아? 음, 아니야, 이건 아니야……. 로브레스, 우라시마 타로, 우라미 마타로(만화 주인공)……, 아니, 아니, 아니야! 로브레스에 얽매이지 말자! 우리코히메…… 코믹마켓이냐(코믹마켓에서 동인지를 판매하는 참가자를 '우리코'라고 함. 일본 민간설화 '우리코히메(수박 공주)'와 발음이 같음)! 카와즈 뇨보('물건을 사지 않는 아내'라는 뜻. 일본 민간설화 '개구리 아내(蛙女房)'와 발음이 같음)…… 아내한테 만들기 취미라도 있냐! 단단한 노인(모티브는 '애꾸눈 노인')…… '말랑한 노인' 같은 것도 있나? 그럼 걸쭉한 노인도 있겠네…….'

"아직이야?"

"빨리 시작해!"

재촉이 시작되자 점점 더 마음이 조급해지는 마일.

……슬럼프가 찾아온 것이다. 가엾어라, 마일.

'닥터 슬럼프의 아라레('가엾다'의 일본 발음 아와레(哀れ)를 인용한 패러디)? 아니야 아니아니아니 아니라고!'

왕도까지는 앞으로 5일 남았다.

레니가 무사히 목욕탕을 잘 운용하고 있을까?

고아들을 혹사시키는 블랙 기업으로 변질되지는 않았을까?

왕도에서 기다리고 있는 얼마간의 편안한 한때를 향해 네 사람은 전진했다.

등 뒤로 펼쳐진 광대한 산맥을 뒤로하고…….

““““……아직도 멀었어?””””

“조, 조금만 더 기다려 주세요오옷!”

4 아델의 첫 데이트

“다음 휴일은 쉰다.”
“네? 아, 네, 물론 휴일은 쉬는 날이죠.”
“아니! 그 말이 아니라 이 가게가 쉰다고!”
평소 하는 언동으로 봐서는 상당히 총명한 듯한 아델이 이따금 선보이는 멍청함에, 피곤이 확 밀려오는 표정인 빵집 주인 아론.
“정기적으로, 하루에 걸쳐서 빵 굽는 가마를 손질하거든. 쉴 거면 모두가 일하는 평일보다 휴일에 쉬는 게 손님한테 피해가 덜 가잖아? 아델 너도 가끔은 푹 쉬거나 남자애랑 데이트라도 하는 게 어때? 아델 정도면 남자애 따위 마음대로 골라잡을 수 있지 않아?”
“데, 데데데, 데이트 말인가요…….”
아르바이트가 끝나고 일당 은화 두 닢을 주면서 아론이 한 말에 아델이 심하게 동요했다.
아델. 전생까지 포함하여 솔로력 19년. 이번 생에서 각성하기 전 기간까지 합하면 29년에 달한다.
인생=솔로였으며 데이트는커녕 남자애와 손조차 잡아본 적 없었다.

*　*

"……아델 씨, 뭔가, 오늘 어딘지 불편해 보이네요. 무슨 일이라도 있었나요?"

"아, 네, 다음 휴일에 데이트를 해야만 하거든요……."

""""""허어어어억~?!!""""""

걱정스럽게 묻는 마르셀라에게 아델이 그렇게 대답하자, 교실 안에 있던 학생들이 크게 소리 질렀다.

"무, 무무, 무무무무무무슨……."

그중에서도 제일 당황한 마르셀라.

"아, 아아, 아델 씨, 지, 지금, 도대체 무슨……."

"아니, 그러니까, 다음 휴일에 데이트를, 어떻게 해야 하나 싶어서……."

"누, 누구랑! 누구랑 데이트를?!"

"아니, 그러니까, 일단은 그것부터 생각해야지, 하고……."

""""""허어어어어억~?!""""""

A반에 있으면 목이 튼튼하게 단련될 것 같다.

그 후 마르셀라에게 추궁당한 아델의 설명을 듣고, 반 아이들은 겨우 상황을 이해했다.

"그러니까 빵집을 하루 쉬게 되어서, 주인아저씨가 데이트라도 하라고 말씀하셨다는?"

"네, 바로 그거예요! 지금까지 남자랑 같이 어딜 간다거나 한

적이 한 번도 없어서, 도대체, 어떻게 해야 좋을지 몰라서…….”
((((그거, 반드시 해야만 하는 거야?))))
아델의 말에 반 아이들이 속으로 쏘아붙였다.
물론 마르셀라도.
“어, 어쨌든, 데이트를 할 건데 아직 상대도 안 정했다, 그 소리죠?”
“아, 네, 그런데요…….”
아델의 대답에 양손의 중지로 관자놀이를 꾹꾹 문지르는 마르셀라.
“알겠어요. 아델 씨는 아무 걱정 말고 평소대로 있으면 돼요. 나머지는 전부 우리가 알아서 할 테니.”

* *

그리고 수업이 끝나, 아델이 교실을 나간 후.
반장의 지시로 재빨리 문을 걸어 잠그는 반 아이들. 창문도 물론 전부 닫았다.
기숙사로 돌아가려고 교실을 나간 사람은 아델 혼자였다. 다른 사람은 전원 그대로 남았다.
“그럼 지금부터 A반 긴급회의를 시작하겠습니다!”
반장의 진행으로 긴급회의가 열렸다.
“자, 오늘의 안건은 굳이 설명할 필요도 없이, ‘아델의 첫 데이트를 어떻게 할 것인가’라는, 아주 중요한 주제입니다. 먼저 이 데이트를 인정해야 하는가, 라는 아주 근본적인 문제부터…….”

“의장, 질문!”

한 소녀가 반장의 말을 끊고 손을 번쩍 들었다.

“네, 하세요.”

“그 데이트 상대에 여자도 포함됩니까?”

“““““““““오오오오오오!”””””””””

그러한 발상은 생각지도 못했다며, 교실 안의 절반 이상을 점유한 소녀들로부터 멋진 발안에 대한 찬사가 쏟아졌다. 반장 본인도 그 착안점에 감동해 눈동자를 반짝였다.

하지만 반장인 이상, 자신의 개인적 의견으로 회의의 흐름을 좌지우지하는 것은 용납할 수 없다. 여기서는 모두의 의견에 따라 토론해야만…….

“여자의 참가는 반대합니다!”

남학생이 그렇게 말하며 손을 들자, 그를 지목해 의견을 펼치게 하는 반장.

개인적인 의사를 억누르고서라도 찬성과 반대를 평등하게 발언하도록 만들어야 한다. 의장으로서의 법칙을 결코 깨지 않는 반장이었다.

“여자들의 마음을 모르는 바는 아닙니다. 하지만 모두가 알다시피 아델은 아직 이성 교제에 눈뜨지 못했어요. 그런데 첫 데이트 상대가 여자여도 괜찮을까요? 여자와의 데이트가 이상하게 너무 즐거워서, 남자는 억세고 눈치가 없어서 싫다고 생각하게 되면 어쩔 건가요? 만약 이상한 방향으로 가면 여러분은 아델의 가족한테 책임질 수 있습니까?”

""""""읏……."""""""

"난 책임질 수 있어! 아델이라면 영원히 함께……."

다들, 반장의 외침은 못 들은 것으로 하기로 했다.

"……그럼, 결론을 정리하겠습니다. 첫째, 아델의 데이트는 본인의 성장을 위하여 필요하다고 인정한다. 둘째, 대상자는 나, 남자로 한정한다……."

핏발 선 눈으로 바득바득 이를 가는 반장.

"셋째, 데이트 상대는 A반 여자 전원이 검토하고 지명하기로 한다. 넷째, 아델 씨에게 발칙한 짓을 했을 경우, 했을 경우, …………죽여버린다!"

여학생 전원이 남학생들을 노려보았다.

그 후 남학생들을 전부 돌려보내고 A반 여학생들만의 회의가 이어졌다.

"귀족은 제외시키는 편이 좋다고 생각해요. 아델 씨는 아마도 특별한 사정이 있는 귀족 가의 딸인 것 같으니까 특정 귀족과 이상하게 엮이면 안 되겠죠. 게다가 그렇게 귀여운 데다 재능까지 겸비했으니 자기 것으로 만들려는 바보도 있을 테고……. 지금의 아델 씨는 어디까지나 평민으로 생활하고 있으니 귀족인 신분을 내세워 뭔가 강요받는 등의 위험은 무릅쓰지 않는 편이 좋다고 봐요."

남작가의 셋째 딸인 소녀가 날카로운 의견을 내놓았다.

모두 진지하게 생각하고 있다.

그렇게 느낀 반장은 무척 기뻤다.

"그럼 결론은 평민이군요. 하지만 너무 가난한 사람도 좀……. 아델은 어떤 사람이든 신경 쓰지 않지만, 그런 성격이니까 돈 버릇이 나쁜 사람 따위와 사이가 가까워지면 이용당할 것 같아서 곤란하단 말이죠. 외모도 귀여운데 그런대로 높은 신분인 것 같고, 게다가 재능까지 갖췄으니까요. 그리고 지금은 금전적으로 힘들어 보이지만, 그건 이곳에 와서 처음으로 그런 상태가 된 것이지 서민의 삶은 잘 모르는 듯하니 첫 데이트에서 돈에 쪼들리면 너무 불쌍할 것 같아요……."

상가 출신 소녀가 그렇게 발언했다. 지극히 합당한 의견이었다.

"그럼 상가의 아들이고 가능하면 장남으로. 아직 약혼녀나 사귀는 아이가 없고, 온후하고 다정하고 신사적인 사람. 여자한테 숙맥이고 밝히지 않아야 하고. 자의식 과잉이나 이상한 착각을 하지 않는 사람. 그리고 강도를 맞닥뜨리면 자기 몸을 희생해가며 보호해주는 그런 남자 말이죠. 능력은 A반이라는 면에서 최소한은 클리어했다고 여깁시다."

"찬성!"

"찬성!"

"찬성!"

"그런 남자가 있으면 내가 사귀고 싶네요!"

한 소녀가 지른 비통한 외침은 묵살되었다.

그리고 구체적인 간택에 들어가게 되었다.

“……네? 저 말씀입니까?”

A반 긴급회의 다음 날.

중견 상가의 장남인 아이노스는 갑작스레 반 여자아이들에게 둘러싸여, 아델의 데이트 상대로 선정되었음을 통보받았다.

“어디까지나 아델에게 데이트는 이런 것이다, 남자랑 사귀는 건 이런 느낌이다라는 것을 체험시켜주기만 하면 되니까! 딱히 아델이 너를 좋아한다거나 앞으로 진짜 사귄다는 게 아니니까 착각은 말아줘!”

“아니, 저도 어제 회의 시간에 있었으니 그건 물론 알지만…….”

상가의 후계자 교육을 받고 있어 벌써부터 어른스러운 말투를 쓰는 아이노스였는데, 설마 했던 지명에 놀라움을 감추지 않았다.

“아무튼 너로 정했으니까. 부탁할게!”

그렇게 말한 후 사라지는 여자아이들의 뒷모습을 바라보면서 아이노스가 중얼거렸다.

“어쩌다가 일이 이렇게 되었나…….”

하지만 아이노스도 결코 싫은 것은 아니었다.

아니, 오히려 대환영이었다.

아델은 귀엽다. 대귀족 아가씨처럼 화려하고 도도한 미인은 아니지만, 뭐랄까 사랑스럽고 지켜주고 싶을 만큼 귀엽다. 또, 보고 있으면 왠지 편안하고 마음이 놓이는 기분이었다.

게다가 굉장한 재능까지 갖추었다.

이론 수업은 1등, 공격마법도 쓸 줄 알고, 검술 역시 그 대단한 켈빈이 한 번도 이긴 적 없는 실력이다.
심지어 대충 상대한 것이 분명한데도 말이다.
무슨 영문인지 아무리 시간이 지나도 식을 기미가 보이지 않는 아델의 홍차.
마법은 늘 영창해서 구사하지만, 멍하게 있을 때나 당황했을 때 무영창으로 하면 오히려 위력이 세지는 마법.
대충 검을 휘둘러 켈빈 이외의 자에게 일부러 져주는 게 분명한 검술.
그리고 조금 전까지는 아무것도 없었는데, 어느새 손에 들고 있는 가방 등.
수업 시간에만 접촉하는 교관들은 속일 수 있을지 몰라도 항상 함께인 반 아이들에게는 전부 들킨 것이다. 반 아이들이 착해서 아무도 내색하지 않을 뿐.

'…………가볼까?'
그렇다, 아이노스는 결코 숙맥도 여자에게 흥미가 없는 것도 아니었다.
그는 집안의 상회를 이어받아야 한다.
그러기 위해서는 아둔하거나 돈이 목적인 여자에게 걸려들어서는 안 되었다.
그런 여자를 피하려면 페미니스트를 자처하거나 모든 여자에게 친절하거나 혹은 여자를 모르는 숙맥을 가장하는 것이 최고였다.

게다가 원래 아이노스는 천성은 착한 사람이어서, 페미니스트처럼 행동하면 여자가 어려움을 겪고 있을 때 도우러 나서기가 비교적 쉬워진다는 이점도 있었다. 평소에 여자를 너무 밝히면 도움의 손길을 내밀려고 해도 속마음을 의심받거나 경계하는 바람에 가까이 가기 힘들다.

그런 아이노스 역시 '아델이라면' 하는 생각은 있었다.

귀엽다. 함께 있으면 마음이 놓인다. 마음씨가 곱다. 두뇌가 명석하다. 빼어난 마법과 검술 재능이 있다. 상인으로서 몹시 탐나는 수납마법을 구사한다. 수납마법만 있으면 밀수품도 얼마든지……, 쿨럭쿨럭!

함께 다니면 고가의 물건도 안전하게 옮길 수 있고 호위대도 필요 없다. 게다가 그러한 재능은 자손에게 대물림 될 가능성이 크다.

아직 성인이 되려면 4~5년 남았다고 하나 그 정도쯤 순식간에 지나간다.

아델 같은 경우는 유아기 때부터 약혼자가 정해져 있어도 전혀 이상하지 않다. 지금까지 혼자였다는 것이 신기할 정도다.

집안 사정일지도 모르지만 그런 것은 자신과 아무 상관없다. 딱히 아델 집안의 돈을 탐내는 것이 아니니까 말이다. 원하는 것은 아델 그 자체일 뿐.

뭐, 만약 결혼 때 집안에 관해 밝혀졌는데 귀족의 계보가 겹쳐진다고 해도 딱히 곤란하지 않다. 그렇다, 전혀, 하나도, 곤란하지 않다. 부모님과 조부모님이 기뻐서 날뛰며 바닥을 구르는 것쯤 곤란하지 않다.

'좋았어, 가보자! 전력으로!'

남자를 진중하게 고를 계획이었던 여자들이 어처구니없는 실수를 범하고 만 것이다.

하지만, 뭐, 아이노스는 결코 나쁜 인물이 아니었다.

*　*

"자, 잘 부탁드립니다!"

다음 휴일, 아침2의 종(오전 9시). 딱딱하게 긴장한 아델이 아이노스에게 고개를 숙였다.

"나야말로 잘 부탁해! 그럼 일단 상점 거리를 거닌 후에 강변공원으로 매화 구경을 갔다가 거기서 점심 먹는 걸로 해도 될까?"

"아, 넷, 그렇게 부탁드립니다!"

전생을 포함해서 첫 데이트인 아델.

남자친구는커녕 남자 사람과 손을 잡아보는 것도, 단둘이 어디를 걸어보는 것도 처음이었다.

그래도 전생처럼, 아버지 이외의 남자와는 스무 글자 이상의 대화를 나눈 적이 거의 없는 상태에 비하면 아주 많이 진보했지만…….

하지만 아델이 뻣뻣하게 굳은 것은 단순히 '남성에게 익숙하지 않아서'였고 '첫 데이트'라 어떻게 해야 할지 몰라서 긴장했을 뿐이지 딱히 수줍다거나 마음이 동하는 것은 아니었다.

어차피 전생까지 합하면 29살. 각성 전의 10년간을 빼도 19살이다. 10~11살짜리 어린아이에게 마음이 갈 리가 없다. 아무리 '정신은 육체에 끌려간다'거나 '환경에 따라~'라고 해도 모든 일에는 무릇 한도가 있는 법이다.

그러나 아이노스의 눈에는 아델의 모습이 이렇게 비치고 있었다.

'첫 데이트라고 긴장하는 순진한 아델, 귀여워!'

왕도의 상점가에서 이런저런 가게를 구경하며 돌아다니는 아이노스와 아델.

아델은 휴일에는 언제나 아르바이트를 했고, 돈이 없어 살 생각이 전혀 없는데 가게에 들어가는 것에 왠지 거부감이 들어서 지금까지 제대로 가게 안을 구경해본 적이 없었다. 그래서 거의 처음 해보는 윈도쇼핑은 무척 즐거웠다. 이 세계의 기술 수준과 상품의 다양성 확인, 이라는 의미에서 말이다.

원래 살 생각이 없어서 그저 상품의 종류와 품질 확인, 가격 조사 등만 하는 아델의 모습에 아이노스는 '데이트란 그런 게 아니잖아, 좀 더 꺄아꺄아, 으흐흐 하고……' 하면서 어이없어 하……지는 않았다.

'이 아이, 상인으로서 소질이 있어!'

그리고 점심 무렵.

강변에 있는 강변공원. 너무 뻔한 이름이지만 이보다 더 이해하기 쉬운 네이밍이 없었다.

넓은 하천부지가 있고, 그 제방 쪽에는 한창 만발한 매화나무가 줄지어 서 있었다.

그렇다, 이 나라는 꽃놀이로 매화꽃을 즐겼던 것이다.

매화나무 숲(梅林)에 있는, 이 대륙의 언어와 일본어 2개 국어가 가능한 소녀 아델.

……'바이링 걸(梅林은 일본어로 '바이린'. 한편, 2개 국어 가능자를 '바이링궐(bilingual)'이라고 부름)'이다.

"이 부근에서 점심을 먹을까요?"

아델은 생각보다 사람이 붐비는 매화나무 숲의, 살짝 여유가 있는 곳에서 아이노스에게 말했다.

"아아, 그러자. 그럼 내가 노점상에서 음식이랑 음료수를 사 올 테니, 아델은 자리를 잡고……."

"아, 그럴 필요는 없어요."

아델이 아이노스를 말렸다.

"그게, 식당 아주머니께 부탁해서 조리장을 빌려 도시락을 만들어 왔어요. 입에 맞으실지 모르겠지만……."

그렇다, 아델은 외식에 쓸 여윳돈이 없었다.

기숙사에 있었으면 먹었을 양만큼의 식재료를 써서 도시락을 만들고 싶다는 아델의 부탁에, 가난하지만 씩씩하게 살아가는 아델을 예쁘게 봐 평소부터 여러 가지 편의를 봐주었던 식당 아주머니는 흔쾌히 허락했다. 심지어 첫 데이트를 위해 도시락을 싼다는 이야기를 듣고는 더욱 신나서 조금 비싼 재료도 턱 하니 내놓았던 것이다.

감사의 뜻으로 요리를 넉넉하게 만들어서 시식 겸 아주머니에게 드렸더니, 맛을 보고 눈을 부릅뜬 아주머니가 나중에 만드는 법을 좀 가르쳐달라고 부탁했던 것은 여담이다.

"응? 하지만 아델, 아무것도 안 들고……, 아아, 그건가!"

그렇다, 반 아이들 모두 이미 눈치챈 그것이다. 아델도 굳이 자기 입으로 말하지는 않았지만 딱히 숨길 생각도 없는 그것.

"그럼……."

퐁!

"헉……."

아이노스는 아델이 수납에서 도시락을 꺼낼 것이라고 생각했다. 지금까지 해왔던 아델의 다양한 소행을 봤을 때 그 정도는 예상했던 아이노스였다.

그런데 설마 테이블과 의자 두 개, 그리고 그 테이블 위에 놓인, 마치 방금 만들어낸 듯 따끈따끈한 요리들과 찻잔. 그것들이 한꺼번에 나타나다니, 예상을 45도 이상 빗나갔다.

"……마법사냣!"

"아, 네, 마술사인데요……."

물론 아이노스가 한 말은 그런 의미가 아니다.

일반적인 마술사가 아니라 흔히 말하는, '말도 안 되는 마법을 쓰는, 동화책에나 나올법한 마법사'라는 의미로 외친 것이었다.

"에헤헤, 실은 수납마법을 쓸 줄 알거든요, 저. 여러분께는 비밀로 했지만 짐을 가지고 다니기가 힘들어서 오늘 써봤어요!"

그렇게 말하며 웃는 아델에게 아이노스는 속으로 쏘아붙였다.

'헉? 사람들이 모르는 줄 알았나? 그리고 '수납마법'이란 이런 게 아니잖아! 적어도 요리가 식지 않는다거나 테이블 위에 올린 채로 흘리지도 않고 넣었다 꺼냈다 할 수 있다든가 그런 건 안 된다고, 분명히!'

"……맛있어."

아델이 만든 요리는 호평할 만한 수준이었다.

대규모 상회는 아니라도 아이노스의 집은 그럭저럭 괜찮은 중견 상가였다. 그래서 식사는 어느 정도 수준을 유지했고, 가문의 후계자인 아이노스에게 소재의 질을 구분하게 하려고 일부러 상당히 비싼 식재료도 쓰곤 했다.

그런 아이노스가 상급 아들레이 학원이면 모를까, 하급 애클랜드 학원의 기숙사에서 나오는 수준의 식재료를 가지고 아마추어가 만든 요리에 이 정도로 놀랄 줄은 꿈에도 몰랐다.

'이 식재료로 이런 요리를 만들 수 있다니! 이렇게 참신한 요리법을 널리 퍼트리면 새로운 판로가……, 아니, 아예 요리로 가공한 후 파는 쪽이…….'

"자, 그럼 뒷정리를 할게요!"

아이노스와 함께 자리에서 일어난 아델은 테이블과 의자를, 빈

접시와 식기째 수납했다.

그리고 아무것도 없는 풀밭에 선 두 사람.

'남자에게 면역력이 없는 순진한 아델이니 키스를 받으면 강렬하게 의식하게 될 거야! 오늘 한정으로 우리 둘의 관계를 끝내지 말고 앞으로 계속 이어나가려면 여기서 결정적인 한 방이!'

아이노스는 승부를 걸었다. 아델의 뺨에 키스하기로 마음먹고, 하천 부지 쪽을 구경하고 있는 아델의 빈틈을 노리고 단숨에 입술을 내밀어……,

『아델 님, 쭈그려 앉아요!』

'응? 아, 응!'

귓가에서 속삭이는 목소리에 반사적으로 웅크려 앉은 아델 그리고 입술을 내민 채로 허공에 팔을 휘두르다가 앞으로 고꾸라져 헛발을 짚는 아이노스.

"앗, 응? 왜 그러세요?"

"아, 아니, 아무것도……, 우왓!"

자신의 행동을 숨기기 위해 당황해서 변명하려는 아이노스의 어깨를 누군가 뒤에서 꽉 붙잡았다.

천천히 뒤돌아본 아이노스가 목격한 것은…….

"허억!"

분노로 이글거리는 표정의 반장과 A반에서 뽑힌 남녀 3명씩, 총 6명의 감시원의 잔뜩 화가 난 모습이었다.

"잠시 같이 가주실까……."

그리고 여섯 명의 감시원에게 어딘가로 질질 끌려가는 아이

노스.

그렇다, 아델을 지나치게 과잉보호하는 A반이 감시자도 붙이지 않고 아델을 남자와 단둘이 있게 할 리가 없었다.

"엥? 저기, 이게 무슨……."

영문을 몰라 혼란스러워하는 아델에게 혼자 남은 반장이 환한 미소를 지으며 대답했다.

"남자와의 데이트 연습은 이것으로 종료야. 나머지는 나와 함께, 여자아이와의 데이트 연습!"

"엥, 네엣? 뭐, 저야 상관없지만……."

여자애와의 외출 역시 아델이 전생에서부터 원하던 것 중 하나였다. 그래서 불만은 없었다.

"그럼 가볼까!"

반장은 아델의 손을 잡고 서둘러 달려 나갔다. 자신이 따돌리는 것을 감시원들이 눈치채기 전에.

"앗, 잠깐만요, 너무 잡아당기지 마세요!"

갑자기 거칠게 손을 잡아당기자 당황하는 아델.

하지만 텐션이 최고조에 오른 반장의 귀에는 그 말이 들리지 않았다.

*　*

그리고 다음 날.

A반 교실에는 두 부상자가 있었다.

여섯 명의 감시원들에게 죽사발이 되어 '음탕한 짐승'이라는 별명을 얻게 된 아이노스와 몰래 따돌린 것을 비난받고 목이 졸린 반장이다.

아이노스는 축 늘어져 있었지만 반장은 왠지 반들반들한 얼굴에 넋이 나간 미소를 띠고 있었다.

그리고 어제 자신과 데이트해준 두 사람이, 둘 다 얼굴에 시퍼런 멍이 든 모습을 이상하게 여기는 아델이었다.

'그나저나, 나노머신 씨. 어제 그건 도대체 뭐였어? 갑자기 쭈그리라고 한 거 말이야…….'

『독충이 아델 님의 볼을 침으로 쏘려고 했기 때문입니다.』

'아, 그랬구나! 고마워, 앞으로도 잘 부탁할게!'

『네, 맡겨만 주십시오!』

나노머신은 자신만만한 목소리로 그렇게 대답했다.

그리고 아델은 자신이 지금 나노머신에게 무엇을 지시해버렸는지 전혀 알지 못했다.

무슨 까닭인지 자신에게 말을 걸어오는 남자가 없다.

그 원인을 아델이 깨달은 것은 얼마 후의 일이었다…….

후기

여러분, 오랜만에 인사드립니다. FUNA입니다.

책 시리즈 3권에 접어드는 《저, 능력은 평균치로 해달라고 말했잖아요!》를 여러분께 보내드리게 되었습니다.

드디어 본격적인 활동을 시작했다고 생각했더니 참 빨리도 성가신 일에 휘말린 '붉은 맹세' 멤버들.

하지만 동료를 위해 열심히 노력합니다!

받아랏! 필살기의 연발이다! 우정, 노력, 승리!!

"설마 제가 고작 그런 필살기를 익히기 위해 특훈이 필요했다고 생각하나요??"

그리고 운명의 지옥열차가 움직이기 시작한다…….

네? 누구한테 '지옥'이냐고요?

그건 비밀입니다!

"그건 등록 상표잖아요", "클레임은 필연적!"이라는 말을 듣고 이대로 서적화가 가능할지 위기감을 느꼈던 말장난도 연재한 내용 그대로 실리며(어떤 한 부분만은 연재 중에 삭제), 계속해서 한계에 도전하는 이 작품의 미래는 과연 어떻게 될까요?

네? "FUNA 씨는 도대체 무엇과 싸우는 거죠?"라고요?

시, 시끄러워요!

소설 투고 웹사이트 '소설가가 되자'에 처음 작품을 올린 지 1년,

소설가로 데뷔한 지 반년.

그전까지는 상상도 못했던 격동의 1년이었습니다만, 다음 1년도 더욱 경천동지할지 아니면 이것으로 중단되고 원래의 생활로 돌아가 “훗, 상상했던 범위 안이야” 하고 쿨한 척하면서 혼자 몰래 부엌 구석에서 눈물을 훔칠지.

……부탁이니 중단되지 않을 정도로는 팔려줘! 아니, 진짜로!

우리의 싸움은 이제 겨우 시작했을 뿐이라고!

나는 이제 겨우 산을 오르기 시작했다고, 끝이 보이지 않는 라이트노벨의 언덕을…….

아직 끝낼 수 없어! 이런 데서 끝낼 수는 없다고!

하여 아직은 계속해나가고 싶습니다.

저는 하루 대부분을 소설을 쓰거나 말장난을 생각하거나 인터넷 기사를 읽으면서 보냅니다.

일도 컴퓨터, 휴식도 컴퓨터, 잠시 쉴 때 하는 오락도 컴퓨터.

화면을 보는 시간이 심하게 길어서 눈에 피로가……. 안정 피로가 분명합니다.

전철 안에서도 눈을 감고 말장난을 생각합니다.

……핫, 그건 어쩌면 ‘자는 척(일본어로 말장난을 뜻하는 ‘네타’와 자다의 과거형 ‘네타(寝た)’는 발음이 같음)’?!

제1권은 ‘착각의 평행봉’(착각해서 서로 다른 말을 한다는 의미) 편, 제2권은 ‘일본 전래 허풍동화’ 편, 제3권은 ‘동음이의어를 이용한 언어유희, 숫자를 비슷한 발음의 단어로 만드는 언어유희' 편.
그리고 맞이하는 다음 제4권(나와 준다면), '진심 편'에서는 드디어 강적 '그들'이 등장합니다!
수수께끼와 의문.
그리고 '붉은 맹세'에게 새로운 전투와 새로운 길이…….
평소에 존재감이 희미했던 그 사람도 드디어 활약할 장이!
괄목하고 기다려보세요, 다음 권을!
수수께끼가 수수께끼를 부른다고요!

네코민트 씨의 그림으로 연재 중인 만화와 함께 앞으로도 계속해서 잘 부탁드립니다!
코믹스(단행본)가 나올 수 있도록요…….

마지막으로 담당편집자님, 일러스트레이터 아카타 이츠키 님, 책 디자이너 야마카미 요이치 님, 교정교열 및 인쇄, 제본, 유통, 서점 등에 종사하시는 관계자 여러분, 감상과 지적, 제안, 충고 등을 아끼지 않으신 '소설가가 되자' 감상란의 여러분, 무엇보다도 이 작품을 인터넷이나 책으로 읽어주신 모든 분께 진심으로 감사드립니다.
정말 감사합니다.
앞으로도 소설과 만화, 모두 잘 부탁드립니다.

FUNA

게재될지 불투명한 코너였습니다.
그럼 이만……
막내오빠
유안
비공인
작은오빠는
또 언젠가
계기가 되면.
아카타
이츠키

아무한테도 상의하지 않고 캐릭터 디자인을 해보자!
코너
후기?
티리자
비공인
C등급 헌터 후위
나이프 씀
나이?

저, 능력은 평균치로 해달라고 말했잖아요! 3

2017년 3월 1일 1판 1쇄 발행
2017년 10월 15일 1판 3쇄 발행

저 자 FUNA
일러스트 아카타 이츠키
옮 긴 이 조민정
발 행 인 유재옥
본 부 장 조병권
담당편집자 조찬희
편 집 김다솜 김민지 김혜주 이문영 정영길 조찬희
라이츠담당 박선희 오유진
발 행 처 ㈜소미미디어
등 록 제2015-000008호
주 소 서울시 마포구 토정로 222,403호 (신수동, 한국출판콘텐츠센터)
판 매 ㈜소미미디어
마 케 팅 한민지 한주원
전 화 편집부 (070)4164-3962, 3963 기획실 (02)567-3388
판매 및 마케팅 (070)4165-6888, Fax (02)322-7665

ISBN 979-11-5710-679-0 04830
ISBN 979-11-5710-478-9 (세트)